Indecente

SELVAGEM IRRESISTÍVEL

Universo dos Livros Editora Ltda.
Rua do Bosque, 1589 – Bloco 2 – Conj. 603/606
CEP 01136-001 – Barra Funda – São Paulo/SP
Telefone/Fax: (11) 3392-3336
www.universodoslivros.com.br
e-mail: editor@universodoslivros.com.br
Siga-nos no Twitter: @univdoslivros

CHRISTINA LAUREN

Indecente

SELVAGEM IRRESISTÍVEL

São Paulo
2015

UNIVERSO DOS LIVROS

Diretor editorial: **Luis Matos**
Editora-chefe: **Marcia Batista**
Assistentes editoriais: **Aline Graça, Letícia Nakamura e Rodolfo Santana**
Tradução: **Cristina Lasaitis**
Preparação: **Raquel Nakasone**
Revisão: **Raquel Siqueira e Jonathan Busato**
Arte e adaptação de capa: **Francine C. Silva e Valdinei Gomes**

Dados Internacionais de Catalogação na Publicação (CIP)
Angélica Ilacqua CRB-8/7057

L412i

Lauren, Christina
Indecente / Christina Lauren; tradução de Cristina Lasaitis. -- São Paulo: Universo dos Livros, 2015. (Selvagem Irresistível - Wild Seasons, 2)
320 p.

ISBN: 978-85-7930-733-1
Título original: Dirty Rowdy Thing

1. Literatura americana 2. Literatura erótica 3. Ficção I. Título II. Lasaitis, Cristina

15-0207 CDD 813.6

Para nossos pais, Pat e James,
por apoiarem até nossas mais
selvagens aventuras.

Capítulo 1

Harlow

Irrompi pelas portas dessa Starbucks qualquer de um bairro qualquer, na esperança de esquecer a pior transa da minha vida. Toby Amsler: um galanteador incrível, gostoso e com o adicional de ser membro do time de polo aquático da Universidade da Califórnia – ele tinha todos os ingredientes para uma noite da mais imbatível e constrangedora diversão.

Propaganda enganosa, na melhor das hipóteses.

Veja você, quando se trata de romances em potencial, os homens geralmente caem em uma destas três categorias básicas: o putão, o incompreendido e o filhinho da mamãe. O *putão*, na minha experiência, vem em todos os tamanhos e formatos: o rock star imundo, o esportista musculoso e até mesmo o nerd ocasional e irresistivelmente gostoso. O ponto forte deles na cama? Geralmente conversa safada e pegada firme, duas coisas das quais sou fã. Infelizmente, nem sempre são sinal de talento.

O *incompreendido* costuma surgir na forma de um artista, um surfista calado ou um músico sentimental. Esses caras normalmente não sabem fazer porra nenhuma, mas pelo menos mostram disposição para tentar por horas.

O *filhinho da mamãe* é o mais fácil de reconhecer. Aqui em La Jolla, ele normalmente dirige o carrão que mamãe emprestou e o mantém reluzente como um brinco. Esse tipo descalça os sapatos assim que entra em casa e sempre faz contato visual quando está falando. Na cama, oferece poucas vantagens, mas pelo menos tende a ser arrumadinho.

Toby Amsler acabou por se mostrar uma rara combinação do filhinho da mamãe com o putão, o que de algum modo o tornou mil vezes pior na cama. A única coisa mais esquisita do que sua habilidade para fazer sexo oral feito um aspirador de pó foi sermos acordados por sua mãe levando chá e cereal na cama – sem bater na porta – às seis da manhã. Não foi o melhor despertador da minha vida.

Não sei por que estou surpresa. Não importa em que os filmes e músicas façam as mulheres acreditarem, esses caras são *todos* uma negação quando se trata de orgasmo feminino. Eles aprendem sexo assistindo a filmes pornô, em que o objetivo principal é conseguir um bom enquadramento de câmera e ninguém está se importando se isso funciona para a garota, até porque ela vai fingir que está sendo fantástico, de qualquer jeito. Mas sexo acontece de perto e lá *dentro*, e não ao alcance da câmera. Os caras parecem se esquecer disso.

As batidas do meu coração já tinham voltado ao normal, e um casal à minha frente está fazendo o pedido com a pressa de uma lesma. Eles querem saber:

– O que é bom para alguém que não gosta de café?

Provavelmente não uma cafeteria, eu quero rebater. Mas não faço nada, lembrando a mim mesma que não é culpa desse homem em particular o fato de *todos* os homens serem uns sem-noção e de eu estar tão frustrada e irritada.

Juro que fazer drama não é meu tipo. Só estou tendo uma manhã ruim e preciso respirar.

Fecho os olhos, respiro fundo. Isso. Melhor agora.

Afasto-me e, com minha carranca, contemplo as opções da vitrine de doces. E aí eu paro e pisco duas vezes antes de estreitar os olhos e espiar a vitrine mais de perto. Ou melhor, o reflexo no vidro.

Aquele é o... não... Finn Roberts... *parado atrás de mim?*

Inclinando-me para a frente, posso enxergar claramente ao lado do meu próprio reflexo e na fila atrás de mim que é ele... Finn. Meu cérebro dá um ligeiro tranco mental. Por que ele não está no Canadá? Onde estou eu? Estarei acordada? Estarei tendo pesadelos com Finn Roberts na cama de solteiro e colchão de água do Toby Amsler?

Convenço a mim mesma que é só uma miragem. Talvez meu cérebro tenha mesmo sofrido um curto-circuito nesta manhã em que eu daria meu braço esquerdo em troca de um orgasmo – *claro que isso me faria pensar em Finn, certo?*

Finn Roberts, o único cara a conseguir burlar minha categorização dos homens – Finn Roberts, o notório ex-marido-das-doze-horas-bêbadas-em-Las-Vegas, que era bom com as mãos, os lábios e o corpo, e que me fez gozar tantas vezes que até achou que eu tinha desmaiado.

Finn Roberts, que se revelou um cuzão também.

É miragem. Não pode ser ele.

Mas, quando arrisco uma espiada sobre o ombro, percebo que é *ele mesmo*. Na cabeça, um boné de beisebol azul-claro enfiado quase até a altura dos olhos castanhos, delineados com os cílios mais longos e grossos que já vi. Ele está vestindo a camiseta verde de caçador com o logotipo branco da empresa da família, a mesma de quando o surpreendi em sua cidade natal, há pouco mais de um mês. Os braços estão bronzeados, musculosos e cruzados sobre o peito largo.

Finn está aqui. Fodeu. Finn está *aqui*.

Fecho os olhos e gemo. Meu corpo cede em um reflexo horrível: imediatamente, sinto-me leve e excitada, minha espinha arqueia como se tivesse o corpo dele me pressionando por trás. Lembro o primeiro momento que soube que iríamos transar, em Las Vegas. Bêbada, apontei para ele e anunciei para todo mundo em alto e bom som: "Provavelmente vou trepar com ele hoje à noite".

Ao que ele se inclinou e falou no meu ouvido: "Isso é bonitinho. Mas gostaria de ser eu quem vai trepar com você".

E sei que se ouvir a voz dele agora – profunda, calma como um oceano e um pouco rouca por natureza – com o tesão que estou, provavelmente teria um orgasmo aqui no meio da cafeteria.

Sei que devia ter esperado um pouco mais e dirigido até a cafeteria Pannikin para o meu café da manhã habitual. Fico quieta, contando até dez. Uma das minhas melhores amigas, Mia, costuma brincar que só fico quieta quando estou surpresa ou puta da vida. Neste momento, estou as duas coisas.

O barista magrinho se inclina para a frente e ganha minha atenção.

– Gostaria de experimentar nosso café mocha com tempero de abóbora?

Concordei, inexpressiva.

Espera. O quê? Não, que nojo! Uma parte minúscula mas ainda funcional do meu cérebro grita para que minha boca articule meu pedido de sempre: café preto, grande e cheio. Mas estou congelada no meu silêncio atordoado enquanto o barista da Starbucks anota meu pedido com uma caneta preta. Meio tonta, entrego o dinheiro e enfio minha carteira de volta na bolsa.

Endireito-me e, quando me viro para ir esperar o café, Finn captura meu olhar e sorri.

– Ei, Traquinas.

Sem me virar para encará-lo, faço uma performance examinando-o por sobre o ombro. Ele não se barbeou esta manhã, e os fios de barba por fazer desenham uma sombra perigosa na sua mandíbula. O pescoço está bastante bronzeado por ter trabalhado em mar aberto durante o verão inteiro. Deixo meus olhos viajarem de cima a baixo –

vamos ser realistas, eu seria uma tonta se não aproveitasse a visão desse homem antes de mandá-lo se foder.

Finn se parece com um daqueles super-heróis das histórias em quadrinhos da Lola – de peito largo e cintura fina, braços fortes, pernas musculosas. Ele irradia uma ideia de invulnerabilidade, como se sua pele dourada fosse feita de titânio. Quero dizer, Deus do céu, o homem trabalha com as mãos, transpira enquanto trabalha, fode como se essa fosse sua maior vocação e foi criado por um pai que espera, acima de tudo, que os filhos sejam exímios pescadores. Perto dele, não consigo imaginar esses outros caras que conheço parecerem melhores do que um aperitivo.

O sorriso dele se desfaz devagar e ele entorta um pouco a cabeça.

– Harlow?

Apesar da sombra do boné parcialmente encobrir seus olhos, posso apostar que se arregalaram quando elevei minha atenção para acima da altura do pescoço. E agora lembro como o olhar dele parece um gancho. Fecho os olhos e balanço a cabeça uma vez, tentando espantar o pensamento. Se a situação exigir, não me importo de desmaiar, mas odeio essa sensação de ter desviada minha muito merecida e adequada indignação.

– Um momento. Estou avaliando o que responder.

As sobrancelhas dele se juntam em confusão... ao menos eu *acho* que é confusão. Suspeito que, para Finn, essa emoção pareça igual a impaciência, frustração, preocupação. Ele não é exatamente um livro aberto.

– Tudo bem...?

Tudo bem, aqui está o problema: depois de nossas aventuras matrimoniais em Las Vegas, eu voei para encontrá-lo. De todos os lugares possíveis, fui aparecer em Vancouver Island vestindo nada além de um sobretudo. *Surpresa!* Fizemos sexo durante quase dez horas seguidas – sexo barulhento, selvagem, sexo em-cima-de-qualquer-superfície-disponível – e quando eu lhe disse que precisava voltar para o aeroporto, ele apenas sorriu, debruçou-se para pegar o telefone sobre o criado--mudo e chamou um táxi para mim. Ele apenas pulou por cima dos meus peitos e pediu para o taxista me levar ao aeroporto. E, de fato, o táxi parou no meio-fio, logo atrás de seu Ford F-150 vermelho-cereja novinho.

Concluí, calmamente, que não formávamos um bom par, nem mesmo para uma ocasional sessão de sexo por telefone em chamada internacional.

Então por que estou tão furiosa que ele esteja aqui?

O barista oferece a mesma bebida especial para o Finn, mas ele faz uma leve careta de nojo antes de recusar e pedir dois copos grandes de café preto.

Isso me deixa ainda mais irritada. Essa reação sensata deveria ter sido *minha*.

– E o que raios você está fazendo na minha cafeteria?

Os olhos dele escancaram, a boca formando diversas palavras sem que nenhuma realmente fosse dita.

–Você é *dona* deste lugar?

– Você bebeu, Finn? Aqui é a Starbucks. Estou falando da minha cidade.

Suas pálpebras desmoronam e ele ri, e o modo como a luz captura o ângulo da sua mandíbula, e o modo como sei exatamente qual é a sensação dessa barba por fazer sobre a minha pele... *argh!*

Balanço a cabeça, encarando-o.

– Qual é a graça?

– Por um momento, realmente pensei que você *poderia* ser dona dessa Starbucks.

Com uma viradinha de olhos, pego meu copo e marcho para fora da loja.

Caminhando até meu carro, estico o pescoço e movimento os ombros. *Por que estou tão irritada?*

Não que eu esperasse ter uma carruagem à minha disposição quando apareci sem aviso na casa de praia dele. Já tinha dormido com ele em Vegas, então eu sabia do nosso acordo de não termos compromisso. Evidentemente, eu estava ali porque queria sexo bom. Na verdade, eu queria – não, eu *precisava* – de uma confirmação de que o sexo era mesmo tão bom quanto recordava.

Era *muito* melhor.

Então, obviamente, é a ressaca de sexo ruim do Toby Amsler que está me tirando do sério. Esse encontro ao acaso com Finn teria sido muito diferente se eu não tivesse *acabado* de sair da cama do primeiro cara com quem transei depois dele – o primeiro cara com quem estive em dois meses – e se essa experiência não tivesse sido tão brochante.

Passos estalam no asfalto atrás de mim e começo a me virar quando uma poderosa mão segura o meu bíceps. Finn me aperta mais forte do que acho que pretendia, e o resultado é que minha monstruosidade de café com abóbora vira e espirra no chão, por pouco não atingindo os meus sapatos.

Dirijo a ele um olhar exasperado e atiro o copo vazio na lata de lixo perto da calçada.

– Ah, vamos lá – ele diz com um sorrisinho e me passa o copo que trazia balançando em cima do outro. – Você não ia mesmo beber aquilo. Você não queria nem tocar no café instantâneo de baunilha com pimenta que eu tinha em casa.

Pegando o copo que ele oferecia, murmuro um "obrigada" e viro o rosto para o lado. Estou agindo exatamente como o tipo de mulher que nunca quero ser: abandonada, martirizada, difícil.

– Por que está brava?

– Só estou preocupada.

Ignorando isso, ele diz:

– Será porque você foi até Vancouver Island, apareceu na minha casa vestindo nada além de um sobretudo (no auge do verão) e transamos até você ficar rouca?

O risinho em sua voz me diz que ele pensa que eu jamais poderia estar puta por causa *daquilo.*

Pode ser que esteja certo.

Paro e levanto os olhos para estudá-lo por um instante.

– Você quis dizer aquele dia em que você nem sequer se deu ao trabalho de se vestir para me levar até o *aeroporto*?

Ele pisca, a cabeça pendendo para trás.

– Faltei um turno completo quando você apareceu. *Nunca* faço isso. Saí pro trabalho um minuto depois que o táxi apareceu.

Isso... é informação nova. Transfiro o peso de um pé para o outro, incapaz de manter o contato visual. Meus olhos se perdem além dele, no trânsito da rua, ao longe.

– Você não me disse que precisava trabalhar.

– Eu disse.

Sinto minha mandíbula apertar com indignação quando pisco bem na cara dele:

– Não disse.

Ele suspira, tirando o boné, coçando sua louca cabeleira e então colocando-o de volta.

– Tá bom, Harlow.

– De todo modo, o que está fazendo aqui? – pergunto a ele.

E então tenho um clique: Ansel está na cidade visitando Mia, e amanhã pretendemos todos ir à inauguração da loja de revistas em quadrinhos do Oliver, a Downtown Graffick. O canadense Finn, o parisiense Ansel e o sagaz australiano Oliver: os noivos de Las Vegas. Apesar de quatro de nós termos conseguido a rápida anulação logo após nossas travessuras casamenteiras, Mia e Ansel decidiram levar a sério esse negócio de casamento. Lola e Oliver se tornaram amigos, ligados pela paixão mútua por histórias em quadrinhos. Portanto, gostemos ou não, é esperado que Finn e eu sejamos parte desse bando de amigos desajustados. Temos que aprender a ser civilizados, de preferência com nossas roupas no corpo.

– Certo – balbucio. – A inauguração é neste fim de semana. Você está aqui pra isso.

– Sei que eles não devem ter *Capricho* e *Claudia* no estoque, mas você deveria vir e dar uma olhada, de qualquer forma – ele diz. – A loja parece legal.

Levanto o copo de café até o meu nariz e dou uma fungada. Café preto e não adulterado. Perfeito.

– Claro que estarei lá. Eu *gosto* do Oliver e do Ansel.

Ele esfrega a boca com a palma da mão, sorrindo um pouco.

– Então... você está puta por causa do táxi.

– Não estou *puta*. Isso não é uma briga de namorados e não estamos tendo uma *discussão*. Só estou tendo uma manhã ruim.

Estreitando os olhos, ele me observa da cabeça aos pés. Ele é tão observador que me faz corar e, tão rápido quanto o sorriso dele reaparece, sei que ele deduziu que não vim de casa.

– Seu cabelo está todo doido, mas o interessante é que você parece meio chateada. Talvez como alguém que não conseguiu o que queria.

– Vá se foder.

Finn chega um passo mais perto, a cabeça levemente inclinada para o lado com aquele meio-sorriso irritante.

– É só pedir com jeitinho.

Com uma risada, eu o afasto, empurrando minha mão espalmada contra seu muito bonito e sarado peito.

– Vá embora.

– Porque agora você quer?

– Porque você precisa de um banho.

– Escute – ele diz, rindo. – Não vou seguir você de novo se resolver sair correndo, mas a gente vai se ver de vez em quando agora. Vamos tentar agir como gente grande.

Ele se vira sem esperar pela minha resposta e escuto o som do alarme da caminhonete enquanto ele destrava a porta. Faço uma carinha malcriada de *vá tomar no cu* e mostro o dedo do meio para as costas dele. Então paro, meu coração aos tropeços com uma inundação súbita de adrenalina.

Finn está subindo na mesma caminhonete vermelho-cereja que estava parada na calçada em frente à casa dele. Só que agora está coberta de poeira e fuligem acumulada dos quilômetros e quilômetros de estrada.

O que levanta a questão: se ele só veio para o fim de semana, então por que trouxe sua caminhonete de Vancouver Island até aqui?

Não tenho muito tempo para refletir sobre isso porque meu celular vibra em meu bolso com uma mensagem da minha mãe, e eu pego-o para ler as palavras "Você pode vir aqui agora, por favor?" brilhando na tela.

~

Sou uma consertadora.

Quando tinha quatro anos e quebrei o colar favorito da minha mãe enquanto o experimentava, passei três horas na minha casa da árvore tentando colar de novo as peças. Consegui apenas colar alguns dedos. No último ano da escola, quando Mia foi atingida pelo caminhão e ficou quase inválida, fiquei sentada ao lado dela todos os dias do verão inteiro em que ela passou engessada dos pés à cintura. Eu sabia que, se ficasse por bastante tempo, chegaria o momento em que ela precisaria de alguma coisa e eu estaria ali, pronta para ajudar. Eu levei para ela um DVD e umas revistas ridículas de adolescente. Pintei as unhas dela e cheguei ao ponto de contrabandear as coisas mais estranhas para dentro do quarto – garrafas de *wine cooler*, seu namorado, Luke; seu gato – só para vê-la sorrir. Quando o pai de Lola foi mandado para o Afeganistão – depois voltou abalado e diferente, e a mãe de Lola abandonou os dois – levei para eles compras de mercado e refeições, qualquer coisa que pudesse tirar o menor dos pesos das costas deles. E quando Ansel estava compenetrado em consertar as coisas com Mia, me intrometi ali também.

Quando meus amigos precisam de alguma coisa, eu faço. Quando alguém que amo não consegue resolver um problema, dou um jeito. Para melhor ou para pior, é isso que faço.

Então quando estaciono o carro e me sento ao lado da minha irmãzinha e em frente aos nossos pais na nossa leve, ventilada e "alegre" sala de estar – uma sala que, neste momento, parece mais um túmulo –, estou imediatamente em estado de alerta. Em um dia comum, nossa família é tempestuosa. No entanto, agora está calada. Senti que devia sussurrar meus olás. As cortinas estão abertas, mas a névoa densa da costa marítima faz a sala ficar pesada e sombria.

Minha família é – sempre foi – o centro do meu universo. Minha mãe era atriz quando meus pais se casaram, e a carreira de papai não decolou até que eu chegasse ao ensino médio. Então, quando eu era pequena, papai e eu viajávamos com mamãe de um set de filmagem para outro. Até minha irmã Bellamy nascer, quando eu tinha seis anos, éramos só nós três quase o tempo inteiro.

Papai é emocionalmente intuitivo, protetor, todo energia criativa e sentimentos. Mamãe é a força bonita, calma e centralizadora da nossa família, liderando a casa com uma piscadela por trás dos ombros largos do meu pai. Mas, neste momento, ela está sentada ao seu lado, segurando a mão dele entre as suas, e posso ver por cima da mesinha de centro que ela está suando.

Está me ocorrendo que eles vão nos dizer que irão vender a casa. (Vou montar um piquete na garagem até eles desistirem). Que iremos nos mudar para Los Angeles. (Vou ter um treco). Que eles estão com problemas e decidiram se separar por um tempo. (Isso não posso nem imaginar).

– O que aconteceu? – pergunto devagar.

Mamãe fecha os olhos, respira fundo e então olha para nós, dizendo:

– Estou com câncer de mama.

Depois dessas cinco palavras, as centenas que se seguem soam vagas e sem forma. Mas compreendo o bastante para saber que mamãe tem um tumor com cerca de três centímetros no seio, e que células cancerosas foram encontradas em vários linfonodos. Papai achou o caroço quando estavam no banho, uma manhã – estou tão aliviada que ele o tenha encontrado que não fico nem constrangida com essa informação –, e ela não quis nos contar nada até que soubesse melhor. Ela optou por uma mastectomia, seguida de quimioterapia, e eles marcaram a cirurgia para segunda-feira... daqui a três dias.

De algum modo, as coisas estão indo bem rápido, no entanto, para uma consertadora como eu, não é rápido o bastante. Posso recitar perguntas como se estivesse lendo-as em um livro: Você pediu uma segunda opinião? Qual é o tempo de recuperação da cirurgia? Quanto tempo vai levar pra começar a quimio? Que medicamentos eles vão dar? Mas estou aturdida demais para saber se minha metralhadora de perguntas é uma reação apropriada.

Quando papai mencionou ter encontrado o caroço, Bellamy explodiu numa gargalhada e logo em seguida desmoronou em soluços histéricos. Mamãe soava como um autômato, pela primeira vez na sua vida inteira, enquanto detalhava o que o médico havia dito. Papai permaneceu atipicamente mudo.

Então é isso que quero dizer: Qual é a reação apropriada quando o centro do seu universo descobre que é mortal?

Assim que ela terminou de nos contar tudo que sabia – e assim que nos prometeu que ela se manteria forte, e ficaria *bem, muito bem* –, ela nos disse que queria se deitar e ficar sozinha por um momento. Eu mal consigo respirar, e pela expressão no rosto do meu pai, sei que ele está muito, *muito* pior.

Bellamy e eu ficamos sentadas assistindo a um seriado com o volume da televisão praticamente mudo. Ela se enroscou no meu colo e papai desapareceu em direção ao quarto deles. No navegador do meu celular li cada página que pude encontrar sobre câncer de mama em estágio três, e com cada migalha de informação atualizava mentalmente as chances da minha mãe sobreviver. Os créditos estão rolando e a tela fica vazia antes de eu perceber que o filme acabou.

~

Mas não há nada que eu possa fazer agora. Mamãe não quer que façamos nada; ela não quer que eu *cuide* dela. Ela quer que "vivamos nossas vidas" e "não deixemos que isso monopolize nossos pensamentos".

Ela não conhece a mim e ao papai?

Apenas algumas horas depois de ter nos contado, esse câncer já tinha virado uma *coisa*, uma entidade viva e respirante ocupando tanto espaço em casa quanto qualquer um de nós. É tudo em que consigo pensar, tudo que vejo quando olho para ela. E então não faço a menor ideia do que fazer comigo mesma.

– Achei que tivesse uma festa esta noite na casa nova da Lola – mamãe diz, e eu sintonizo de novo na conversa. Ela parece perfeitamente normal, só um pouco cansada, enquanto vira um queijo grelhado na chapa e me olha por sobre o ombro. Você sabe, fazendo o jantar para nós como se fosse uma sexta à noite normal, nada de diferente. Posso dizer que nós três estamos assistindo-a cozinhar, suprimindo nossa vontade de sugerir que ela vá se sentar, relaxar e deixar que façamos algo para ela comer.

Ela nos mataria.

– Tem... – Aproximo-me sorrateiramente e roubo alguns pedaços de queijo da sua tigela. – Mas vou ficar aqui.

– Não, não vai. – Mamãe se vira e me dá sua melhor cara de não--discuta-comigo. – A loja do Oliver abre amanhã.

– Eu sei.

– Você vai sair e vai dormir na sua casa esta noite – Papai insiste. – Vou levar a mamãe ao cinema, e aí a trago pra casa, e aí... – Ele desliza e faz uma dancinha atrás dela. – Você não vai querer estar em casa pro que vem depois.

Ah, Deus. Pressiono minhas mãos contra as orelhas e Bellamy se abaixa, fingindo se esconder debaixo do balcão.

– Você venceu – digo a ele, tentando manter o tom leve e socar todo o pânico que sinto de volta para dentro de mim. Não quero ficar longe da minha mãe. – Mas amanhã vamos fazer alguma coisa, nós quatro juntos.

Papai concorda e sorri corajosamente para mim.

Nunca o vi tão abalado.

~

Realmente, é bom sair, para ser sincera. A pior coisa que poderíamos fazer por mamãe seria sentar e assistir a cada movimento que ela dá, com caras preocupadas e aflitas. Papai me assegurou que meu maior papel será nas próximas semanas e meses. Posso lidar com isso. Bellamy é doce, mas ela só tem dezoito anos e é também estranhamente incapaz. Qualquer pequena incumbência a deixa estressada. Isso a torna boa para o papel de *pense positivo!* Eu sou a filha que cuida das merdas necessárias. Serei a filha que vai levar mamãe às consultas, fazer perguntas demais, cuidar dela quando papai precisar trabalhar, e provavelmente vou deixá-la maluca.

Entretanto, neste momento, me sinto horrível.

E se há pessoas que quero ver esta noite que não sejam minha família são as meninas.

O apartamento novo da Lola fica a uma *enorme* caminhada de distância dos dormitórios. Eu esperava que ela se mudasse junto comigo quando nos formássemos, mas ela queria estar no centro da cidade, e cada vez que a visito realmente não consigo culpá-la. O endereço fica um pouco ao norte do bairro de Gaslamp Quarter, em um edifício novo, de janelas gigantescas, cômodos amplos e abertos, com vista da baía e a poucos quarteirões de distância do Donut Bar. Mulher de sorte.

– Harlowwwwww! – Meu nome é gritado atráves da ampla sala de estar e rapidamente estou cercada por quatro braços. Dois são da Lola e dois pertencem à London, sua nova colega de apartamento e a mais adorável garota totalmente-americana que você pode imaginar: cabelo loiro-amarelado, sardas, covinhas e sorriso constante. Perfeitamente descolada com seus óculos de menina nerd e sexy e roupas arrojadas. Esta noite, por exemplo, vejo-a vestida com uma camiseta azul com estampa de Tardis,[1] uma saia de bolinhas verde e amarela e meias três-quartos de listras pretas e brancas. Com Lola e seu vestido preto retrô e maquiagem estilo Betty Page, elas faziam com que nós outras parecêssemos tragicamente fora de moda.

– Oi, Lola-London – digo, pressionando o rosto no seu pescoço. *Eu precisava disso.*

A voz de Lola sai abafada pelo meu cabelo.

– Isso soa como um nome de stripper.

London ri, soltando-se do nó.

– Ou o nome de uma bebida?

– Me vê um Lola-London com gelo – digo.

– Bem – London diz, apontando para a geladeira no piso da cozinha –, podemos tentar inventá-la esta noite. Juro que comprei tudo. Misturadores e bebida e cerveja e castanhas e... – Ela fecha os olhos, levanta a mão direita em saudação roqueira e canta em alto e bom som hispânico: – *Fritos!*

Ela se vira e corre para atender à porta e dou um gesto de aprovação.

– Gosto dessa garota.

– Alguém me disse que *hay una fiesta* nesta casa!

---

1 Em inglês, sigla para Time and Relative Dimension in Space. É a máquina do tempo e nave espacial da série britânica *Doctor Who.*

Viro-me ao som da voz profunda e cheia de sotaque do Ansel, e cada ruído no apartamento cessa por um instante antes da explosão de aplausos e gargalhadas. Ele está usando um sombrero carregado de nachos. Porque é um adorável idiota.

Mia se solta dele e vem direto na minha direção, envolvendo os braços nos meus ombros.

– Você tá bem?

Eu havia ligado para Lola e Mia mais cedo, para dar a notícia pela metade, e elas me conhecem bem o bastante para antecipar a magnitude do meu pânico.

Pisco para longe do espetáculo delicioso que é Ansel fazendo uma dancinha de toureiro.

– É... você sabe.

Ela se afasta e estuda o meu rosto antes de decidir, com precisão, que estou aqui para me distrair e não para falar sobre minha mãe. Todas nos viramos para assistir a Ansel enquanto ele oferece a alguém os nachos do sombrero. De fato, a criança interior dele estava viva e saltitante.

Desenho um círculo no ar em volta da minha cabeça.

– O que há com o...

– Não faço a menor ideia – Mia me corta. – Ele e o Finn saíram pra tomar umas cervejas mais cedo e ele voltou com isso aí. Ele não tira da cabeça há horas, e já reabasteceu três vezes. Afastem-se, garotas. – Ela se inclina, trazendo uma cerveja para fora da geladeira. – Ele é todo meu.

E com a menção do nome *dele*, percebo Finn do outro lado da sala. Ele deve ter vindo com eles. Meu estômago faz um movimento irritante – um solavanco apertado e quente – quando ele ri de alguma coisa que Ansel disse e levanta o braço para ajustar o boné de beisebol. O bíceps dele flexiona e o meu estômago entra em combustão. Entorno metade da minha cerveja para fazer a sensação ir embora, imaginando o chiado do vapor conforme as chamas metafóricas são apagadas.

– Não sabia que Finn vinha esta noite. – Mas o que eu estava pensando? Que eles iriam deixá-lo em casa sozinho? Finn é só mais uma complicação com a qual meu cérebro já em frangalhos não consegue lidar agora.

Mia torce a tampa da cerveja e me observa, com um sorrisinho nos olhos.

– Está tudo bem?

Civilizados. Bando de amigos desajustados, lembro a mim mesma.

– Você sabe que sim.

– Desde que não tente falar, certo?

Rindo, concordo.

– Certo.

Lola esfrega minhas costas e inclina a cabeça, indicando que vai se juntar ao pessoal para jogar cartas.

– Você tá bem aqui?

– Sim – digo a ela. – Eu provavelmente vou ficar aqui atrás e assistir a vocês sendo incríveis.

Depois de se convencer de que não preciso de companhia, Mia acompanha Lola e eu fico sozinha na cozinha luminosa, observando o pequeno grupo em torno da mesa de jantar. Ansel lambe o polegar e começa a distribuir as cartas, espalhando-as com maestria sobre a mesa para cada jogador. Sinto-me um pouco perdida, como se não devesse estar aqui, mas incapaz de voltar para casa. Estou sufocada dentro da minha pele, quente demais neste apartamento.

Uma sombra mergulha atrás de mim e, quando me viro, vejo um cara de moicano loiro desbotado se curvando para puxar um *wine cooler* para fora da geladeira.

– Interessante escolha de bebida – eu digo. – Ponche de maracujá![2]

2 Em inglês, *passion punch* significa tanto "ponche de maracujá" quanto "soco de paixão". (N. T.)

Ele se vira, balançando a cabeça em concordância. Ele é lindo, senão um pouco sujo, mas o seu sorriso exibe uma boca de dentes perfeitos e brancos – o garoto hippie de La Jolla. Claro.

– Já experimentou um desse? Tem gosto de *suco*!

Então o *wine cooler* é uma novidade divertida? Definitivamente, ele é o hippie de La Jolla.

– Eu sou Harlow – digo, estendendo a mão. – E se você quer suco, por que não bebe suco simplesmente?

Ele agita a garrafa.

– Não dá pra arranjar muito problema tomando suco – ele diz, antes de apontar a garrafa para o próprio peito, acrescentando: – Não-Joe.

– Nacho?

– Não. *Não. Joe*. Sabe o Oliver, meu novo chefe? Ele me chama de Joey. Acho que ele está tirando um sarro da minha cara, tipo a gente e esse lance de canguru, porque ele é australiano. Mas esse não é o meu nome.

Espero ele me dar seu nome verdadeiro – obviamente ele não deve conhecer Oliver há muito tempo para ser chamado de Não-Joe por mais do que alguns meses – mas ele não diz.

– Então é mesmo Não-Joe?

– É!

– O tempo todo?

– Sim.

– Bem, então tá. Prazer em conhecer. – Apesar do fato de eu temer que Não-Joe faça algumas sinapses a menos que um invertebrado, dou uma passada de olhos e imediatamente gosto dele. Está vestindo bermuda de surfista e camiseta, e deve estar muito chapado para estar aqui, fazendo exatamente isso. – Então você vai trabalhar na loja?

Quando ele assente, engolindo metade do *wine cooler* numa só virada, acrescento:

– Amanhã deve ser um dia empolgante pra vocês.

– Vai ser legal. Oliver é um bom chefe. Ou posso garantir que vai ser. Ele é bem tranquilão.

Olho através da sala, onde Oliver está tão concentrado nas cartas em sua mão que tenho medo que elas peguem fogo. Ao contrário de Finn, que parece não se preocupar muito com a aparência mas melhora as chances a seu favor por manter o cabelo curtinho e o rosto normalmente barbeado; Oliver é sexy de um jeito bem acidental. Não cheguei a uma conclusão se ele é tão despojado quanto parece, mas sei com certeza que ele é um cara intenso, e levando em conta que só tem trinta anos e está abrindo uma loja de quadrinhos de alto padrão na área mais moderna de San Diego, não acredito que ele seja tão tranquilão quanto Não-Joe está pensando.

Olho de volta para o garoto hippie.

– O que você vai fazer lá?

– Vender revistas e tudo mais.

Eu rio. Esse cara sem nenhuma supervisão deve ser um espetáculo.

– Ah, você quer dizer que vai trabalhar na frente do balcão?

– Isso. Trabalhar no balcão. E, às vezes, atrás dele. – Ele ri consigo mesmo. – No caixa – ele solta.

– Exatamente quão chapado você está, Não-Joe?

Ele para de se mover e parece fazer uma prolongada inspeção mental.

– Bem chapado.

– Quer tomar uns shots?

Porque, de verdade, não há a menor chance de eu querer sexo com Não-Joe, mas minha segunda atividade favorita com homens é assisti-los enquanto se embebedam.

Alinhamos dois copos e viramos, bem na hora em que vejo Finn se levantar da mesa. Ele lança as cartas, claramente ganhando tempo enquanto tira o boné, coça a cabeça com a mesma mão e o coloca de volta. Odeio descobrir que acho essa manobra totalmente sexy. Quando ele levanta o olhar e me vê na cozinha com Não-Joe, estreita os olhos por um momento e começa a andar na nossa direção.

– Ah, merda – balbucio, soltando o ar.

– Por acaso o Hulk é seu? – Não-Joe me pergunta, inclinando a cabeça.

– Nem um pouco.

– Mesmo assim. Olha a intensidade dos *olhos* dele – ele sussurra, bêbado. – O leão está rondando. – Com um pequeno estremecer, ele parece sair do transe e sibilar: – Vou para o quarto das crianças.

– Obrigada – resmungo para suas costas em retirada, quando Finn desliza entre mim e o balcão, encostando-se com o quadril.

Esta noite sinto falta da minha armadura de costume: meu entusiasmo, minha confiança e a tranquilidade de saber que a vida vai bem para as pessoas que amo. Um minúsculo alarme no meu cérebro sinaliza que conversar com Finn neste momento pode ser uma péssima ideia. Vamos acabar brigando ou transando, e Finn não faz nenhuma dessas coisas com delicadeza. Entretanto, recuso-me a dar um passo para trás e posso sentir um calor vindo do peito dele. O boné está afundado até a altura dos olhos, então tenho que me valer da curva dos lábios dele para interpretar o seu humor. Até então, ele parece... aborrecido, bravo, pensativo ou sonolento.

– Curioso encontrar você aqui.

– Finn. – Aceno com a cabeça em sinal de reconhecimento.

O sorriso dele começa num canto e se espalha através dos lábios.

Maldita seja com essa boca incrivelmente sedutora.

– Harlow.

Escorrego meus dentes pelo lábio inferior enquanto pondero.

Papo furado não vai funcionar aqui, mas não estou certa se posso lidar com essa virilidade hoje à noite, quando me sinto tão em farrapos. Finn não se encaixa em nenhuma das minhas categorias pré-determinadas de homens, e talvez haja um desafio nisso.

Ele é difícil de ler, fácil de olhar e, não importa quanto essa ideia possa parecer ruim, é quase impossível resistir ao impulso de puxá-lo para perto.

Lutar ou transar.

Ambas as opções estão começando a soar muito boas.

Capítulo 2

Finn

Não me lembro da última vez que estive em uma festa caseira, cercado por um bando detestável de gente de vinte e poucos anos a caminho de novos recordes de bebedeira. Não sou um cara festeiro, mas tinha concordado em ir porque Ansel está na cidade, e a última vez que nos vimos foi em Las Vegas, quando o fim de uma noite de diversão desmoronou em um caos matrimonial. E esta noite, de algum jeito que não sei explicar, acabei em nenhum outro lugar senão perto da garota, com uma caneca na mão e a meio caminho de estar chapado pela primeira vez em meses. Tão perto de Harlow Vega que podia tocá-la.

Não me surpreende que estejamos tão próximos, ou que eu realmente gostaria de tocá-la. O que me surpreende é que Harlow é quem está isolada do restante da festa, passando um tempo na cozinha com o funcionário maconheiro do Oliver. Apesar das nossas núpcias em Las Vegas e da libertinagem em Vancouver Island, seria justo dizer que não sei muito sobre ela. Mas *conheço* o tipo dela: é o tipo que, se houver uma mesa em uma festa, ela estará batucando, deitando ou dançando em cima.

– Por que você está aqui, e não acabando com a gente no pôquer?

Harlow dá de ombros, colocando as mãos na minha cintura para me puxar para o lado enquanto abre o armário acima de nossas cabeças.

– Estou distraída esta noite. – Ela franze a testa para dentro do armário atulhado. – E por que isso está tão bagunçado? Meu Deus.

– Vai reorganizar a cozinha pra elas? – pergunto, alegre com o tilintar de vidro enquanto ela revira os copos. – No meio da festa?

– Talvez.

Cabelos castanho-escuros emolduram o rosto dela. Harlow coloca-os para trás da orelha e se estica para alcançar a prateleira superior, expondo seu pescoço delgado. Imediatamente penso em enchê-lo de pequenos chupões, da orelha até a clavícula.

– Preocupada de manhã – falo, apreciando a vista daqueles ombros nus. – Distraída à noite.

Ela resgata dois copos de shot limpos e se afasta para me olhar silenciosamente em resposta. E agora lembro do calor de seus estranhos e hipnóticos olhos – mais amarelos do que castanhos – e a tentação dos seus lábios cheios e sedutores. Desatarrachando a tampa de uma garrafa de tequila premiada, Harlow pisca antes de encher cada copinho até a borda.

– Bem, posso dizer que Não-Joe está fazendo um grande trabalho tirando você da distração – digo a ela. – Mas você vai querer pegar leve com um cara que colocou piercing no pênis.

Honestamente, quando o Oliver me contou essa história, quase engasguei com o meu sanduíche.

Harlow estava começando a me passar um copo de shot, mas a mão dela para no meio do caminho.

– Ele... o quê?

– Dois. Um na ponta e outro no meio.

Ela pisca.

Inclino-me um pouco e o jeito com que ela encara minha boca faz minha pele arrepiar.

– De acordo com o Oliver, "coisas acontecem" quando o Não-Joe fica bêbado – digo.

Ela arranca o olhar da minha boca e me observa, levantando o queixo para indicar as pessoas na mesa, que ainda estão jogando baralho do outro lado da sala.

– Você está sugerindo que eu deveria jogar com aquelas pessoas que estão usando shots de suco de tomate como castigo?

– É melhor que isso – digo com um estremecimento. – É cerveja com suco de tomate. Chama-se *chelada*, e esquenta muito bem.

Ela faz exatamente a mesma cara que fez quando o barista lhe oferecera café mocha com tempero de abóbora de manhã – completo e total horror, sendo que ela mesma tinha pedido a bebida.

– Alguém realmente se deu ao trabalho de fazer isso? Existem pessoas que conseguem beber e gostar disso?

Rindo, digo:

– Sabe, apesar do meu bom senso, realmente acho bem engraçado quando você banca a diva.

Com a cabeça inclinada para o lado e olhos incrédulos, ela pergunta:

– Sentir repulsa de cerveja misturada com tomate e suco de *amêijoa* faz de mim uma diva?

Aparentemente estou bêbado o bastante para cantarolar alguns versos da única canção de diva que consigo me lembrar no momento, "I Will Always Love You". Então levanto meu copo e o entorno.

Harlow me olha como se eu tivesse perdido a cabeça, mas aposto que ela está se divertindo. Um sorriso paira em seu olhar, mesmo que suas sobrancelhas estejam unidas em desaprovação.

– Você não pode cantar pra salvar sua vida.

Esfregando a boca com minha mão, digo:

– Isso não é nada. Você devia me ouvir tocando piano.[3]

Ela estreita os olhos mais ainda.

– Você por acaso está citando Smiths?

– Estou surpreso que você sacou essa. Não é de algo que acabou regravado por P. Diddy.

Rindo, ela diz:

– Você tem uma impressão fantástica de mim.

– Tenho mesmo.

A tequila invade meu fluxo sanguíneo, aquecendo-me do peito para fora. Inclino-me para mais perto para dar uma boa cheirada nela. Ela sempre tem um cheiro *quente* e, de alguma forma, terroso e doce. Assim como praia, protetor solar e madressilva. Eu disse mais palavras não sexys para Harlow nos últimos cinco minutos do que durante todo o tempo em que ela estivera no Canadá, e estou surpreso em descobrir que não apenas é tranquilo conversar com ela, mas ela também é divertida.

– E a impressão que tenho só melhora agora que sei que você não é só um rostinho bonito no meu colo.

– Você é um filho da puta de primeira, Finn.

– Esse negócio de conversar faz maravilhas e expande nossos horizontes.

Ela toma o seu shot, engole e estremece antes de dizer:

– Não se apresse, Raio de Sol. Eu gosto do nosso acordo.

– Temos um acordo?

Confirmando, ela se vira para nos servir mais um shot.

– Ou a gente briga ou a gente trepa. Acho que prefiro a parte de trepar.

---

3 Finn está citando um verso da música "The Queen is Dead", da banda inglesa The Smiths.

– Bem, se é assim, tenho que concordar.

Ela me passa o segundo shot, que se soma às três cervejas que eu já bebi com Ansel, e pergunto:

– De qualquer forma, por que você foi até mim? Nunca me ocorreu perguntar isso porque você estava sentada em mim quase o tempo todo. A visita foi... inesperada.

– Mas maravilhosa? – ela pergunta, sobrancelhas erguidas como se soubesse que eu nunca negaria.

– Claro.

Ela lambe o lado da mão, desta vez jogando um pouco de sal sobre ela e estudando-a, pensativa.

– Honestamente? Acho que eu não conseguia confiar nas minhas memórias de Las Vegas.

– Quer dizer, sua memória de que o sexo foi tão bom?

– É.

– Foi sim – asseguro a ela.

– Sei disso agora. – Ela lambe o sal, toma o shot e pega uma fatia de limão do balcão, chupando-a por um instante, antes de murmurar com os lábios molhados e franzidos: – Uma pena que o homem que veio de brinde com o pênis seja um tremendo vacilão.

Concordo, solidário.

– Verdade.

– Você é engraçado – ela diz, empurrando-me um pouco para trás como se só agora pudesse me enxergar. – Você é engraçado desse jeito fácil e inesperado.

– Você está *bêbada*.

Ela estala os dedos na frente do meu rosto.

– Deve ser isso. A tequila que eu tomei deixou você engraçado.

Dou risada, esfregando a mão na boca.

– Seu humor parece melhor esta noite – comento.

– São só umas coisas que estão acontecendo e sobre as quais não quero pensar. E além disso... – ela diz, levantando o copo vazio – isto ajuda imensamente.

– Quantos você tomou?

– O suficiente pra eu não me importar muito, e menos que o necessário pra não dar a mínima.

Essa parece uma resposta bastante sombria para alguém que eu imaginei o tempo todo alegre, sexy e descolada. De fato, não sei muito mesmo sobre a vida de Harlow. Sei que ela é uma bela garota riquinha, que provavelmente tem belos garotos riquinhos fazendo fila na porta de sua casa. Sei que ela é amiga leal da Lola e da Mia, e como ela aparentemente é uma dessas pessoas que precisam ajudar toda criatura humana na face da Terra, foi importante para fazer Mia e Ansel voltarem a ficar juntos. Mas, fora isso, não há muita coisa. Nem mesmo sei em que ela trabalha... se é que trabalha.

– Nada que você queira conversar? – ofereço, sem entusiasmo.

– Não – ela responde e vira outro shot.

O celular vibra no meu bolso e meu conforto quente e alcoólico é rapidamente substituído por uma sensação de horror. Sem precisar olhar, sei que essa é a mensagem que estava esperando. Em casa, meu irmão mais novo, Levi, está fazendo uma verificação de segurança no maior barco da nossa frota, o *Linda*, batizado em homenagem à nossa mãe, e da forma como as coisas têm andado, posso apostar que não são notícias boas.

`Pane na cabine do leme, nenhum dos controles funciona.`

Merda.

Apesar de existir mais ou menos uma centena de palavrões que eu gostaria de digitar agora, não respondo na hora. Em vez disso, deslizo o telefone de volta para o bolso, sirvo-me de outro shot e viro o copo. Ajuda.

– Tudo bem aí? – Harlow pergunta, observando-me.

Aperto a mandíbula contra a queimação, sentindo-a aquecer meu corpo conforme alcança o estômago.

– Só meio distraído. Agora sou eu.

– Então tá... Vamos tomar outro! – Ela serve mais dois shots e me passa um.

Sei que isso não vai ajudar mesmo. Vou ficar sóbrio amanhã – ou talvez depois de amanhã – e os controles do barco ainda vão estar pifados, e todo o nosso maldito ganha-pão ainda estará tão em risco quanto agora. Mas, saco, realmente queria poder esquecer isso por um momento.

Seguro o corpo, olho para o líquido claro antes de me inclinar para ela, meus lábios quase tocando a volta da sua orelha.

– Você e eu sabemos que a última vez que bebemos tequila juntos não terminou muito bem.

– É verdade – ela diz, afastando-se apenas o bastante para olhar nos meus olhos. – Mas não tem nenhuma capela 24 horas nas redondezas atendida por algum idiota descuidado o bastante para casar nós dois. Então, acho que estamos seguros.

Ponto para ela.

Harlow entorna o copo e estremece.

– *Aaaah*... Acho que não aguento mais. – Ela levanta as mãos e finge contar mais ou menos trinta shots, então sorri para mim. – Mais um e vou mergulhar de cara naquela tigela de salgadinhos que a London tanto adora.

Harlow pode ter perdido a conta, mas eu não. Quatro shots no curto tempo que passei na cozinha com ela e – tirando Las Vegas – estou bêbado pela primeira vez em anos.

Pareceu até que ele desaparecera por uma hora, mas Não-Joe volta rodeado por uma nuvem com cheiro de maconha. Conforme se aproxima, estende a mão para mim, falando muito devagar:

– Sou o Não-Joe... prazer em conhecer.

Rindo, eu digo:

– A gente se encontrou mais cedo na loja, quando o Oliver estava dando a última checada.

Não-Joe emite um pequeno cacarejo, dizendo:

– É *por isso* que você me parece familiar.

Isso foi há três horas. Esse cara não deve nem respirar se não for através de um baseado.

– Você é o lenhador da Nova Escócia? – ele pergunta.

– O pescador de Vancouver Island.

Harlow explode numa gargalhada.

– Pobre Finn.

Ele olha para frente e para trás, entre mim e Harlow.

– Então vocês dois se conhecem através do Oliver também? – ele pergunta.

– Não exatamente – ela responde, e então olha para mim com um sorriso bobo. – O Finn é meu ex-marido.

Os olhos de Não-Joe ficam do tamanho de dois pratos.

– *Ex-marido?*

Balançando a cabeça, confirmo:

– Isso mesmo.

O garoto olha para Harlow, e então olha *mesmo*. Olhos subindo e descendo pelo corpo dela de um jeito que me faz querer esbofeteá-lo para trazê-lo de volta à consciência e parar de *comê-la com os olhos* desse jeito.

– Você não parece velha o suficiente para já ser divorciada – por fim, ele conclui.

Inclino-me para a frente para arrancar sua atenção dos peitos dela e pergunto:

– Mas eu sou?

Agora ele olha para mim, no entanto com muito menor interesse.

– É, realmente. Você é mais velho que ela, certo?

– Certo – digo, rindo, enquanto Harlow dá uma risadinha deliciada perto de mim. – Obrigado.

Não-Joe enfia a mão dentro de um saco de salgadinho de milho em cima do balcão, perguntando:

– Deve ser esquisito ir a uma festa junto com o ex.

Ela o interrompe com um aceno de mão:

– Nah, Finn é um cara tranquilo.

– Sou? – pergunto a ela, e isso me faz rir, porque se existe alguma expressão para me descrever, não é *tranquilo*. Tranquilo é o Ansel. Eu normalmente sou "contido". E, admito, às vezes um pouco desligado. Não sou *tranquilo*.

Concordando, ela me estuda pelo intervalo de um suspiro e então diz:

– É. Você curte longas caminhadas na doca, gosta de fazer pequenos apanhadores de sonhos com as sobras da linha de pesca, e passar as tardes rindo com umas tiazinhas gostosas no bar Mooseknuckle local.

Explodi numa risada.

– Eu curto, né?

Os lábios dela formam um biquinho doce e pensativo.

– Hum-hum.

– Bem – respondo –, você é bem desencanada. Ajuda o fato de ser uma garota que adora se divertir, fazer compras, fazer as unhas... – Finjo pensar um pouco mais, repetindo: – Compras.

Ela põe a mão na minha bochecha, colocando uma expressão de divertimento adorável.

– Adoro como nos conhecemos tão bem.

– Digo o mesmo.

Em uníssono, levantamos nossos copos de shot e brindamos.

– Por que vocês se divorciaram? – Não-Joe pergunta. – Parece que vocês se gostam de verdade.

– Gostamos? – pergunto, sem tirar meus olhos de Harlow. Eu realmente acho que não gostava tanto dela assim até esta noite.

Ela finalmente quebra nossa troca de olhares para contar a Não-Joe:

– A verdade é que nós só ficamos casados por uma noite e, tipo, metade de um dia em Las Vegas. Somando, nós provavelmente só passamos 24 horas juntos, a maior parte do tempo bêbados ou pelados.

– Ou os dois – acrescentei.

– Sério?

Nós dois confirmamos.

– Isso é *ruim*.

– Foi mesmo, confie em mim – ela concorda e depois finje olhar para mim. – *Muito* ruim.

Eu olho para seus lábios enquanto ela os lambe, e isso envia um choque elétrico através da minha pele e direto para o meu pau. De fato, estou quase bêbado o bastante para sugerir apresentar de novo aquela língua a este pau.

– É algo que acho que todo mundo deveria fazer uma vez na vida – Não-Joe brinca, arrancando minha atenção da boca agora sorridente de Harlow. – Todo mundo deveria: correr uma maratona, ler *Cândido* e se casar em Las Vegas.

Harlow ri e começa a explicar para ele que era tremendamente caro e, de fato, nem um pouco prático. Podíamos ter transado e seguido cada um o seu caminho de graça. Enquanto ela conta a Não-Joe nossas desventuras em Las Vegas, peço licença para ir bater a cabeça.

Fora da cozinha, a festa está alta e alcoólica. London está cantarolando uma música na mesa de pôquer; Mia está jogando e usando o sombrero, sentada no colo de Ansel. Lola e Oliver são os únicos que parecem sóbrios, e eu dou risada enquanto os assisto por alguns segundos. Oliver é notoriamente competitivo jogando, e daqui posso ver a mesma determinação no rosto da Lola. O resto da mesa já se dissolveu numa zombaria bêbada, mas os dois parecem tentar ao máximo manter o jogo organizado. É como tentar dar nó em pingo d'água.

Quando saio do banheiro, Harlow está ali esperando a vez dela. Ela desliza por trás de mim com um sorriso atrevido e me viro para fazer alguma coisa... Droga, nem sei o que fazer – se conto uma piada, encaro, beijo... Ela fecha a porta na minha cara. Tinha esquecido como beber me deixa confuso, um pouco enrolado. É libertador, mas no canto da minha mente posso ver a luz vermelha piscando: *Perigo. Perigo.*

Observando a sala, considero voltar para a mesa de pôquer ou para a cozinha, mas meus pés estão plantados, e mesmo quando penso no quanto seria divertido jogar baralho com Ansel e Oliver, não vou a lugar algum.

Harlow abre a porta do banheiro para me encontrar encostado contra a parede oposta e não parece nem um pouco surpresa. Nem um pouquinho. Ela se mantém no vão da porta, estudando-me, e então esboça alguns passos na minha direção.

Ela apenas olha para cima e isto é totalmente novo. Ela me parece uma mulher diferente da garota festeira de Las Vegas e da megera faminta que quase arrombou a porta da frente da minha casa. Esta Harlow parece paciente, sedutora e tremendamente *fascinante*. Por baixo da superfície do seu olhar vejo algo que não tinha visto antes, alguma profundidade que ela geralmente mantém oculta, como se hoje uma muralha tivesse vindo abaixo. Não pode ser só o álcool, porque eu já a tinha visto bêbada antes. Não pode ser apenas que ela queira gozar, porque também já fizemos isso antes.

Quanto mais Harlow me encara, mais sinto meu coração se tornar um bote inflável lentamente se enchendo de ar. Meu peito fica mais apertado, mais apertado, mais apertado.

Posso jurar que ela colocou mais gloss labial quando estava no banheiro, e a boca dela brilha em vermelho quando sorri.

– Vamos fazer barulho?

Isso me tira do meu transe e eu seguro o braço dela, puxando-a para perto e nos virando até a porta do quarto bem à minha esquerda.

O quarto está vazio, a não ser por uma pilha de cobertores, uma cômoda baixa e algumas caixas de papelão.

– Quem diabos tem um quarto vazio em um lugar como este? – pergunto, caminhando em direção às janelas que vão do chão até o teto. Este lugar tem três quartos e o dobro do tamanho da minha *casa* em Vancouver Island. Tem uma vista deslumbrante da baía e, a distância, algo que me parece a Ilha de Coronado.

– Este era o quarto da Ruby – Harlow diz, encostando-se contra a parede à minha direita. – London herdou este apartamento alguns anos atrás. Ruby se mudou há poucas semanas, logo depois de Lola chegar. Ela conseguiu um estágio incrível em Londres.

Olho para ela me sentindo confuso. Ou melhor, bêbado.

– Ruby... e Londres?

– Ruby se mudou para Londres, na Inglaterra – ela explica devagar. – E sim, eu sei. A colega de apartamento era London, ela se mudou para Londres. As piadas são infinitas. É como se o Gordo e o Magro estivessem aqui. – Afastando-se da parede, ela dá alguns passos na minha direção e observa a água através da janela. – Elas estão procurando uma nova colega de apartamento, então se você conhecer alguém que queira fugir do regime ditatorial canadense...

– Você não vai se mudar? – pergunto.

– Gosto da minha casa. Gosto de morar sozinha.

Concordo. Também gosto de morar sozinho. Minha cidade é pequena demais, às vezes é bom pensar que posso fechar a porta e me distanciar. Nem a mil quilômetros de distância posso realmente afastar meus pensamentos de toda a merda acontecendo na família. Meu celular parece pesar como chumbo no meu bolso, e eu o puxo para fora, colocando-o em cima de uma caixa de papelão. Harlow assiste enquanto faço isso, e depois faz o mesmo, pegando o celular do bolso de sua saia jeans com barra desfiada e colocando-o virado para baixo, ao lado do meu.

Dou um passo adiante e ela vira o rosto na minha direção, fechando os olhos quando deslizo minha mão ao longo do pescoço e para dentro dos cabelos dela.

– Você cheira como um puta sonho.

– É?

Faço que sim, mas ela não vê, olhos ainda fechados.

– Me dê sua calcinha.

Sem fingimentos, sem preliminares, e ela nem sequer se espanta.

Minhas preocupações estão seguras sobre a caixa de papelão, a um metro e meio de distância, e o que tenho diante de mim é essa garota suave e quente que faz todo o resto evaporar. Com uma espiadinha rápida para o meu rosto, ela enfia a mão dentro da saia e se sacode para fora de sua calcinha, passando-me um pedaço minúsculo de renda azul. Enfio-a no meu bolso e depois me inclino, beijando-a.

Isso também é novidade. É mais doce, mais sincero do que os beijos selvagens e mordidos que conhecemos antes. Beijo-a uma vez, apenas um toque, e depois de novo, gemendo quando as mãos dela deslizam até o meu peito e em volta do meu pescoço. Seus lábios se movem num ritmo fácil contra os meus... Não há negociações nem incertezas, apenas Harlow me oferecendo seu exuberante lábio inferior, pequenas carícias de sua língua e suspiros rápidos e ansiosos. Posso sentir um ligeiro sabor de gloss de cereja e as doses que tomamos juntos na cozinha.

Ela não está caindo de bêbada, mas suas bochechas estão quentes por causa do álcool, o corpo relaxado e maleável. Tenho certeza de que poderia entortá-la do jeito que quisesse. Poderia esparramá-la no chão, colocar suas pernas sobre os meus ombros e transar com tanta força que as pessoas na sala de visitas ouviriam as estocadas da minha pele contra a dela.

– Às vezes você pensa em transar comigo? – pergunto, pressionando um beijo no pescoço dela, fazendo deslizar uma alça do ombro e passeando meu lábio e dentes sobre a pele dela.

– Sim.

– Me conta.

– É no que penso quando gozo sozinha – ela admite sem hesitação.

– Então você pensa em mim cinco vezes por dia?

A risada de Harlow emenda em um pequeno soluço quando levanto sua saia acima dos quadris e sento-a em cima da cômoda, abrindo suas pernas e vindo para a frente. Já estou duro e a sensação da boceta nua e quente contra o jeans que cobre meu pau é o suficiente para me fazer gemer contra a boca dela, puxando meus quadris para frente.

Ela pressiona o corpo contra mim e deslizo a mão entre nós dois, tocando a pele macia e lisa entre suas coxas.

Merda.

Trêmula nos meus braços, ela está ofegando em respiros curtos e perfeitos. Estou tão duro e não posso simplesmente agarrar meu pau e puxar para fora e esfregá-lo nela. Então escorrego os dedos sobre aquele corpo incrivelmente macio. Ela é a única mulher que senti em tanto tempo. É difícil não deixar minha mente instintivamente imprimir *minha* quando beijo seu pescoço, seus lábios, seu ombro. E é fácil fingir que tudo além deste quarto evaporou, ou pelo menos foi colocado em modo de espera, e esse alívio – mesmo que imaginário – faz correr um fio de prazer pela minha espinha, que se enrola firme na base. Estou tão duro por essa garota; ela me deixa mais duro do que tudo que posso lembrar. Juro que ainda posso sentir o eco de quase dois meses atrás: seus lábios beijando meu pau, suas mãos me guiando para dentro dela.

– Você faz ideia de como me sinto? – Afasto-me o suficiente para ver meus dedos deslizarem para cima e para baixo do clitóris dela, mais abaixo, para dentro. Adoro como fica encharcada. – Céus, quando sua boceta ficou tão gostosa? – Olho para seus olhos abaixados, os lábios mordidos ferozmente entredentes enquanto ela me observa tocá-la. A pontada lancinante de um pensamento me perpassa: – Você deixou aquele garoto idiota lamber você aqui na noite passada?

Ela fecha os olhos, empurrando minha mão para dentro, e eu me inclino para beijar seu pescoço. O silêncio dela vale por um "sim", e isso atiça um fogo no meu peito. Então me lembro dela esta manhã: como se quisesse ao mesmo tempo transar comigo e me bater.

– Diga que gosta da minha boca.

Ela soluça, num engasgo:

– Gosto da sua boca.

– Diga que se lembra dela te chupando.

– Lembro.

– Quantas vezes?

Harlow tosse uma risada, que vira um gemido quando deslizo meu polegar e faço voltas e voltas e voltas no seu clitóris.

– Várias.

– Lembro de te mandar rastejar e implorar para conseguir isso.

As unhas dela fincam nos meus ombros.

– *Babaca.*

– Mas foi o que você fez. – Beijo seu pescoço, seu queixo. – E adoro lamber você. Amo os barulhinhos obscenos que você faz.

Uma batida na porta quebra o silêncio do quarto e ficamos sobressaltados. Pressionada contra mim, Harlow se enrijece, segurando meu braço para que eu não pare de tocá-la.

– Finn?

Droga. É o Ansel.

– Sim?

– Ei, hã... nós estamos saindo, caso você queira uma carona de volta pra casa do Oliver.

Sinto Harlow esperar por minha resposta, o corpo dela tenso em torno de mim.

– Que horas o Oliver vai? – pergunto, considerando minhas opções.

– Ele saiu há uns dez minutos pra dar uma passada na loja mais uma vez.

Resmungo e, sem perceber, retiro a mão e a esfrego na boca. Mas meus dedos estão molhados de Harlow. E agora posso sentir o cheiro dela, e o sabor dela, e estou tão duro que minha mandíbula crispa de tensão.

Ela me observa, mas é difícil ver seu rosto, uma vez que está virada contra as luzes da cidade. Se eu não for com eles, terei que pegar um táxi. E os negócios da família Roberts precisam de cada mísero tostão dos cinco mil que temos no banco, então não acho que eu deva pagar trinta contos num táxi esta noite.

– Tenho que ir com eles – conto a ela.

– Eu sei. – Ela não soa brava, nem mesmo muito desapontada... só cansada.

– Não tente dirigir de volta para casa – aconselho. – Você bebeu demais.

Ela pisca, e quando olha de volta para mim, posso ver que as tais cortinas que ela mantém encobrindo as emoções foram fechadas de novo. A decepção me esfria quando ela diz:

– Acha que sou idiota?

– Não. – Afasto-me e vou pegar meu telefone, deslizando-o para dentro do bolso de trás. Tenho uma sensação estranha de que ela brincou comigo esta noite. – Quer pegar uma carona com a gente?

Ela nega com a cabeça.

– Não, estou bem.

– Vejo você amanhã? – Inclino-me para beijá-la, mas ela vira o rosto para o outro lado e me empurra, meio irritada, meio brincando.

– Vá embora, Raio de Sol. Despedidas comoventes não são parte do acordo.

Certo. Essa Harlow despojada é muito mais familiar. Ajusto meu boné e dou um breve aceno antes de sair pela porta.

Capítulo 3

Harlow

Estou começando a ver que, apesar do jeito distante e desinteressado do Oliver, ele realmente é um homem de negócios perspicaz. Depois de meses pesquisando o melhor lugar para a loja, ele se estabeleceu em um espaço reformado e reluzente, aninhado entre um bar e um estúdio de tatuagem moderninho na G Street, no bairro de Gaslamp.

O lugar é incrível. Eu poderia dizer isso mesmo se não houvesse uma multidão crescente e uma fileira de quadrinistas aparentemente famosos sentados em uma mesa no fundo, autografando livros.

Capturando o olhar da Lola a alguns metros de distância, vejo que ela também está impressionada.

Posso contar nos dedos de nenhuma mão o número de vezes que estive em uma loja de revistas em quadrinhos, mas imediatamente tenho a sensação de que o layout é genial. Eu esperava fileiras de estantes atravancadas e estreitas, com prateleiras do chão ao teto apinhadas de livros e revistas coloridas, mas o que Oliver fez foi construir estantes em forma de cubos – estantes assimétricas, com painéis de tamanhos diferentes para se olhar como se fossem páginas de histórias em quadrinhos – ao longo das paredes, preenchidas com livros e anúncios. Há bastante espaço aberto na loja, e foram dispostas mesas no formato de uma pilha de páginas dobradas para cima e com os títulos à mostra. Na frente e aninhadas sob janelas gigantes estão uma poltrona e um conjunto de cadeiras reclináveis de couro vermelho combinando. Um espaço só para leitura.

– As pessoas não vão simplesmente acabar sentando pra ler e não comprando nada? – pergunto ao Oliver, que acabou de me guiar em um tour pela loja.

Mas ele já tinha se afastado para cumprimentar um cliente – o lugar está ficando movimentado – e, em vez de sua voz, ouço a do Finn:

– Perguntei a mesma coisa.

Sua voz soava grave e esganiçada, como se estivesse rouca de cansaço da noite passada. Posso sentir o eco dos dedos dele em mim, o prazer das safadezas que ele disse, um sentimento que só se intensifica quando o escuto se aproximar.

Virando-me, encontro os olhos dele. Eu esperava ser um pouco constrangedor depois da nossa transa empatada na noite anterior, mas ele corresponde o meu olhar e sorri. Hoje, seus olhos estão mais verdes do que castanhos, e seus cílios parecem mais grossos, ainda mais escuros. Seus lábios parecem um pouco inchados, e isso me faz querer chupá-los, confortá-los.

Quer dizer que dou uns amassos nele numa viagem alcoólica e ele fica ainda mais gostoso? Isso não é justo, universo.

Nós dois estamos tentando parecer descontraídos, mas me pergunto se estou fracassando tanto quanto ele. Sua atenção afunda nos meus lábios por um instante antes de ele dizer:

– Mas o Oliver diz que os fãs de quadrinhos gostam de ter um exemplar físico de seus livros favoritos. Ele quer que as pessoas venham passar um tempo aqui, talvez para encontrar coisas novas. Quer que os iniciantes se sintam à vontade pra ficar o tempo que quiserem até achar uma série para acompanhar.

Com essa explicação, acho que Finn acabou de usar mais palavras em um só fôlego do que ele tem usado comigo até agora, somando todas.

– Você decorou tudo isso?

– Sim.

– Faz sentido. Gostei do efeito.

Faço uma pausa, esperando. Ele fecha os olhos, franzindo o nariz.

– Tudo bem aí, Roberts? – pergunto. – Você está deixando escapar uma oportunidade épica de dizer *isso-é-o-que-ela-disse.*

Ele abre um olho.

– Nunca mais vou beber.

Isso me faz rir. Finn, o Invencível, está de ressaquinha?

– Você está velho demais pra dizer isso.

– Praticamente um senhor – ele concorda. – Que pode muito bem dar uma escapada para uma cerveja de café da manhã.

– Café da manhã? – pontuo o comentário levantando o pulso dele e olhando o seu enorme e másculo relógio à prova d'água. – São quase onze horas.

– Estava um pouco devagar pra pegar no tranco hoje de manhã. A noite foi longa – ele rosna com um sorriso sombrio.

Quando olha para mim desse jeito, imediatamente me lembro do jeito como ele deslizou os dedos para dentro de mim; "Céus, quando sua boceta ficou tão gostosa?", o jeito como sua respiração aqueceu meu pescoço. Lembro a sensação daquela boca faminta sugando meu pescoço, meus ombros, a pressão do seu pau duro debaixo dos jeans entre as minhas pernas.

Então ele foi embora. E eu quase gritei de tanta frustração sexual.

As coisas não deviam parecer assim tão fáceis com ele hoje. Por que parece tão fácil?

Depois de uma pausa silenciosa, ele pergunta:

– Você voltou pra casa bem?

Olhei para além dele, minha cabeça nadando um pouco nas imagens mentais desencontradas que essa pergunta invoca. Bellamy ainda estava acordada quando eu tropecei para dentro de casa às duas da manhã. Encontrei-a sentada na cozinha, observando o vazio diante dela. "Eu saí. Tentei apenas... ter uma noite legal", ela disse. "Mas me senti meio vagabunda. Deslocada, sabe? E agora não consigo dormir".

No mesmo instante, me senti culpada por ter saído e esquecido de tudo no meio da cozinha da Lola – ainda mais sendo com o Finn. Mas mamãe me pôs para fora de casa de novo depois do café esta manhã, dizendo que ela não me via em casa em um sábado desde que eu era criança, e que eu estava proibida de perder a grande inauguração do Oliver.

– Dormi um pouquinho na cama da Lola e depois peguei um táxi – contei a Finn, alfinetando-o com o olhar. – Aparentemente, é o que costumo fazer depois que transamos.

– Certo. – Ele não parece me achar tão divertida quanto estou me achando.

Quando Finn observa a loja por cima do meu ombro, aproveito a oportunidade para dar uma boa olhada nele. Não consigo encontrar um único defeito no corpo desse homem, e sou mulher o bastante para admitir que estou completamente obcecada por seus antebraços. São grossos, fortes, cada músculo bem definido. Quero vê-lo puxar uma rede enorme no deque de seu barco. Nossa, que maravilhoso filme pornô de pescador ele faria!

– O que você está pensando? – ele pergunta e eu pisco na sua cara.

– Tentando decidir se quero comprar um par de botas que vi no caminho pra cá. – Uma mentira, mas ele acredita. É óbvio que Finn está confortável com meu papel de garota consumista e cabeça-de-vento, e definitivamente ele não precisa saber que acabei de recrutá-lo para o papel de Pescador Salgado nº1 na pequena produção caseira *Mastro Levantado, Deque Molhado*.

– Se está na dúvida, compre – ele responde seco. – Não é o que eu deveria dizer?

– Não acho que você precisa opinar sobre as botas.

– Ainda bem – ele murmura e se dirije até o outro lado da loja ao ver Ansel e Mia chegarem. Um abandono tão sem cerimônia. Estou até aliviada por ter sido assim fácil. Viu? Sem necessidade de tropeçar e cair naquele papo tenso de *eu-estava-bêbada-demais* do dia seguinte. Finn e eu já tínhamos passado por isso em uma escala muito maior, com o casamento e a consumação sexual. Para não falar dos constrangimentos do dia seguinte.

Mia passa por Finn, dando uma piscadinha de reconhecimento antes de me entregar um copo de plástico com o logotipo da Whole Foods e uma mistura de suco verde.

– Ansel queria saber o que era essa febre do suco – ela diz. – Então claro que ele pediu logo meio litro de suco de couve. Pensei que fosse vomitar dentro do meu carro.

Olho para o meu copo com desconfiança.

– O seu tem também banana, manga e abacaxi. – Ela me cutuca com o cotovelo. – Ouvi dizer que desintoxica o corpo do efeito de decisões duvidosas.

– Na verdade, a noite de ontem foi uma decisão *divertida*. Céus, não consigo parar de apreciar aquele físico – admito. Olho por instinto na direção de onde Finn está com Oliver e Ansel, e ele me encara exatamente ao mesmo tempo. Ele desvia o olhar assim que nossos olhos se encontram, e os outros rapazes se inclinam para ouvir o que ele está dizendo. Parece que ele está "sexplicando".

– Aquele ali chegou a falar ontem à noite? – Mia sussurrou. – Sei como te aborrece quando ele tenta conversar.

– Aquele ali até falou um pouco... não muito. Foi até razoável. Principalmente umas sacanagens. – Eu me inclino mais para contar: – Mas não transamos.

– É, eu percebi – ela concorda com a cabeça. – No carro, o Finn meio que gaguejou qualquer coisa bêbada sobre estar com o saco explodindo. Cadê a Lola?

Perscruto o lado da loja onde a vi pela última vez, levantando o queixo enquanto os olhos da Mia acompanham os meus. Lola está tão absorta lendo um livro que nem parece perceber que uma *festa de verdade* está acontecendo, com pessoas conversando, fotos sendo tiradas, Não-Joe mostrando a loja aos clientes e todos parabenizando o Oliver pelo que fez com o lugar.

Presumo que o Finn está garantindo aos outros rapazes que não estamos nos aproximando das fronteiras da Dinâmica de Grupo Embaraçosa quando o Ansel vem se juntar a Mia, passando um braço comprido em torno dos ombros dela. Ele a espreme ao seu lado antes de se curvar para um beijo. Ela é tão pequena e ele é tão alto que o efeito é bem cômico. Enquanto isso acontece, Mia praticamente some da minha vista.

– Vocês precisam de um pouco de privacidade? – pergunto.

Ansel fala dentro da boca dela:

– Seria maravilhoso, obrigado. Mande todos saírem.

Rindo, dou um safanão no ombro dele, e ele endireita Mia, colocando-a de novo em pé. Ela pressiona dois dedos contra os lábios enquanto levanta os olhos para ele, corada e um pouco sem fôlego, e por um momento – só por um piscar de olhos – desejo isso que eles têm com tanta vontade que sinto meu peito apertar.

Mas logo passa.

– Estamos pensando em arranjar algo pra almoçar – Finn comenta, atrás de mim, e... *merda!* Aquele minúsculo ponto de calor volta a queimar no meu peito. Mia lança-me um olhar atravessado para avaliar minha reação. Ele está bem atrás de mim e eu escancaro os olhos para dizer a ela *tudo bem, tudo maravilhosamente bem.*

– Chegamos faz só quinze minutos – digo a ele, virando-me devagar. Lenta e friamente. – Não deveríamos ficar um pouco mais?

Ele olha ao redor para pontuar:

– Este lugar está apinhado. Os amigos costumam comparecer para ajudar a movimentar as coisas. Agora só estamos atravancando o caminho.

Eu deveria ir com eles, e tenho certeza que seria divertido, contudo quero muito ir para casa fingir que não estou pairando sobre minha mãe.

– Você vai embora hoje à noite ou amanhã? – pergunto a ele.

– Ãhn... – Ele olha para Ansel, que inclinou a cabeça e está com a expressão de expectativa mais hilária do universo.

Mia está me observando de olhos escancarados, como se eu fosse uma granada cujo pino Finn estivesse prestes a arrancar.

Ele levanta a mão para coçar o queixo.

– Na verdade, fico com o Oliver pelas próximas semanas.

~

Meus pensamentos estão empilhados como um maço de cartas que tenho que continuamente embaralhar, pegando as de cima e enfiando para debaixo da pilha.

Não posso ficar paranoica com a cirurgia de mamãe na segunda-feira. Não posso pensar na possibilidade de ter mais umas "sexcapadas" com o Finn. Não quero sair para fazer compras. Não quero surfar. Não quero comer. E meu trabalho de meio período é uma piada. Então vou para a casa dos meus pais na tarde de sábado, visto meu biquíni e me encaminho para a piscina, para nadar até meus membros virarem macarrão mole. Pelo menos posso estar perto, em vez de infernizando minha mãe.

Parece que papai teve a mesma ideia. Ele termina de dar uma volta completa e está emergindo quando me vê e abraça a borda da piscina. Água escorre do seu cabelo grisalho para sua pele bronzeada, e ele afasta os óculos de mergulho para cima da testa antes de fechar os olhos, levantando o rosto na direção do céu. Eu daria qualquer coisa para não ter que ver meu pai assim tão preocupado.

Eu me sento, deslizando os pés para dentro da água, perto dele. Ficamos sentados num silêncio tranquilo enquanto ele recupera o fôlego.

– E aí, Tulipa?

– E aí, cara?

Escorrego o resto do corpo para dentro da piscina, saboreando o friozinho da água não aquecida em setembro. Rompendo a superfície, pergunto:

– Você vai ficar aí?

Ele ri sem muito humor, retirando completamente os óculos de mergulho e arremessando-os em cima da toalha, a poucos metros de distância.

– Na verdade, não. – Ele ainda está sem fôlego. Papai está incrivelmente em forma; ele deve ter nadado feito um louco. – Você?

Dou de ombros. Por alguma razão, sinto como se eu não tivesse o direito de estar tão abalada com tudo isso quanto papai. Ele sempre foi o mais presente. A carreira de mamãe deslanchou quando eu tinha apenas dois anos e arrefeceu quando eu estava entrando na faculdade. Papai decolou no meu segundo ano do ensino médio, o primeiro em que ele ganhou um Oscar. Ele nos ama com uma ferocidade que me impressiona, mas sei, sem sombra de dúvidas, que mamãe é o sol, a lua e as estrelas para ele.

– Você chegou a ir ao escritório hoje de manhã? – pergunto.

Ele sorri, percebendo claramente minha tática para desviar do assunto.

– Só por cerca de uma hora. Estou pensando em me envolver com o próximo projeto do Sal. Isso me manteria em casa até abril, pelo menos.

Salvatore Marin é produtor/diretor, seu melhor amigo e parceiro de trabalho mais frequente. Sei que a questão do trabalho iria pesar para o papai: como conciliar a carreira enquanto precisa *estar ali* para mamãe, em todos os sentidos? Papai nunca fica em um só lugar por muito tempo, então tenho certeza que a ideia de ter que partir agora e perder qualquer coisa com mamãe deve ser aterradora.

– Parece o ideal – digo, simplesmente.

– Acho que você iria gostar deste. – O sorriso dele se transmuta para outro que não vejo há tempos, autêntico e travesso. – É sobre um monte de caras em um *barco*.

– Muito engraçado. – Jogo água nele. Tenho sentido falta dessa risada e desses sorrisos fáceis. Se me atormentar por causa do Finn ou de outros caras faz papai sorrir mais vezes, então ele pode me atormentar o quanto quiser.

– Então, o que você acabou fazendo ontem à noite?

Afundei rápido na água, puxando meu cabelo para trás.

– Fui à casa da Lola.

Posso senti-lo me olhando, esperando. Ele está acostumado a ter todos os detalhes.

– E...? Foi legal?

– Foi ok. – Encolhi e olhei para ele, apertando os olhos contra o sol. – Foi mesmo engraçado... O Finn estava lá.

As sobrancelhas dele se levantaram devagar.

– O Finn, hein?

Sempre confiei no cérebro de papai para me ajudar a repassar o meu dia, minhas frustrações, minhas aventuras. Então, é claro que ele sabe dos detalhes não censurados da minha viagem a Las Vegas: nós nos encontramos em um bar, ficamos bêbados e nos casamos. Depois de um corte abrupto na versão da história que ele ouviu, contei sobre como fomos juntos anular o casamento na tarde seguinte.

Só que ele também sabe que voei para visitar Finn por menos de um dia. Então, quando menciono que ele estava na festa ontem à noite, estou certa de que meu pai soma dois mais dois.

– Foi uma boa distração... – murmuro, admitindo ainda mais baixo: – Não aconteceu muita coisa.

Os olhos dele dançam em provocação contida:

– Ele veio para a grande inauguração?

Assenti, deixando de fora a parte que Finn deve ficar por mais algumas semanas. Não consigo decidir se estou entusiasmada ou irritada. Como se já não tivesse muito para me preocupar, agora serei forçada a vê-lo toda vez que quiser socializar?

Papai assiste enquanto desenho no concreto seco com meu dedo molhado. Nunca tive que esconder dele meu interesse pelos garotos, minha aflição com os dramas de menina, ou meus medos e ansiedades sobre a vida. Tendo crescido, nosso trato foi que, desde que eu viesse primeiro a ele para falar das coisas importantes, ele faria de tudo para não me dar sermão, julgar ou entrar no modo que a mamãe chama de Fúria Latina Protetora.

– Às vezes as distrações são ótimas – ele diz, observando-me.

O problema de ter sido criada por um homem tão incrível é que é quase impossível não comparar cada cara que conheço com ele. Todos eles perdem feio.

Dou de ombros.

– Com tudo que está acontecendo na sua vida, é uma pena que ele more tão longe.

Eu o examino.

– Ele vai ficar aqui por algumas semanas.

Papai ri da minha expressão sombria e se ergue para fora da piscina. A água escorre dele e forma uma poça sob seus pés, refletindo uma centena de pontinhos de sol no chão.

– Adoro você, minha menina linda e impetuosa. – Ele se abaixa para pegar a toalha, secando o peito e os braços, enquanto diz: – Conheço você. Sei que está pensando em todos os motivos pelos quais não deveria perder tempo com ele.

– É claro que eu não...

Ele me corta com uma mão graciosamente erguida no ar.

– Sei que nunca vai deixar que nada se coloque à frente da família; foi assim que eduquei você. Mas logo você vai querer acompanhar cada consulta e estar por perto cada segundo possível. Estará online, lendo cada detalhe que puder encontrar. Estará pairando sobre ela, oferecendo comida, um casaco, filmes, presentes. Eu farei o mesmo. E juntos nós vamos deixar a sua mãe louca. – Agachando-se na minha frente, ele sussurra: – Por favor, Tulipa, permita-se relaxar quando puder. Divirta-se um pouco. Invejo você.

~

A casa do Oliver é um chalé minúsculo de um piso em Pacific Beach, com paredes pintadas de azul-desbotado-brisa-do-mar e janelas vermelhas de peitoris desgastados. A calçada em frente é rachada e irregular, e o gramado é estampado de amarelo, verde e castanho. Ao contrário da sua reluzente loja no centro da cidade, este lugar não tem nada para se olhar. Mas conheço a área o suficiente para ter uma ideia do quanto morar aqui custa para ele; e poder subir no telhado ao cair da noite para ver o sol se pôr sobre o oceano faz parte do encanto.

Depois de ter nadado um pouco, entrei para encontrar mamãe e papai na sala de estar, juntinhos sobre o sofá, lendo seus livros em um silêncio tranquilo.

Ofereci-me para fazer o almoço. Eles não estavam com fome. Ofereci-me para fazer qualquer coisa. Não havia nada que eles quisessem de mim. Então eu fiquei rondando a sala, inquieta, até que papai levantou o olhar e me deu um sorrisinho triste.

Mamãe *vai* precisar de mim, mas não precisa de mim hoje. Ela não precisa de ninguém a não ser do homem dela, e o que ele precisa é ser o mundo dela por enquanto.

Dirigi até a casa do Oliver com a cabeça na lua, em piloto automático, tentando não antecipar o que eu faria. Meu pai basicamente estava tentando me dizer para aproveitar o Finn – embora não exatamente com essas palavras – e por que não? Não é como se Finn e eu tivéssemos expectativas desencontradas. Passamos, no total, talvez um dia inteiro juntos – e pelados, na maior parte do tempo. Antes desse fim de semana, nossa conversa mais significativa aconteceu quando apareci na casa dele e ele me disse para ficar à vontade para pegar qualquer coisa na geladeira enquanto saía para comprar preservativos.

Sorrio para a aldrava em forma de R2-D2 e dou duas batidas na porta.

O interior da casa está silencioso, e ao meu redor o vento oceânico chicoteia as palmeiras altas e esguias. Finalmente, ouço passos atrás da porta, que se abre.

Finn puxa um pano de prato de cima do ombro e seca as mãos. Ele está sem camisa e com o jeans cedendo nos quadris, revelando a borda preta da sua cueca samba-canção.

– Ei, Barbie Traquinas.

Em um piscar de olhos, deixei o alívio da ansiedade para odiar este momento. Sinto-me vulnerável e à beira das lágrimas, mas não há nada especialmente solidário no Finn. Bêbado, ele era uma anomalia, todo leve e brincalhão. O Finn da luz do dia é prático e rude, bom para pescar, transar e, aparentemente, lavar louça.

– Sabe o que foi? – digo, observando meu carro estacionado na guia.

– Espere. Você veio até aqui para me ver, e não o Oliver? – Ele dá um passo para frente.

– É...

– Veio aqui para terminar o que começamos ontem à noite?

Dou as costas para ir embora, sem fazer ideia de como responder uma pergunta tão direta. Quero dizer, sim, foi exatamente para isso que vim. Mas é muito mais do que querer diversão: o que quero com Finn é o sexo que me absorve e desliga meu cérebro. Não quero brincar de gato e rato, não quero falar sobre isso. Só quero *fazer*.

Posso ouvir o tom zombeteiro na voz dele quando ele brada:

– Se é o que você quer, só precisa dizer, Harlow.

Fico parada, encarando a rua e respirando fundo. Um carro vagueia, é tão rebaixado que quase toca o asfalto, o som estéreo vibrando nos meus pés. O carro fica mais lento e o homem no banco do passageiro levanta a cara para mim.

"A próxima aberração que encontrei se chamava Red", a batida do rap de Too $hort ecoa do carro, a voz distorcida pelos alto-falantes de péssima qualidade.

Preparei-me para o que viria em seguida, encarando-os enquanto a atenção deles descia do meu rosto para o meu peito.

"Levei ela pra casa e ela me pagou um boquete".

Com a letra da música, o cara no banco do passageiro sorri malicioso, levantando as sobrancelhas na entrada do próximo verso – como a me perguntar se é verdade, se *eu* gosto de foder – e o carro para no meio da rua, como se o motorista estivesse esperando que eu entrasse e saísse para a balada com eles. Quero ir até o meu carro, mas me sinto presa entre esses caras e o idiota arrogante atrás de mim.

Finn dá um passo para fora da casa, puxando o pano de prato do ombro e vindo se colocar na minha frente, encarando os homens no carro.

– Que porra eles estão olhando? – ele rosna por baixo da respiração.

Eu já não me importo com os caras dentro do carro. Nenhum outro homem além do meu pai jamais adotou uma postura protetora para comigo. Os caras aos quais estou acostumada simplesmente fingiriam que não viram o carro, ou simplesmente resmungariam que era melhor voltarmos para casa. Ao meu lado, Finn é enorme. Nunca tinha visto a pele dele ao sol, mas o sol já *o viu* um milhão de vezes. Sou alta, mas ele é muitos centímetros maior e tem quase o dobro da minha envergadura. O peito dele é bronzeado e largo, sem qualquer tatuagem, mas marcado com uma ou outra cicatriz. Uma marquinha aqui, um cortezinho ali. Ele parece um gigante nessa rua cheia de surfistas e trombadinhas magrelos.

O carro acelera com um estrondo, sumindo na rua.

– Aqueles idiotas não iriam nem saber o que fazer com você – ele diz baixinho, observando-me com atenção, como se eu fosse uma criança a ser cuidada. E, nesse olhar, vejo a mesma expressão que ele me ofereceu na noite passada: posse, interesse, fome. Como se eu não fosse exatamente o que ele pensava... e disso, talvez, ele tenha gostado.

Meu coração está martelando loucamente e, com o impulso da adrenalina no meu sangue, mais do que nunca quero entrar na casa com ele e deixar que ele se apodere de cada pensamento meu.

– Ok, é isso. Estou aqui pra terminar o que começamos.

Ele espera, pensativo. Pela primeira vez, percebo que ele não está de boné. Posso ver os olhos dele no sol – *vejo-os* de verdade, sem sombras e sem a luz difusa filtrada pela aba do boné. Percebo que gosto do jeito como ele observa as coisas, especialmente a mim.

Os olhos dele parecem tão mais espertos que sua boca. Por exemplo:

– Uma garota como você é muito mais problema do que faz por merecer – ele diz com um sorrisinho.

Céus, como ele é cuzão. Mas seu piscar de olho me diz que está feliz pra caralho por eu estar aqui, e a verdade é: ele pode pensar que sou uma diva sofisticadíssima, desde que seja capaz de me fazer desencanar por um tempinho.

– Ok – digo.

– Podemos transar, está ótimo. Mas, só para deixar as coisas claras: é só isso.

Eu dou risada.

– Estou aqui para transar, e não para uma cerimônia de profundo comprometimento.

Ele faz um floreio cavalheiresco com o braço, indicando para eu entrar primeiro na casa.

Meus olhos levam alguns segundos para se ajustarem, uma vez que saí do sol. Finn fecha a porta atrás de si, encostando-se nela com os braços cruzados sobre o peito. Afasto-me, sentindo minha pulsação latejar loucamente no pescoço, tentando acalmar os pensamentos enquanto finjo examinar o recinto. A tremenda imprevisibilidade disso tudo me atingiu e, por um instante, esqueço de ficar nervosa.

A luz se infiltra pelas janelas de frente para o mar, fazendo sombras recaírem inclinadas sobre o piso de madeira de acácia pela sala de jantar. A mobília parece antiga, remodelada e surpreendentemente bem ordenada. A poltrona e as cadeiras são de vários tons de azul. Um enorme pufe de tecido serve como mesinha de centro. Algumas fotografias emolduradas estão no criado-mudo adjacente ao sofá e há um vaso com brotos de bambu retorcidos, pousado sobre uma mesa de jantar multicolorida e maravilhosa. A mesa é feita de pedaços aleatórios de madeira, mesclando cores claras e escuras e, apesar dos flancos maiores serem lisos e polidos, os lados menores têm bordas irregulares que dão uma sensação artística marcante.

– O Oliver me surpreende – digo. – Este lugar não parece a casa de um cara solteiro.

Finn ri.

– Ele é arrumadinho.

Olho para o pano de prato caído no ombro dele.

– Você estava lavando a louça.

Com um movimento pequeno dos ombros, ele murmura:

– Sou arrumadinho também.

– Então o Ansel que é o bagunceiro? – pergunto com um sorriso.

Meu coração está batendo tão forte que posso escutá-lo nos meus ouvidos. Sinto falta da conversa descontraída depois da tequila. As sobrancelhas dele se espremem e eu explico:

– Um de vocês tem que ser bagunceiro... baseada nas minhas estatísticas completamente sexistas.

– Na verdade, ele é o maior paranoico por limpeza que conheço. A Perry é a bagunceira. Derrubei sua teoria.

– Claro que ela é a bagunceira. Ela é a Bruxa.

Finn fica quieto, sua expressão ilegível. Não espero que ele critique alguém que está entre seus melhores amigos, não importa quão horrível ela seja.

– Por que você ainda está na cidade? – pergunto finalmente. – Pensei que nunca perdesse um turno de trabalho.

Ele desliza uma mão pela boca e pelo queixo, retribuindo meu olhar por um momento.

– Parece que você está sempre presente quando essa regra é quebrada.

– Isso não é bem uma resposta.

– Negócios.

– Negócios?

– É. – Ele se aproxima alguns passos. – Por que *você* está aqui?

– Achei que tinha deixado isso bem claro lá fora.

– Sei o que você quer aqui, mas não *por quê*.

– Minha... – eu paro, mudando de ideia sobre contar a ele o que estou mesmo fazendo aqui. Muito pesado. Informação demais. – Eu só queria sair de casa.

As sobrancelhas dele se aproximam e mais perguntas parecem se pendurar em sua língua, mas, em vez de fazê-las, ele junta as mãos e se aproxima mais um passo. Com as palmas para cima, ele move as mãos em um gesto de vaivém:

– Finn... Comprar sapatos... Finn... Comprar sapatos.

– Acho que você venceu.

Ele se deixa levar pelo sorriso que estava segurando.

– Me diga por que *eu*. Tem uma cidade inteira cheia de caras riquinhos esperando você entrar debaixo dos lençóis deles.

O calor invade minha circulação e a mão dele vem brincar com o cordão do meu vestido.

– Nenhum deles presta – admito.

– Ah, é mesmo? – Ele não soa nada surpreso.

– Nunca estive com um cara que me fizesse gozar. Sem minha ajuda.

Ignoro o entortar de presunção nos lábios dele. Estou tentando esconder que estou trêmula por dentro, desesperada com a sobrecarga de sensações quando ele me toca. Mas talvez ele *devesse* ver. Talvez isso faça com que ele queira se superar hoje.

– Só pra ser clara – sussurro. – Só estou procurando você para trepar.

As mãos de Finn deslizam atrás de mim e sinto meus olhos se fecharem, meus sentidos se intensificando com a antecipação de seu primeiro toque. Ele reúne meus cabelos gentilmente em suas mãos, os dedos mal roçando a curva do meu pescoço enquanto ele torce os fios em um cacho e os fecha no punho.

– Então comece me beijando.

Ele está segurando minha cabeça pelos cabelos. Tento, mas não consigo me mover.

Tento de novo, mas ele está me segurando no lugar, sorrindo sombriamente para mim. Fecho os olhos e deixo minhas mãos correrem sobre a barriga nua dele, subindo pelo peito. A pele dele está impossivelmente quente. Ele é firme e suave. Com seus mamilos apertados nas minhas mãos, ele deixa escapar um silvo agudo quando os arranho com as unhas, e ele desfaz o aperto no meu cabelo. Isso parece familiar e, ao mesmo tempo, não. Dessa vez o sexo não é apressado ou atrapalhado, bêbado ou incidental.

É intencional, e temos a tarde inteira.

Ao menos, eu acho que temos. A dúvida sobre quais são os negócios dele por aqui faz cócegas nos meus pensamentos, mas isso evapora quando minhas mãos sobem para o seu pescoço e roço minha boca na dele. Com um gemido, ele desliza os lábios pelos meus, sua língua correndo para dentro e, por fim, mexendo-se de um jeito frenético. Ele me empurra, virando-me, e nós tropeçamos por um corredor, colidindo contra a parede, onde ele para, pressionando o corpo inteiro contra o meu.

– Noite passada eu quis chupar a sua boceta – ele diz diretamente no meu ouvido. – E ainda quero. Quero você louca, se contorcendo toda na minha cara. O que você acha disso?

Acho um excelente plano.

Finn se afasta e me puxa ao longo do corredor. Conto três quartos – três quartos *bem pequenos* – e o dele é o último, virado para a rua. Está bastante vazio, não há nada além de uma cama de casal encostada contra uma parede e um criado-mudo combinando. Sua mala está ao lado da porta do armário.

Escondida do sol que se infiltra pelas janelas, esta parte da casa é fria, e nós tropeçamos e paramos a poucos centímetros de distância. O calor dele cresce e emana em cada uma de suas respirações pesadas. Estou praticamente engasgando, meu coração bate tão forte.

Quase nunca me sinto intimidada – e me odiaria se alguma vez deixasse um cara tomar a dianteira – mas, se tem um cão alfa neste recinto, não sou eu. Jogando o pano de prato por cima do ombro, Finn deixa seus olhos vagarem da minha boca para o meu pescoço e mais abaixo. Meus mamilos endurecem debaixo do tecido fino do vestido, e ele lambe os lábios, gemendo.

– Desta vez, vou amarrar você – ele me conta, deslizando uma alcinha do vestido pelo meu ombro. Com os lábios percorrendo meu pescoço, ele pergunta: – Você curte isso?

Pisco para ele, estava meio desprevenida. Eu... *talvez*? Nunca fui amarrada. Mas, para ser bem honesta, não estou surpresa que Finn queira isso. Em Las Vegas, e de novo no Canadá, ele foi bruto e suave em iguais proporções. Ele me estapeou, prendeu minhas mãos acima da minha cabeça e adiou orgasmos, apenas para depois entrar e me beijar tão carinhosamente que eu gozei com um grito. E depois ele tirou, e me fez gozar de novo usando a boca.

Na primeira noite em que estivemos juntos, transamos apenas uma vez até desmaiarmos de bêbados, mas ele fez com que durasse três horas. Finn gosta de estar no controle, e neste momento, vou deixar.

– Posso curtir.

– Da última vez, quando você apareceu sem avisar, eu estava a fim de transar – ele disse. – Hoje, acho que quero saborear isso. A menos que você tenha algum outro compromisso depois.

Sacudo a cabeça, fechando os olhos. É tão bom deixar tudo nas mãos dele. Afastar cada pequena preocupação e deixá-lo me amarrar, me chupar, me foder até que eu não possa andar. Não o conheço bem o bastante para confiar a ele qualquer outra coisa, mas confio o meu corpo a este homem.

– O que foi isso? – ele pergunta com uma ponta de aspereza na voz, abaixando-se para me encarar nos olhos.

– Não – digo, com os olhos trêmulos e a voz enroscando antes de limpar minha garganta. – Não tenho nenhum outro compromisso.

Ele assente, andando em direção ao armário e puxando um pedaço de corda vermelha de uma prateleira alta.

– Você tem uma *corda* no armário? – pergunto, minha voz aguda e débil.

– Não queria deixar na caminhonete para alguém levar. – Ele me dá um sorriso largo. – Esta é uma corda muito boa.

Tenho certeza de que poucas pessoas em Pacific Beach saberiam dizer se a corda na traseira da picape é mesmo uma *corda muito boa*, mas não posso reclamar. Estou feliz que ele não precisou sair do quarto para buscá-la.

Mas, quando dou uma boa olhada nela, não parece ser uma corda que alguém usaria em um barco. É suave, e tem o brilho da seda.

– Você carrega uma corda de seda na traseira da sua picape? Devo pesquisar seu nome no Google, Finn?

Ele ri um pouco, largando-a aos pés da cama.

– Eu tinha certeza de que faria você tirar a roupa durante minha estadia aqui. – Ele levanta o queixo, silenciosamente me mandando fazer exatamente isso.

– Como você é confiante.

A sobrancelha dele se move para cima, como se dissesse "e daí?". Ele puxa o pano do ombro, andando vagarosamente em círculo ao meu redor enquanto puxo meu vestido e o tiro por cima da cabeça. Quando deslizo minha calcinha pernas abaixo e piso fora delas, sinto um roçar de tecido contra a traseira do meu quadril.

E, em seguida, um estalo agudo sobre o mesmo lugar.

Com um engasgo, viro e observo-o, admirada. Ele me chicoteou com o *pano*, como um maldito adolescente na cozinha! O lugar do golpe ficou quente, fazendo-me perceber o ar frio do ambiente.

– Vem cá – ele diz, ignorando minha expressão surpresa.

– Você não vai me chicotear com um *pano de prato*!

– Tem razão, não vou. – Quando começo a dar um passo para mais perto, ele brande o pano de novo, mal encostando no meu quadril. – Vou provocar você com ele.

– E o que houve com aquela parte em que só ficávamos pelados e...

Ele me chicoteia de novo, desta vez na parte de cima do quadril.

– Você veio até mim, e não até um garoto qualquer de pinto pequeno em Del Mar. E vou fazer do jeito que eu preferir. – Os olhos dele suavizam. – Não quer dizer que eu vá deixar você na mão, doçura. Eu não faria isso.

Solto o ar numa expiração entrecortada e aceno que sim. Independentemente do que ele queira fazer... é para isso que estou aqui. Fecho os olhos, dando vazão à sensação semialcoólica que tenho quando estou tão perto dele, e ele é a única coisa que percebo dentro deste quarto.

Ele enrola o dedo em um pequeno cacho do meu cabelo e desliza-o até o fim, puxando de leve.

– Olhe pra mim.

Pisco para ele, olhos escancarados e focados em nada além de seu lábio inferior e seu sorrisinho irônico, enquanto espero para ouvir a próxima instrução.

– Beije o meu pescoço – ele sussurra, e é o que faço. Estico-me sobre os dedos dos pés e pressiono meus lábios contra a pulsação. Talvez seja uma desculpa para ver como eu o afeto... Será que o sangue dele corre do mesmo modo atrapalhado que o meu quando estamos assim tão próximos? Mas a pulsação dele é estável e lenta, *tum... tum... tum...* debaixo do meu toque.

– Lambe. – Os dedos deslizam sobre o meu pescoço e meu colar, pressionando minha nuca e agarrando um punhado de cabelos.

Minha língua desliza, mal tocando a pele dele, e ele geme, um som grave e faminto. Ele tem gosto de sal e de ar, como se o oceano o tivesse abraçado quando era pequeno e jamais se desvencilhado.

– Vá deitar. – Seus dedos me libertam, mas seu olhar não. Neste momento, lembro-me que Finn é dez anos mais velho que eu; devo parecer ingênua e deslumbrada. Pergunto-me se ele faz alguma ideia da enormidade da minha inexperiência com amantes como ele. – Vou amarrar você e beijar essa boceta doce por um tempinho. Quero ouvir você dizer meu nome quando meus lábios chegarem em você.

Ando de costas até a cama e depois me viro, em direção ao meio. Tendo crescido na praia, estou acostumada a ficar de biquíni em meio às pessoas, mas Finn e eu apenas estivemos juntos no escuro. É um pouco esquisito estar completamente nua – sobretudo quando ele está mais ou menos vestido – e engatinhando na cama à plena luz do dia.

Quando me ajoelho e espero que ele venha se juntar a mim, ele balança a cabeça.

– Deite. Feche os olhos. – Diante da minha expressão desconfiada, ele diz com uma voz suava e profunda: – Você quer ou não?

Antes que eu faça o que ele diz, pisco para os botões do seu jeans desgastado, desbotado, laceado pelo tempo e agora distorcido com a forma dele, duro debaixo do tecido. Ele sempre se certificou de que meu corpo estava pronto, e sei que é o que estamos fazendo, mas a ameaça do medo e do pânico persiste pelas beiradas, e minha necessidade de me perder em algo além dos meus próprios pensamentos me deixa impaciente.

Ele vê para onde foi minha atenção e esfrega o pulso pela linha grossa de seu pau, agarrando-o.

– Você vai ter isso daqui a pouquinho. Deite-se.

O travesseiro está estufado e duro, mas o edredom está macio e quente contra minha pele nua. Entre minhas pernas, o colchão afunda conforme Finn sobe na cama, suas palmas alisando minhas canelas.

Ele desliza a corda vermelha sobre o meu peito, enrolando-a na mão. Passando-a por baixo de mim, ele posiciona o centro da corda debaixo do meu corpo e então a cruza atrás e na frente do meu torso. Dando uma volta em uma mão, ele enrola um dos meus braços, passa para o meu peito e faz o mesmo do outro lado. Ao amarrar, ele ata ligeiramente meus braços, de modo que meus pulsos ficam ao lado dos quadris. No centro, bem em cima do meu umbigo, ele tece um nó complicado – e bonito. Eu o assisto o tempo inteiro; ele está atento e tomando cuidado para não me apertar demais. Também posso apostar que ele está adorando o que vê. Quando termina, ele suspira, escorregando a mão pelo meu quadril, barriga, seios, pescoço.

– Não imaginava que você curtia isso – sussurro.

Ele dá de ombros e não diz nada. Meus seios estão expostos em cada lado de um X que cruza meu peito, e a corda é flexível mas resistente; posso sentir a pressão dela sobre minha pele macia por todo o meu tronco.

– Está muito apertado? – ele pergunta, desenhando com o dedo um pequeno círculo em torno do meu mamilo.

Tento não engasgar:

– Não.

– Está gostando?

Percebo uma preocupação verdadeira na voz dele. Posso dizer, ao ver sua mão trêmula, seu olhar intenso e o volume do seu pau sob o jeans, que ele está curtindo isso. *Muito*. Mas, para ele, é importante que eu esteja curtindo também.

E eu estou. Não ligo de estar com os braços presos – estão como imaginei. E sinto *tudo*: o deslizar da corda enquanto me retorço um pouco sob o olhar atento dele, o ar frio sobre os meus seios, o ecoar da pulsação no meu pescoço, meu peito e entre minhas pernas.

Tinha me esquecido de como as mãos dele são grossas e cheias de calos por conta do trabalho árduo. São rudes e tão grandes que ele consegue cobrir uma boa parte do meu corpo quando percorre com as mãos espalmadas minha perna e a parte interna das minhas coxas, espalhando-se por mim.

Eu resisto, e ele me reprime com um grunhido, facilmente me dominando à medida que balança a cabeça. Ele não está olhando para o meu rosto; está olhando para mim, *lá*, para o meio das minhas pernas.

Gosto de me considerar uma mulher liberal – e todo aquele papo de me sentir confortável com qualquer coisa, e experimentar de tudo pelo menos uma vez –, mas isso tudo, até agora, tem sido só teoria. Aos vinte e dois, nunca tive um amante experiente o bastante para ser paciente e me fazer ficar parada sob seu olhar atento. Nunca estive com ninguém que fosse confiante o bastante para ser controlado e calmo enquanto apenas *olha* para mim. Certamente nunca fui amarrada. E nunca tive ninguém me saboreando do modo como Finn faz agora, nem mesmo o Finn que eu pensei ter conhecido antes.

Ele se instala entre minhas pernas, apoiado nos cotovelos, e beija minha coxa, olhando na extensão do meu corpo a corda vermelha contra minha pele.

– Você está maravilhosa.

Sussurro, rouca:

– Obrigada.

E observo extasiada enquanto ele se inclina com os lábios entreabertos. E, céus, eu acredito nele.

Ele geme um segundo antes de fazer contato, e quando faz, é como uma bomba a explodir dentro de mim. Algo parece se libertar com o toque molhado de sua língua. Caio de costas, os braços enrijecendo, as costas se erguendo do colchão, arqueando meu corpo para mais perto. Agora sei que não estive apenas esperando por isso desde a noite de ontem, estive esperando por isso cada segundo desde a última vez que senti a língua dele entre minhas pernas. A boca dele é quente e forte. Ele beija ali como se estivesse beijando minha boca: beijinhos e lambidas gentis libertam o meu primeiro grito, e ele geme, empurrando a língua para dentro de mim e apenas... *experimentando.*

Finn sempre foi inconstante, áspero e claramente queria estar no controle nas duas outras vezes em que estivemos juntos, mas isso é... diferente. Não é só a corda em volta dos meus braços ou o jeito com que ele me tem amarrada debaixo de si. É o modo como parece que atravessamos alguma fronteira – antes era apenas uma ou duas trepadas, só sexo. Mas, dessa vez, é como se ele estivesse removendo a carapaça para me mostrar o seu lado secreto.

Por um instante, tomo consciência de quão barulhento ele é, chupando e lambendo, e quão barulhenta *eu* sou, gritando e dizendo o seu nome, entre outras palavras ininteligíveis. Mas não consigo segurar a vontade de estar semiconsciente. Não consigo porque, com a vibração dos rosnados dele se espalhando por mim e o modo como ele usa o nó na altura da minha barriga para me puxar ritmicamente contra a sua boca, vou gozar rápido e tão forte que sinto o prazer subindo pelas minhas coxas e explodindo; calor molhado e um maldito e puro êxtase se espalhando por cada centímetro das minhas pernas. Sinto minha pele corada e eletrizada, e posso ouvir meus próprios gritos roucos ecoando pelo quarto quase vazio. Finn continua a trabalhar com a boca sobre mim, diligente, mas estou engasgando enquanto me recobro, minhas pernas trêmulas e fracas. Quero fechá-las, mas as mãos dele escancaram minhas coxas, mantendo-me aberta e pressionada contra a cama.

Ele rosna um "não" e coloca uma mão embaixo de mim para me dar um tapa brusco na parte externa da coxa.

Estou muito longe para ficar chocada. Quando ele espalma a mão sobre o lugar onde acabou de bater e esfrega-a em círculos lentos enquanto geme, imediatamente desejo o tapa estalado *de novo* pelo modo como ele derreteu em um calor delicioso debaixo do toque mais doce.

Finn está me observando, os lábios pressionados de leve contra o meu clitóris, concentrando o olhar no meu rosto. Ele se afasta apenas o bastante para murmurar:

– Me diga o que sentiu.

Com o tapa ou com o orgasmo entorpecedor? Ou com o modo como eu mal posso me mexer depois que ele fez cada músculo do meu corpo tensionar? Em qualquer caso, a resposta é a mesma. Piscando, abro a boca, lentamente encadeando as palavras *bom... pra... caralho...* na minha cabeça. Antes que consiga dizê-las, ele sorri, voltando aos beijos enlouquecedores, às lambidas e puxadas no nó da corda. Deixo as palavras e cada pensamento na minha cabeça desaparecerem e vou ao seu encontro, rebolando meus quadris em direção à sua boca.

Meu rosto está quente, minhas bochechas coradas. A corda pinica minha pele, puxando-me para frente e para trás no ritmo dos movimentos provocantes de sua língua. Meus mamilos estão endurecidos e doloridos e quero os dedos dele encontrando-os, e que sua boca venha sobre eles. Quero-o em todos os lugares ao mesmo tempo. Sinto-me pesada e afoita, meu mundo inteiro se orienta por onde ele está me tocando ou não.

Devo estar dizendo alguma coisa porque o som da voz dele atravessa as brumas:

– Tem razão – ele diz, num murmúrio suave. – Caramba, *olha* pra você!

Mas estou olhando para *ele*. O cabelo macio dele está entre minhas pernas e os olhos, aqueles malditos olhos, estão voltados direto para mim, em espera. Ele ondula um dedo para dentro e entorta a cabeça para continuar chupando, e isso é tudo que eu precisava. Minhas costas arqueiam para cima do colchão e eu grito alto, estilhaçando-me em pedaços novamente, para dentro da sua teia de seda vermelha.

Sinto-me como chocolate derretido derramado sobre a cama e gemo baixinho enquanto as mãos de Finn deslizam sobre minha barriga, gentilmente desfazendo o nó.

– Pode formigar um pouco depois que eu tirar. – Ele beija onde o nó estava, e agora há uma marca que quase parece uma flor na minha pele. – Vai ficar sensível.

– Certo – digo numa longa expiração.

E realmente fica sensível. Conforme ele desenrola a corda macia dos meus braços, desfazendo o complicado trançado pelo meu corpo, posso sentir o ar contra as linhas delicadas da minha pele, mas apenas por uma fração de segundo, antes da boca de Finn escorregar pelo mesmo caminho, lambendo, beijando, abrandando cada parte sensível.

É impressionante como a sensação é boa e como ele é gentil. Quando minhas mãos se libertam, deslizo-as pelos ombros e pescoço dele, segurando seu rosto contra o meu peito enquanto ele lambe e suga as marcas da corda abaixo dos meus seios.

Por fim, ele puxa meu mamilo para dentro da boca, a língua fazendo círculos.

– Bom pra caralho... – ele murmura, alternando para o outro seio, seus dedos como fantasmas desvanecendo nas linhas da minha pele.

As mãos dele encontram meus pulsos e ele levanta os meus braços acima da minha cabeça, enrolando a corda em volta deles de novo.

– Tudo bem? – ele sussurra.

– Sim.

Amarrada assim, posso deixar meus braços acima da cabeça ou passá-los em torno do pescoço dele. Mas, por enquanto, deixo-os onde estão e saboreio a sensação do edredom debaixo das minhas costas, enquanto Finn agarra meus quadris e me arrasta para a frente da cama.

Colocando-se entre minhas pernas, ele me acaricia com dois dedos, fazendo um V enquanto os desliza sobre meu clitóris e depois para dentro, repetindo o movimento de novo e de novo.

– Você está tão quente. – Ele se inclina, beijando meu quadril.

Finn se afasta e dá um passo para trás, então posso vê-lo enquanto tira o jeans e a cueca samba-canção, chutando as roupas para o chão. Ele pega uma camisinha de uma caixa na gaveta superior do criado-mudo, mas não a coloca ainda.

Em vez disso, ele sobe na cama, montando em meu tórax. Acima de mim, ele parece fogo, calor emanando da pele, diferente de tudo que jamais senti. Sinto como se tivessem surgido terminações nervosas nas partes do corpo que estavam cobertas pela corda.

Ele se escora com uma mão ao lado da minha cabeça, a outra segurando o pau.

– Beije-me.

Quando a larga cabeça do seu pau toca os meus lábios, deixo meus olhos desabarem fechados ao som do seu gemido. Adoro o alargamento compacto da coroa, o gosto dele. Lambo em torno da ponta, abrindo mais a boca quando ele desliza na minha boca, balançando para dentro e para fora enquanto brinco, deixando-o molhado o bastante para escorregar além dos meus lábios.

– Você gosta? – ele pergunta, a voz áspera. – Da sensação do meu pau na sua língua?

Concordando, abro os olhos para ver no rosto dele uma expressão que nunca vi antes: uma adoração desenfreada, como se ele nunca tivesse visto nada mais incrível na vida.

– Nunca gozei na sua boca – ele diz baixinho. – Ficava pensando nisso, mas sempre acabava querendo outra coisa.

Recuando e comprovando o que acabou de dizer, ele estende meus quadris enquanto rasga o pacote de camisinha e a desenrola ao longo do pau. Se isso fosse um filme, eu iria voltar e assistir àqueles três segundos de novo e de novo. Gosto do jeito como ele se olha enquanto veste a camisinha, agarrando o próprio membro, descendo a mão distraidamente para deslizar a palma sobre as bolas. Com um pequeno rosnar, ele termina de vesti-la, descendo sobre o meu corpo e ficando de pé na frente da cama, entre as minhas pernas.

– Coloque as pernas em volta da minha cintura. Segure em mim com as pernas.

Faço tudo o que ele diz porque não sei de mais nada além de que preciso do Finn dentro de mim neste momento. Ele segura o pau ereto e se apoia com uma mão sobre o colchão, ao lado do meu quadril, deslizando a cabeça para dentro.

Para fora.

Para dentro.

Observando-me com os lábios entreabertos, olhos pesados, ele retira de novo.

Gemo, cabeceando contra o colchão e apertando os dentes.

– Gosto de ver você tão impaciente – ele murmura, inclinando-se para beijar minha clavícula. – Você faz ideia de como está agora? Encharcada em volta de mim?

Ele sabe que não tenho palavras e não parece realmente esperar uma resposta enquanto entra, centímetro por centímetro, descendo a mão para circular meu clitóris com o polegar, murmurando:

– Ah... não goze ainda.

Mas quando ele o retira, mal parando para respirar antes de arremeter de novo, eu sei que está *lá*. Ele me oferece tudo; as estocadas fortes e aqueles sons animalescos e graves que ele emite a cada vez. Suas mãos, tão grandes, seguram meu corpo no lugar enquanto ele me fode com força.

Saboreio este homem me pedindo para esperar.

Espere.

Ainda não, Harlow. Não goze sem mim.

Eu disse pra esperar. Estou perto. Estou perto, porra.

Ele tira bem quando estou explodindo em mil pedacinhos, e então desliza para dentro.

– Quer gozar? – ele sussurra contra o meu pescoço.

E eu quero. *Quero, por favor, por favor*! Estou implorando, e percebo só no segundo, talvez no terceiro *por favor*, e ele adora, posso apostar, porque está desvairado de novo, e por um pequenino momento me surpreendo ao lembrar que *existe algo maior do que isso*. Espremo os olhos bem fechados e caio de costas sentindo que não existe nada mais no mundo além do Finn e do modo como ele me faz sentir.

O pensamento racional desaparece tão rápido quanto se infiltrou, e estou gritando conforme ele se move para trás, estocando, estocando, estocando até eu gozar. As mãos dele estão apertando minha bunda para mais perto dele, os lábios estão nos meus ombros, e o pau está tão fundo dentro de mim que nunca pensei que algum dia pudesse me sentir tão preenchida.

Finn estremece sobre mim, o corpo tenso enquanto ele geme contra a minha pele. Sinto seus espasmos dentro de mim, as batidas do seu coração entre nós – ou será que é o meu? Não sei nem mais dizer. Não faço a menor ideia de onde ele termina e eu começo.

Não tenho certeza sobre qual de nós está mais exausto. Finn fez todo o trabalho, movendo-se para dentro e para fora de mim, puxando e empurrando-me para onde ele queria, e ainda assim me sinto totalmente exaurida. Minhas pernas estão pesadas, meus ossos viraram borracha. Eu poderia dormir por dias.

É exatamente por isso que estou aqui.

Em algum momento, Finn desamarrou meus pulsos, esfregando os polegares contra as ligeiras marcas vermelhas.

– Elas vão desaparecer – ele diz, examinando-as, com uma ponta de remorso na voz. – Provavelmente dentro de uma hora.

Concordando, fecho os olhos, conto até dez, e então me levanto. Começo a me vestir, sentindo os olhos dele sobre mim, da cama.

– Nossa, Harlow. Você não precisa sair correndo – ele diz, a voz grossa e sonolenta. O céu lá fora está lilás depois do pôr do sol. – O Oliver vai chegar bem tarde.

Abro a boca, dizendo:

– Eu deveria... – E aponto vagamente para o norte, em direção à minha casa.

Finn assente, assistindo enquanto coloco tudo de volta no lugar antes de ele bater uma mão pesada na cama.

– Harlow, você não tem que sair correndo assim. – Arrastando-se para se sentar na beirada da cama, ele diz: – Fique. Deixe que eu... merda. Não sei. Prepare um banho pra você, ou... Apenas fique aqui. Foi intenso. Não foi?

Foi. Foi tão intenso que de repente estou reconsiderando tudo o que me trouxe até aqui.

Enquanto reúno minhas coisas para ir embora, não estou certa se ter ficado com Finn foi só uma escapada, ou alguma obsessão perigosa.

Capítulo 4

Finn

A luz muda e eu dou um passo para fora da calçada, atravessando a rua em direção a uma pequena multidão. Com meu celular apertado contra a orelha, escuto meu irmão Colton recitar uma lista de coisas que precisam ser consertadas e que, em sua maioria, precisam ser feitas antes que os barcos partam de novo das docas.

– E tem certeza de que a fiação está arruinada? – pergunto. Meu estômago queima e sinto necessidade de esclarecer: – Você sabe se é a própria fiação ou você verificou o painel dos fusíveis?

Escuto-o suspirar e posso imaginá-lo tirando o chapéu, usando a aba para coçar a cabeça. É terça-feira e ele trabalhou o fim de semana inteiro nisso. Tenho certeza de que está constrangido.

– Verifiquei o painel eu mesmo enquanto o Levi estava na cabine do leme com o medidor. Trocamos todos os fusíveis queimados e cada uma daquelas desgraças explodiu assim que ligamos os disjuntores.

– Porra.

– É isso aí.

– E qual é o plano? – pergunto, entrando debaixo de um toldo de lona vermelha brilhante. O sol está alto a essa hora do dia, as calçadas estão vazias e praticamente sem sombra.

– Preciso trocar um monte de cabos, descobrir como fazer uma ligação com as linhas avariadas. Vai tomar algum tempo.

– Céus, eu preciso estar em casa, e não na maldita Califórnia.

Encosto-me na parede de tijolos de um prédio, tentando entender exatamente como tudo isso foi acontecer. É como se uma coisa viesse atrás da outra este ano; some a isso uma série de anos de baixa pesca e sem dinheiro suficiente e, bem, estou na maldita Califórnia.

Mas Colt não está aceitando.

– Pare – ele diz. – Temos tudo sob controle aqui. Precisamos de você aí, tentando descobrir o próximo passo. Já enfrentamos coisa pior. Vamos enfrentar essa também.

Aguardo um momento antes de fazer a pergunta que estou temendo:

– Quanto tempo?

Ele solta a respiração e posso praticamente ouvi-lo calculando.

– Preciso desparafusar e puxar os painéis do chão da cabine do leme – ele diz. – Pelo menos alguns dias.

Poderia ser melhor. E, definitivamente, poderia ser pior. Faço os cálculos mentais de quanto dinheiro estaremos perdendo ficando fora da água.

– Você consertou o motor? – pergunto.

– Consertamos o número um – ele diz.

– E? Igual? Pior?

Ele hesita.

– Um pouco pior.

– Merda. Quanto tempo ele vai aguentar?

– O relatório diz que pelo menos seis meses. Mas antes disso já dizia seis meses, Finn. E antes desse, o outro disse seis meses também. Só tem dois por cento a mais de lascas nessa amostra de óleo do que havia da última vez. Eu diria que temos *pelo menos* um ano, fácil. Até lá vamos ter terminado a estação e estaremos numa boa. Podemos fazer isso.

– Certo – digo e desencosto do muro.

Passo por algumas lojas, restaurantes e pequenos bares, as calçadas cada vez mais apinhadas quanto mais longe vou. O sol de San Diego bate forte e sinto o calor se infiltrar dentro da minha camiseta preta e através do tecido grosso do jeans. Colton está certo, já enfrentamos coisa pior. Não precisamos apertar o botão de detonação nuclear ainda.

Então por que diabos estou aqui?

– Você está preparado para a reunião? – ele pergunta, um ponto de ansiedade finalmente alegrando o tom da voz.

– Não é como se eu precisasse estar.

O riso nervoso ecoa através da linha.

– Finn, vamos deixar a opção em aberto, está bem?

– Eu sei, Colt. Só estou enchendo você.

Não estou preparado. Não mesmo. Quero que meu negócio continue do jeito que sempre esteve, e a opção Los Angeles, como eu a vinha chamando, não é uma opção.

– Quando você vai? – ele pergunta, como se já não tivesse a data gravada no cérebro. Como se todos nós não a tivéssemos gravado.

– Semana que vem. – Apoio-me no prédio, esfregando o rosto. – Por que vim pra cá tão cedo? Podia estar aí consertando essas merdas e...

Ele geme.

– Céus, você não vai parar de se preocupar? Passe mais tempo com o Ansel e o Oliver, divirta-se. Diversão, lembra, Finn? E pelo bem de todos nós, por favor, trepe com alguém até ir pra Los Angeles. – Quase tropeço quando ele diz isso porque, meu Deus, meus músculos abdominais ainda estão doloridos da maratona de sexo com Harlow na outra tarde. – Tudo isso ainda vai estar te esperando quando você voltar. Entendeu? Diversão?

Há um enorme prédio decadente à minha direita, e observo as janelas enquanto passo por ele. Meu reflexo olha de volta para mim no fundo da rua movimentada, e eu paro. Porque ali, sentada em uma mesa e franzindo a testa para um laptop, está Harlow.

Diversão, penso.

– É, entendi.

A hostess na pequena plataforma sorri enquanto entro. Ela é gostosa daquele jeito estiloso, tipo *pinup* – ela estaria perfeita estendida sobre o capô de um carrão vintage. Seu cabelo roxo está cortado curto e arrumado com pequenas presilhas dos lados, seu lábio tem um piercing, assim como seu nariz, e cores vivas de tinta cobrem seus braços. Quase penso em ligar de novo para o Colton, esta garota faz exatamente o tipo dele.

– Estou ali – digo a ela com um sorriso e aponto para o lugar onde Harlow está sentada, ainda sozinha, ainda olhando para a tela e rolando o botão do mouse, desligada. A cada minuto ela pega o celular, dá uma olhada, e torna a abaixá-lo.

A hostess sorri de volta e gesticula para eu ir em frente, entregando-me o menu e piscando antes de eu me afastar. Está escuro e abençoadamente fresco do lado de dentro. Em Vancouver Island, outubro ainda é frio. Em San Diego, é como se o verão apenas tivesse começado. Verão eterno. Não é de admirar que todo mundo aqui seja tão descontraído.

Almofadas pretas e elegantes e uma fileira de sofás rodeia as paredes e cria pequenas áreas para se sentar na metade dianteira do restaurante, enquanto mesas compridas e bancos bastante desgastados preenchem a parte de trás. Parece mais uma boate do que um lugar onde você iria para comer pizza.

Harlow está sentada à mesa comprida de madeira do canto. Está usando uma saia amarela hoje, as pernas bronzeadas estendidas, amarradas em um par de sandálias altas marrons, e descansando no banco à frente dela. O cabelo está puxado para trás no que parece ser um nó ao mesmo tempo bagunçado e sofisticado, e conforme me aproximo da mesa, estou mais do que ligeiramente satisfeito em ver a marca de um pequeno chupão no ombro dela.

– Olá, senhorita Vega – digo.

Ela salta ao som da minha voz e olha para cima, o sorriso desaparecendo e dando lugar a uma expressão de surpresa... e talvez derrota.

– Finn. – Não me escapa o jeito com que ela reposiciona a tela do laptop enquanto deslizo para o assento em frente. – Por favor – ela diz secamente –, sente-se.

– Sabe, acho que ouvi seus olhos revirando quando você falou – respondo. – Isso é talento.

Uma garçonete vem para a mesa e olho para baixo, percebendo que Harlow tem apenas um copo de chá gelado diante dela.

– Vou tomar o mesmo. – Pisco de volta e vejo Harlow me observando.

– Planeja ficar mais?

– Por que não? Este lugar parece legal.

Ela murmura em resposta – seu pescoço está corado, mas ela com certeza está fingindo que eu não a amarrei e fodi três dias atrás – e olha para a tela do celular de novo.

– Que horas você precisa voltar? – pergunto.

Ela balança a cabeça.

– Não tenho nenhum lugar para estar.

Faço toda uma cena ao olhar meu relógio.

– Não quero ser intrometido...

– Acho difícil acreditar – ela interrompe, balbuciando.

– ... Mas você não trabalha?

– Sim – ela diz, mais para a tela do que para mim. Os olhos dela ainda estão baixos e o pequeno pingente que usa balança de leve a cada vez que ela expira. É fácil demais lembrar da visão dela deitada, com nada além daquele colar descansando sobre a clavícula, e minha corda sobre ela...

Foco, Finn.

– Então você não deveria estar no escritório ou saindo para almoçar com as amigas?

Ela abaixa a tampa do laptop com cerimônia.

– Não hoje.

– Por quê?

Ela está realmente ficando irritada com as minhas perguntas, o que – sejamos francos – apenas me deixa mais curioso.

– Porque não trabalho hoje. Minha mãe não está se sentindo bem. Estava só pesquisando umas coisas.

– Então, quando você trabalha, o que exatamente *faz*? – pergunto.

– Trabalho como estagiária na NBC.

Faço outra cena ao olhar para o meu relógio, mais dramático desta vez, diante do fato de que é uma e vinte da tarde de uma terça-feira e ela está em uma pizzaria olhando para o laptop e mexendo no celular.

– Meio período – ela esclarece, acrescentando: – Trabalho cerca de doze horas por semana.

Doze? Perante meu rosto mais que impressionado, ela rebate:

– Quê?

– Sem salário?

– Es-ta-gi-á-ri-a – ela diz lentamente, como me ajudando a entender. – Quero trabalhar na indústria cinematográfica, mas é preciso começar de alguma forma, e a NBC é o lugar.

– Estou vendo. Então você, tipo, serve café e essas coisas?

– Às vezes.

– Isso não te aborrece? Você é filha de uma atriz famosa e de um grande cara de Hollywood, e ainda tratam você como a mocinha do café?

Estou mais brincando que falando sério. Quero dizer, estou curioso, mas na verdade ela é muito divertida de se provocar.

– Não é tudo o que faço – ela diz e depois reconsidera, sorrindo para mim com surpreendente autodepreciação. – Na verdade, sim, eles adoram me obrigar a fazer o trabalho sujo pelo fato do meu pai ser quem é. Trabalhei nos sets de filmagem dele desde quando mal posso me lembrar, e provavelmente sei mais sobre como filmes são feitos do que as pessoas para quem trabalho hoje. Mas meu pai sempre me disse que a primeira lição no trabalho deveria ser como ganhar respeito por meio da humildade, então acho que é o que estou fazendo ali. Não será sempre assim.

Uau. Não estava esperando por isso. E é inquietante como isso parece algo que meu próprio pai diria.

– Então você foi pra faculdade e se formou em...?

– Comunicação.

– Comunicação, ah. O que é isso? É tipo se formar em Twitter e Facebook?

Ela morde o lábio de um jeito divertido, estudando-me.

– Você *conhece* o Twitter?

Considero mandá-la tomar naquele lugar.

– Então, o que está fazendo no centro da cidade? – ela pergunta, enfiando seu laptop extravagante na bolsa mais extravagante ainda. – Aquele seu *negócio* misterioso é aqui?

– Almoçando e fazendo algumas ligações – digo, estudando o menu. – Por quê? Tem outra ideia sobre como passar o tempo? Tenho certeza de que você deve ter algumas.

– Bem, já que estamos no nível básico e você já está aqui, sinto que é meu dever como moradora de San Diego fazer com que você fique e almoce. A comida é boa e eles têm cerveja.

– Cerveja certamente me ajudaria a ficar e almoçar com você.

Ouço seu suspiro de divertimento, mas não consigo desviar do seu punho vindo contra o meu ombro.

No final das contas, Harlow estava certa.

– Por acaso acabo de comer purê de batatas numa pizza? – pergunto, segurando o copo de cerveja.

– Sim. E não foi a melhor pizza do mundo?

Estava bem perto de ser, acho, mas não vou contar isso a ela. Exterminei metade de uma pizza de muçarela com purê de batatas e bacon sozinho. Harlow não ficou muito atrás.

– Estava boa.

– Boa – ela repete, balançando a cabeça. – Não se melindre com tanto entusiasmo, Finn.

– Posso fazer um monte de elogios quando a situação merece.

– Por exemplo?

– Lembro de ter contado a você que sua a boceta é uma delícia.

Os olhos dela escancaram do outro lado da mesa e, aí está, é isso o que eu estava esperando. Arrancar uma reação de Harlow – seja de choque, abandono ou raiva – é algo que desperta no meu peito o instinto mais básico. Sei que isso me transforma em algum tipo de homem das cavernas cretino, mas a sensação é boa e nos dá prazer. De fato, não estou interessado em analisar isso psicologicamente.

– Falando nisso, por que você saiu tão apressada no sábado? Sei fazer ótimas massagens.

Ela não estava preparada para aguentar minha honestidade à queima-roupa, porque ficou piscando para mim por um tempo sem dizer nada, mas se recobrou:

– Porque foi intenso. E eu só queria trepar.

Mastigo um pedacinho de massa de pizza.

– E o que você vai fazer com toda essa libido quando eu for embora da cidade?

Dando de ombros, ela diz:

– Me masturbar mais. – E dá uma grande mordida no seu pedaço de pizza.

Dou risada. Realmente gosto de estar perto dela.

– Então você se formou em Comunicação e seu pai é um cineasta dos grandes. O que mais eu deveria saber sobre você?

– Finn, você não se lembra do nosso trato? Você deve saber que eu curto *orgasmos*. Não precisa se esforçar.

– Vamos lá, Barbie Traquinas.

– Tá bom. – Ela limpa as mãos em um guardanapo e, em seguida, joga-o em cima da mesa. Tenho uma irmã, Bellamy.

– Ela é bonita?

Harlow me olha com asco.

– Ela tem dezoito, seu predador.

– Estou perguntando por causa do meu *irmão*, Levi. Meu Deus, garota-bomba.

Rindo, ela dá de ombros.

– Ela é linda, mas totalmente pirada.

Levanto uma sobrancelha, dizendo:

– Genética é uma desgraça, hein?

– Rá!

– Ela estuda por aqui?

Encolhendo os ombros, ela responde:

– Está cursando uma escola de artes que tenho certeza que é só fachada para um entreposto de maconha.

– Sério? – Sinto meus olhos escancararem. Tinha ouvido histórias sobre a Califórnia, mas...

– Não. Estou brincando, pode ficar descansado, agente infiltrado. Mas é um programa bastante esquisito. Tenho certeza de que, com esse diploma, ela terá maiores chances de virar funcionária do Burger King.

– E você ainda mora com seus pais?

Ela estreita os olhos para mim.

– Tenho vinte e dois, Finn.

– Mas seus pais são daqui e você é uma estagiária sem salário que trabalha doze horas por semana servindo cafezinho. Perdoe minha conclusão precipitada, mas você deve depender da ajuda deles.

– Tenho um fundo fiduciário. – Ela balança a cabeça, apontando o pedaço de pizza para mim. – Não faça essa cara de surpreso.

– Só estou surpreso que você tenha *admitido*.

– Porque eu deveria me sentir mal por meus pais serem responsáveis com dinheiro e eu, por minha vez, ser responsável por investir no mercado imobiliário da Califórnia e ter meu próprio apartamento?

– Devo te parabenizar por saber como gastar adequadamente o dinheiro dos seus pais? – pergunto com uma risada.

Ela se inclina para a frente.

– Que legal você pensar que sou uma cabeça de vento riquinha, mas não sou mais cabeça de vento do que você é um lenhador ignorante.

– Pescador.

– O quê?

– Sou pescador, Harlow.

Ela lambe os lábios antes de resmungar:

– Tudo. A. Mesma. Merda. Meu trabalho pode não ser muito glamoroso, mas sou muito boa nisso. Melhor servidora de cafezinho do oeste.

Explodo de rir.

– Você é uma viagem.

– E você é um belo pedaço de mau caminho.

Inclino a cadeira para trás, balançando-a em dois pés, observando-a me olhar. Ela é de longe a garota mais sexy que já vi. Para minha surpresa, também deve ser a mais esperta.

– É, eu sei.

– Então, e você? Tem familiares? Irmãos, certo?

Confirmo, pegando minha cerveja para dar um gole.

– Colton e Levi.

– Vocês trabalham juntos?

– Sim, com o meu pai. Ele teve um ataque cardíaco e um derrame alguns anos atrás, então ele não é tão ativo quanto costumava ser, mas sempre está lá.

– E sua mãe?

Balanço a cabeça.

– Morreu quando eu tinha doze anos. Câncer de mama.

A expressão no rosto dela parece desmoronar, e ela leva o chá à boca, tomando um gole com a mão trêmula antes de conseguir dizer:

– Finn. Meu Deus, eu... – Ela balança a cabeça, respira fundo e então fecha os olhos. – Isso é *desolador*.

Que mais eu poderia dizer, senão:

– É. Foi há muito tempo.

Ela desvia o olhar e, pela primeira vez, percebo que parece exausta.

– Então o que aconteceu para você estar tão cansada? – pergunto. – Uma sessão extenuante de Facebook no seu dia de folga?

Posso dizer que ela está a ponto de me dizer algo inteligente em resposta, mas a expressão se suaviza e ela diz:

– Só estava pesquisando umas coisas.

– Dicas de sapatos para a próxima estação?

– Algo nesse sentido.

E, uau, Harlow é uma péssima mentirosa.

Mas, se ela não quer dividir comigo, desconfio que não devo insistir. Deus sabe que não quero descarregar minhas aflições nesta mesa também.

– Vamos lá.

Olhando para mim, ela franze o cenho.

Levanto, estendendo a mão.

– Vamos.

~

Então estamos descobrindo um padrão. Caímos no corredor do Oliver de novo, mãos nos cabelos e bocas em todos os lugares. O corpo dela é quente, a pele macia e o cheiro tremendamente bom.

Dessa vez, Harlow toma a dianteira e nos conduz para o fundo do corredor, tropeçando às cegas na direção do meu quarto.

– Oliver? – ela pergunta, apartando-se de mim apenas o suficiente para olhar ao redor e ouvir a casa vazia. Seus lábios parecem inchados e suas bochechas rosadas. Seus cabelos se afrouxaram do coque e alguns fios lisos caem sobre seu rosto e ombros.

– Não está em casa ainda – digo e puxo-a de volta para a minha boca.

Nossos pés se embaralham sobre o piso de madeira e imagino se teria tempo de fodê-la bem aqui, curvado sobre o sofá ou com as mãos dela contra a parede, com o som dos seus gritos ecoando pelos cômodos silenciosos.

– Não sei que hora ele volta. Acha que consegue ser rápida? – Circulo meu polegar em volta de um mamilo e ela geme.

– Mmm, não vim até aqui pra ser rápida.

Também não quero. Na verdade, começo a desejar que tivéssemos ido para a casa dela. Algum lugar onde pudéssemos ter todo o tempo do mundo, assim como no outro dia.

Chegamos ao meu quarto e fecho a porta, virando a fechadura atrás de mim.

– Na cama – digo.

Harlow se afasta com um último beijo e surpreendentemente faz o que mandei, dando um show ao chutar os sapatos longe e subir no colchão. Atravesso o quarto e me coloco acima dela, encarando-a nos olhos enquanto abro o cinto.

– Tire a roupa.

Harlow concorda e começamos a nos despir: camisas primeiro, seu sutiã, meu jeans. Ela tira as roupas lentamente, não como se estivesse fazendo um *striptease*, mas como se curtisse a forma como meus olhos se movem sobre cada centímetro de sua pele exposta e tentasse fazer essa sensação se prolongar. Os peitos dela são incrivelmente lindos, altos e cheios – de encher a mão generosamente, e olha que tenho mãos grandes –, com mamilos pequenos e rosados que me dão água na boca. Ela precisa deitar de costas para se desfazer da saia, e dou um passo em frente, segurando-a e puxando-a pelas pernas.

– Imagino como você ficaria com os tornezelos amarrados e para cima, no ar – digo, trazendo a perna dela para o meu ombro e pressionando um beijo na panturrilha.

Não estou falando sério – não agora, em todo caso. Oliver poderia chegar a qualquer minuto e, para algo assim, eu gostaria de provocá-la, ter todo o tempo necessário até que ambos estivéssemos totalmente enlouquecidos. Mas, recordando-se da última vez, a mera sugestão é o bastante para fazer mágica, e os olhos de Harlow escancaram, sua respiração acelera.

Com um braço apoiado perto da cabeça dela, minha mão desliza entre nossos corpos, meu dedo na calcinha dela.

Ela engasga e vou mais fundo, colocando um segundo dedo e movendo meu polegar em círculos sobre o clitóris.

– Veja como você está molhada – digo – só de tirar as roupas. Mal toquei você e já está prestes a gozar na minha mão.

Harlow bufa, como se não conseguisse se decidir entre negar ou não, mas mesmo assim ela balança os quadris, requisitando mais dos meus dedos. Beijo ao longo das costelas e acima, colocando um mamilo entre meus lábios, sugando-o até que ela esteja molhada e escorregadia. Ela arfa enquanto uso meus dedos, suaves no começo e depois um pouco mais bruscos.

– Mais – ela geme e passo para o outro mamilo, chupando, mordendo. Não quero machucá-la, nunca quis, mas quero que ela sinta depois. Aquelas pequenas e persistentes dores para pegá-la desprevenida. – Finn, *mais*.

– Vire-se de costas – digo, e seguro seus quadris, ajudando ela a se virar de bruços. A calcinha de renda é só um pedacinho de pano e a deslizo para baixo, para longe do seu corpo, deixando-a completa e gloriosamente nua diante de mim.

– Essa bunda... – digo, apertando-a, sem nem mesmo saber onde olhar. Agarro-a mais forte, um pouco mais bruto, esfregando minha palma sobre ela de novo e de novo, para prepará-la para o que vem a seguir. – Acabo de lembrar que tenho planos pra ela.

O corpo inteiro dela está tenso, praticamente estremecendo, cada músculo pronto e em expectativa. Movo a mão quadril acima, até a parte baixa das costas, arrastando minhas unhas curtas sobre sua pele. Ela deixa escapar um som, e posso ouvir cada respiração sua, como está quase contínua e controlada, mas, mesmo assim, um pouquinho trêmula.

– Alguém já bateu em você, Barbie Traquinas?

Ela balança a cabeça contra o meu travesseiro, fios soltos de cabelo escuro acompanhando a curva da coluna.

– Só você.

Tento não pensar demais sobre a ponta de orgulho que sinto quando ela me diz isso, e procuro conter a onda de calor possessivo na minha barriga.

– Você quer? – pergunto.

Ela acena que sim, mas não é disso que preciso, e corto o ar com minha mão, pousando um tapa rápido no seu traseiro, apenas o bastante para chamar a atenção dela.

– Fale, Harlow.

– S-sim – ela diz. – Sim.

Faço de novo, minha palma em contato com a pele dela, um pouco mais forte dessa vez.

Harlow engasga, o punho fechado com força ao redor dos lençóis, e ela arqueia os quadris, empurrando contra mim. Querendo mais.

– Eu não falei que te daria o que você precisa? – digo e desço minha mão de novo, do outro lado.

O som que ela solta é mais alto agora, mais desesperado. Bato mais algumas vezes, só até a pele dela estar quente e rosada, e ela geme quando acaricio-a com minha palma. Pergunto-me se ela já tinha pensado nisso alguma vez na vida, se fazia ideia do quanto gostaria.

Não há dúvidas de que Harlow Vega curte um certo maltrato, e que eu aprecio muito ser quem o exerce. Tem alguma coisa tão sexy no modo como ela *deixa* que eu faça. Ela sabe que pode retomar o controle a qualquer momento, mas estou percebendo que não quer. Estou percebendo que talvez ela queira que outra pessoa domine neste momento.

Por volta do décimo tapa, Harlow está molhada entre as coxas, e não tenho certeza se alguma vez na vida já estive mais duro. A mão dela desapareceu entre as pernas, dedos deslizando sobre a pele lisa.

– Você realmente gosta disso – digo. – Sinta isso.

Inclino para a frente e toco onde ela está se masturbando. Meus dedos entram ao lado dos dedos dela e... *droga*. Preciso de uma camisinha agora mesmo.

Endireitando-me, alcanço a caixa que tinha jogado dentro da gaveta do criado-mudo. Harlow se vira e me assiste, olhos fixos onde deslizo a camisinha para baixo e pela extensão do meu pau.

Subo em cima dela, levantando seus braços sobre a cabeça e ajudando-a a alcançar a estrutura da cama.

– Deixe eles aqui, ok?

Ela assente e posso ver o modo como aperta a grade, os nós dos dedos ficando brancos com o esforço.

Pressiono a cabeça do pau contra ela, movendo para frente e para trás antes de entrar.

– Acha que pode ficar quieta? – pergunto, avaliando a expressão dela enquanto continuo a me mover. – Oliver pode chegar a qualquer instante. Você precisa ficar quieta, está bem?

Ela olha para o comprimento do seu corpo, onde minhas palmas se movem sobre sua pele, e concorda com a cabeça.

Pego o travesseiro perto da cabeça dela e levanto os seus quadris para posicioná-lo embaixo da bunda.

– Está certo – digo, pressionando mais fundo e mais fundo, observando, até desaparecer completamente dentro dela.

Os dentes dela mordem os lábios e ela geme. Faço *shhh* gentilmente.

– Você fica tão bem assim – digo, observando os peitos dela pularem com cada estocada do meu quadril.

Coloco a mão sobre o esterno dela para prendê-la contra o colchão e admiro a cor da minha pele contra a dela; um bronzeado áspero contra um dourado suave. O ronco de um motor soa do lado de fora e reconheço o carro do Oliver. Ouço-o se mover pela rua e estacionar em frente à casa.

Os arquejos de Harlow estão muito altos, então pego a calcinha ao lado do quadril dela, faço uma bolinha no meu punho e, depois de beijá-la nos lábios, enfio-a dentro da boca dela.

Os olhos dela se fecham como que *agradecidos*, e ela geme sob o pano – e isso é o bastante para eu quase gozar.

– Eu disse pra ficar quieta, Barbie Traquinas. – Abro as pernas dela mais ainda.

Inclino seu quadril de uma forma que minha pelve não esfrega contra seu clitóris enquanto transamos.

E, de novo, ela geme, um som profundo e desesperado que me faz fodê-la com mais força, querendo fazê-la gemer de novo.

– Definitivamente, você gosta disso – sussurro na orelha dela. – Aposto que você acha que não serei capaz de parar de pensar nisso mais tarde, em como você está deixando meu pau molhado. – Chupo o pescoço dela, com o cuidado de deixar a pele vermelha mas não marcada. – Sabe que gosto disso também? Você quase me fez gozar antes que eu estivesse pronto.

Ela geme no tecido e aperta os joelhos em torno da minha cintura, usando seu corpo como uma alavanca para me trazer mais perto, mais forte.

– Me pergunto, você vai ficar mais molhada? Devemos verificar se eu consigo te deixar ainda mais molhada quando você gozar?

Ela concorda, com urgência.

Posso ouvir Oliver do lado de fora, rindo e gritando algo para um vizinho. Levanto a perna de Harlow para o alto e bato em sua bunda de novo. Ela grita, apertando as pernas ao meu redor. Está corada, seus mamilos estão duros e sua pele, toda arrepiada.

– Ele vai entrar a qualquer segundo. Consegue ficar quieta? Posso deixar as coisas tão melhores pra você, se você conseguir.

Ela concorda e eu estoco com mais força, meus braços trêmulos, meu pescoço tenso enquanto me seguro. Vejo o momento em que acontece: os olhos de Harlow se escancaram antes de fecharem de novo, uma lágrima escorre pela sua bochecha enquanto ela se esforça para não fazer nenhum barulho.

É o suficiente para me fazer me recurvar sobre ela. Inclino-me para baixo, quase dobrando-a ao meio com as estocadas – só mais uma, até que finalmente gozo e preciso abafar o som contra a pele dela.

Quando consigo me mexer, quando meu coração já não parece prestes a explodir no peito, ergo-me, deslizando para fora dela com cuidado antes de tirar o preservativo. Tomo-a nos meus braços, beijando seus dedos, seus pulsos, os cantos da sua boca.

– Você fez tão gostoso. – Pressiono os lábios no ombro dela, arrasto o nariz pelo pescoço e rosno na orelha dela. – Você fez tão gostoso, doçura.

Capítulo 5

Harlow

Não sei mesmo como eu me sentiria três dias depois de ter os seios removidos, mas dado que são importantes partes do meu corpo, posso imaginar que estaria fazendo a mesma coisa que mamãe faz desde segunda-feira: dormir e chorar.

E não há nada, literalmente *nada* que qualquer um de nós possa fazer para que ela se sinta melhor. Mamãe nunca foi particularmente vaidosa, mas sua carreira obviamente dependeu de seu corpo. Portanto, mesmo que aos quarenta e cinco anos seja bem improvável ela ser escalada para um papel em que tenha que posar de biquíni em um filme, e que as revistas estejam dando destaque à sua força e coragem, ela realmente está odiando não ter mais o que já foi um belíssimo par de seios. Além disso tudo – e mamãe é forte como um espartano – a recuperação da cirurgia tem sido dolorosa.

Ela foi liberada do hospital na manhã de quarta-feira. Papai, Bellamy e eu passamos a maior parte do dia sentados na cama com ela, assistindo a reprises de *Law & Order* enquanto ela dormia. Lá pela tarde de quinta-feira, estávamos todos inquietos, sem banho e implicando uns com os outros.

Agora sei o que aconteceria se nós quatro acabássemos presos juntos em um abrigo nuclear: assassinato. O incessante barulhinho do celular da Bellamy está deixando papai lentamente furioso. Bellamy não para de falar sobre como o quarto está quente. E mamãe me diz:

– Se você me oferecer comida mais uma vez, vou atirar esse controle remoto na sua cabeça. Desculpe, querida.

Para uma família que nunca briga de verdade, certamente somos um bando de irritadinhos.

Por fim, papai puxa nós duas para o corredor:

– Garotas, eu amo vocês – ele diz, colocando uma mão no ombro de cada uma de nós. – Mas por favor, saiam da minha casa. Voltem para suas vidas por alguns dias. Eu ligo para dar notícias.

O problema não é assim tão fácil. Detesto o sentimento mórbido e mesquinho que senti depois de conversar com Finn no almoço, na terça-feira passada, de que minha mãe vai *morrer*. Não posso falar sobre isso com ninguém, e mesmo se pudesse, dar voz a isso apenas faria com que eu me sentisse validando essa possibilidade ou – pior – tornando isso realidade, de alguma forma. Tenho tempo livre demais para pensar, meu trabalho de meio período não me absorve o suficiente, só me resta correr ou passar várias horas na praia, e meus amigos têm agendas lotadas da manhã até a noite. Todos eles, exceto Finn.

Depois de Bellamy ter ido embora, fiquei no estacionamento dos meus pais para me recompor. O sentimento é literal: catar os cacos e colá-los de volta no lugar ao qual pertencem. Endireitar a espinha. Prender meu cabelo ainda molhado em um coque bagunçado. Alisar as mãos na frente da minha camiseta e jeans amarrotados. Meter um sorriso na cara.

Vou fazer com que todos me acompanhem no Bar do Fred, e não aceitarei "não" como resposta.

~

– Não – Lola diz, e então ouço um ruído alto no fundo. – Esta noite não posso, tenho que terminar uns painéis. E Mia disse que ela e Ansel vão ficar em casa, já que ele está partindo amanhã e vai passar semanas fora.

– Não estou conseguindo colocar minha vida em ordem... Lorelei Louise Castle, me ajuda.

– Precisa vomitar meu nome completo?

– Não escovei o cabelo depois que lavei, e estou vestindo uma das camisetinhas da Hello Kitty da Bellamy porque esqueci todas as minhas roupas em casa, e o Amante Latino – a Lola e a Mia têm uma quedinha pelo meu pai – me chutou pra fora de casa até segunda ordem. Levante e carregue sua bunda até o Regal Beagle.

Ela suspira:

– Tá bom.

Fred Furley abriu o Bar do Fred em 1969, quando tinha apenas 27 anos. Agora ele está com 72, casou-se (e divorciou-se) seis vezes, e ama minha mãe talvez só um pouquinho menos que meu pai. Comemorei meu aniversário de 21 anos lá, e o senhor Furley me deixou tomar só dois shots. Talvez por isso eu tenha voltado para casa sóbria e sozinha. Ele relaxou a guarda um pouco, mas ainda gosta de bancar o paizão, e provavelmente é por isso que me sinto tão confortável nesse bar. Além disso, é um ponto de encontro muito melhor do que uma cafeteria, porque... bom, tem álcool!

Levou cerca de dez anos para ele entender por que meu pai chama o bar de Regal Beagle, mas o nome pegou, mesmo que o senhor Furley não se pareça nem um pouco com o cara do seriado *Um é pouco, dois é bom, três é demais.*[4] Ele é calmo, bronzeado, está em forma e me dá praticamente qualquer coisa que eu quiser.

Como as Ladies Nights de quinta-feira.

---

4 Regal Beagle é o nome do bar onde os personagens do seriado americano se encontravam.

Ansel e Mia pegaram a Lola e o Finn no caminho para cá, e eles chegaram mais ou menos ao mesmo tempo em que Não-Joe tropeçava com sua bicicleta, estacionando-a de qualquer jeito ao lado do bar.

– Onde está Olls, Ollie, Olzifer? – pergunto com um sorriso bobo.

Lola se afasta, estudando-me.

– Você já está bêbada?

– Não. Só... com um humor estranho. – E é verdade. Sinto-me um pouco instável, como se fosse quebrar se parasse de me mover, e então toda a loucura se esparramaria no chão como uma poça de óleo. – Eu provavelmente vou ficar *melhor* depois de bêbada.

– O Oliver vai encontrar a gente aqui – Ansel diz. Ele é o único que não está olhando para mim como se meu cabelo estivesse pegando fogo e eu coberta de nitroglicerina.

Finn está me observando, os olhos escondidos sob o boné.

– Você tá bem, Barbie Traquinas?

Confirmo com a cabeça.

– Não. – Pego o braço dele e aproveito a oportunidade para apalpar seu bíceps forte e gostoso. – Sim? Eu acho. Dia esquisito?

– Estou ouvindo – ele diz, guiando-me para dentro.

O senhor Furley reformou o interior do bar alguns anos atrás, mas, por insistência da minha mãe, ele manteve a decoração exatamente igual e apenas trocou algumas mesas, cadeiras e cabines, além da pintura e pisos novos. Como eu disse, Fred ama a mamãe. Mais um motivo para amar este lugar: temos nossa própria cabine no canto dos fundos, com uma placa de RESERVADO avisando as pessoas sempre que não estamos lá. A verdade é que o bar do Fred raramente está cheio o bastante para que alguém queira surrupiar a nossa mesa, mas o gesto ainda faz com que eu me sinta um pouco fodona.

Cumprimentamos o senhor Furley, pedimos as bebidas e seguimos em manada para a cabine. Finn nos acompanha, inseguro.

– Isso parece um ritual – ele diz, escolhendo ficar contra a parede da cabine, em vez de se sentar perto de mim.

– Se você ficar aqui por tempo suficiente, vai tirar de letra. Mas é mesmo um pouco complicado. – Levanto meus dedos e explico os passos para ele: – Você entra no bar. Pede qualquer coisa que quiser assim que encontrar o Fred ali. Depois, você anda até essa mesa.

Ele concorda, lentamente.

– Entrar, pedir, andar.

– Bom menino!

Finn me surpreende ao tocar meu queixo com o polegar e o indicador e me olhar docemente antes de se virar para o Ansel.

Nossas bebidas aparecem e resolvemos pedir comida, e Lola e eu passamos um tempo colocando o assunto em dia no conforto da cabine. Ela assinou um contrato com a Dark Horse para fazer uma série em quadrinhos, e minha primeira resposta, antes de consultar o Google, foi:

– Estou tão feliz por você!

Minha segunda resposta, depois de ter consultado o Google, foi de quase saltar da cadeira. Apesar de isso ter acontecido assim que voltamos de Las Vegas, ainda não consigo processar a grande mudança que isso tudo representará na vida dela. Em apenas alguns meses, a pressão vai começar: ela vai ter entrevistas, algumas visitas em lojas chiques, e então seu filhote, o *Peixe Navalha*, para o qual ela já estava desenhando os personagens desde que aprendeu a segurar um giz de cera, será lançado mundo afora.

Enquanto conversamos, Finn vagueia ao nosso redor, encosta-se contra a parede da cabine e tenta acompanhar a nossa conversa.

Olho por cima do ombro dele.

– Seu copo está vazio.

Ele sacode o copo, olhando para o resto de líquido por cima do gelo.

– Não, ainda tem um pouco.

– Ah, então só o meu está vazio. – Levanto meu copo para ele, olhos abertos de inocência.

Ele ri, pegando meu copo.

– Diga a eles que é pra colocarem na minha conta – grito, enquanto ele se encaminha para o balcão.

Finn me lança um olhar feio por cima do ombro.

– Já entendi.

– Calminha aí, senhorita Vega – Lola diz, as sobrancelhas levantadas.

– Harlow *Vega*? – Não-Joe pergunta, uma sobrancelha loira arqueada.

Confirmo, enfiando uma azeitona na boca e repetindo "Harlow Vega".

– Seus pais alguma vez quiseram que você fosse pra faculdade ou eles tinham planos pra você ir direto pro palco?

Mostro minha língua para ele, lambendo meus dedos:

– Cuidado, Não-Joe. Sua ereção está aparecendo.

– Ah! – Não-Joe diz, virando-se para Lola. – Falando nisso. Estou ansioso pra ver o seu livro lançado e vendendo pra caramba, e aí na Comic Con vai ser incrível. Você vai estar tipo autora gata, desfilando pelo evento. Vestindo uma máscara sexy e shortin...

– Você tá *chapado*?

Percebo que a pergunta dela é retórica, por isso fico chocada quando Não-Joe responde:

– É... sim.

– Não vou brincar de fazer boquete num picolé e dar uns amassos numas garotas peitudas vestidas de Mulher Gato só pra mostrar que posso andar com fãs de quadrinhos.

Oliver escolheu este momento para chegar e parece um pouco aturdido, os olhos arregalados por trás das armações. Ele a observa, o olhar mudando para algo que parece ser admiração. Essa reação silenciosa me faz olhar duas vezes. Será que o calado e dócil Oliver está começando a gostar da *Lola*? Deparo-me com os olhos arregalados de Mia e posso apostar que ela está pensando exatamente o mesmo. Juro por Deus, se minha cabeça não estivesse tão fodida agora, eu estaria dando um jeito de esses dois ficarem juntos.

– Mas você deixaria um cara dar uns amassos em você se ele estivesse vestindo uma fantasia de Mulher Gato e fizesse boquete num picolé? – Ansel pergunta, apontando a cabeça na direção de Oliver. – Só pra saber.

– Reconheço que os fãs ficariam chocados – Oliver rebate, recompondo-se. – Com ou sem boquete no picolé.

Mia franze o nariz, balançando a cabeça para o Oliver. Ela quase nunca entende o forte sotaque australiano dele, o que é irônico, considerando que ela é casada com alguém que fala inglês como segunda língua.

– Fãs felizes, não importa como – Lola traduz em primeira mão.

Lembro-me da primeira vez que saímos com o Oliver – depois que Mia e Ansel desapareceram no corredor e estávamos eu e Lola, muito mais bêbadas que os dois estranhos à nossa frente. Depois de fazer uma inspeção, descobrimos que o Oliver tinha uma flor preta desenhada na bochecha.

– Estou curiosa sobre a flor – Lola disse quando ele se acomodou na cadeira perto dela. Ele usava os costumeiros óculos de armações grossas, jeans preto e justo, camiseta escura. Eu estava quase certa de que não era uma tatuagem facial... quase.

– Pedi uma amostra – ele falou enigmaticamente e voltou a ficar em silêncio. Demorou um bom tempo até que eu compreendesse que ele tinha dito “Perdi uma aposta”.

– Detalhes – Lola disse.

E Finn forneceu-os alegremente. Aparentemente, eles tinham apenas feito uma versão abreviada da viagem de biquíni pelos Estados Unidos que os havia reunido seis anos antes.

– O negócio foi: quem furasse a maior quantidade de pneus tinha que fazer uma tatuagem no rosto. Oliver não consegue guiar sem tratar uma bicicleta de estrada como uma mountain bike. Fiquei surpreso que suas rodas e pneus não tenham virado panqueca.

Oliver deu de ombros, e ficou claro para mim que ele não se importava em ter uma flor estampada no rosto. Ele realmente não estava fazendo isso para impressionar ninguém.

– As pessoas chamam você de Ollie? – Lola perguntou.

Oliver olhou para ela, totalmente estarrecido com a possibilidade desse apelido. Do mesmo modo, ela poderia ter perguntado se não o chamavam de Garth, Andrew ou Timothy.

– Não – ele disse sem expressão, e a única coisa encantadora nele era o modo como seu sotaque parecia passar por cada vogal em uma sílaba. A sobrancelha de Lola se contraiu num tique levemente nervoso e ela levou aos lábios seu copo da bebida que pisca.

Lola se veste principalmente de preto, incluindo seu cabelo escuro e sedoso, e tem um minúsculo diamante no piercing do lábio, mas, mesmo assim, ela nunca consegue se manifestar inteiramente como a rebelde furiosa. Com sua pele perfeita de porcelana e os cílios mais compridos do mundo, ela é simplesmente delicada demais. No entanto, uma vez que ela conclui que você é um cuzão, já não se importa mais com o que você pensa. Ela dá umas boas encaradas.

– A flor combina com você – ela disse, inclinando a cabeça para estudá-lo. – E você tem mãos bonitas, de um tipo suave. Talvez devêssemos chamá-lo de Olive.

Ele resmungou uma risada.

– E você tem uma boca muito bonita – acrescentei. – Delicada. Como a de uma mulher.

– Ah, vão se foder. – Ele já estava rindo por inteiro.

De alguma forma, todos nós fomos de estranhos alegrinhos para melhores amigos bêbados, e depois para casados naquela mesma noite. Mas Lola e Oliver foram o único casal que não consumou nada e, mesmo naquele momento, Lola estava bastante convencida de que Oliver não estava nada interessado.

Agora tenho certeza de que ela estava errada.

– Onde está o Finn? – Oliver pergunta, deslizando para dentro da cabine e dizendo: – Ei, Joe – para o Não-Joe.

– Dando carona pra Harlow – digo.

Ele me olha, confuso.

– Pegando uma bebida pra Harlow – Lola traduz de novo.

Oliver acena, satisfeito, espreitando o bar e depois voltando-se para mim.

– Seja legal com meu chapa – ele diz, piscando para mim, mas o tom de voz indica que está falando sério.

– Porque ele é sensível? Por favor – zombo. – Só estou usando-o por causa daquele pinto enorme e das suas habilidades surpreendentes com uma corda. Não se preocupe com seus sentimentos masculinos de cristal.

Oliver geme, cobrindo o rosto.

– Isso foi mais do que eu precisava saber – ele diz, no exato momento em que a Lola grita:

– Informação demais!

– Isso vai ensinar vocês a não me dar liçãozinha de moral – digo a eles com um sorriso. – Como vai a loja?

– Bem. Bastante movimentada. Acho que vai dar certo se continuar assim, né?

Vejo Mia se inclinar para o Ansel, que ri enquanto repete devagar o que o Oliver acaba de dizer.

– Preciso falar devagar, Mee-ah? – Oliver arrasta uma versão exagerada do sotaque norte-americano.

– Sim! – ela grita.

– Como está o recanto de leitura na parte da frente? – pergunto. – Trazendo um monte de curiosos?

– Acho que sim – ele diz, roubando a cerveja intocada que era da Mia. – Preciso ter uma ideia de quem serão os frequentadores regulares.

– Quanto tempo vai levar até você transar com alguém ali, depois do fechamento? – pergunto, descansando o queixo entre as mãos.

Ele ri, sacudindo a cabeça.

– Aquela janela frontal é muito grande. Acho que nunca.

– Algumas garotas gostam disso.

Ele dá de ombros, sorrindo para o descanso de copo com o qual está brincando, sem olhar para a Lola nem mesmo uma vez. Vou fazer esse garoto se render, custe o que custar.

– Talvez a primeira vez do Oliver ali seja no estoque. – Ansel entra na conversa e, ah, ele é meu *favorito*.

Mia se apoia ao lado de Ansel, e ele se curva para dizer algo perto da orelha dela. A felicidade dela é a *melhor* distração para as minhas próprias preocupações. Talvez o álcool ajude também. Estou tão contente que o homem dela esteja aqui por mais do que o costumeiro um dia e meio. Parece que ele vem a cada duas semanas, mas é uma confusão entre a agitação de quando ele chega e o constante horror de um novo adeus quando vai embora.

– Vocês parecem tão bem juntos – comento, inclinando-me meio caminho sobre o banco para beijar a bochecha de Mia.

– Imagine como parecemos quando estamos transando! – Ansel grita do outro lado da mesa. – É surreal!

Faço uma bolinha com o guardanapo do coquetel e atiro nele:

– Longe demais.

– Esse é meu superpoder.

– E qual é o meu? – pergunto.

Ansel coloca as mãos em forma de concha em torno da boca, gritando acima da música:

– Beber shots?

Ele acena para o shot que Finn sorrateiramente está colocando na minha frente. Apesar da nossa noite selvagem na casa de Lola e London, e do meu porre espetacular em Las Vegas, raramente bebo mais do que dois drinques. Mas acho que Ansel está certo: quando bebo, eu realmente me empenho. Entorno o shot que foi colocado diante de mim, experimentando o sabor doce e azedo, e depois a queimação da vodca que aquece pelo caminho até meu estômago.

Soltando um rugido, ponho-me de pé, anunciando:

– Estou bêbada e quero dançar! – Apontando para Finn, digo: – Você. Me acompanhe.

Ele sacode a cabeça.

– Ah, *vamos lá* – gemo, correndo minhas mãos pelo peito dele. Céus, ele é gostoso... tão robusto e forte, os peitorais se enrijecendo sob o meu toque... E agora estou morrendo de tesão por ele.

A noite de quinta no bar do Fred é Ladies Night, e eles tocam música dançante porque nós, garotas, gostamos de dançar. O que mais? Gosto da Eu Bêbada. Eu Bêbada não tem nenhum problema, enquanto a Eu Sóbria talvez seja orgulhosa demais para fazer a tímida ou a desesperada. Mas lhe dê um pouco de álcool. Um espetáculo.

– Por favor? – sussuro, esticando-me para beijar o pescoço dele. – Lindo, por favor, com Harlow nua por cima?

– Ela é sempre assim? – Finn pergunta às minhas amigas, sem tirar os olhos de mim. Ele está observando minha boca, encarando-

-me como se fosse me colocar sobre o ombro e me carregar por oito quilômetros até a casa do Oliver.

– Com quase todos os caras que ela encontra – Lola mente. – É extenuante ter que seguir o rastro dela até os quartos de motel poeirentos de Tijuana.

As sobrancelhas de Finn se juntam. Arranho o peito dele com minhas unhas do jeito que acho que ele gosta, e posso senti-lo estremecer sob minhas mãos. Ele pisca, desviando o olhar para a pista de dança.

– Então tenho certeza de que vai encontrar outro cara pra dançar com você lá.

Analiso-o por um segundo, esperando que minha frustração não fique muito evidente.

– Tenho certeza que sim.

Levanto o queixo para a Mia e ela puxa Ansel para fora da cabine consigo. Nós três vamos para a pista quase vazia, onde – ao contrário da previsão do Finn – há somente meia dúzia de pessoas: um casal mais velho dançando uma música rápida bem devagar e de um jeito sexy, e um pequeno grupo de garotas cujas carteiras de identidade eu seriamente checaria.

Amo tudo neste bar: os assentos em veludo desgastado, os lustres estragados, as bebidas fortes e, em especial, amo a música. Quando entramos na pista, o DJ, que não por acaso é o neto de 21 anos do Fred, Kyle, põe uma música de batida pesada, acenando para mim.

Não preciso de um par para dançar, só preciso me *mexer*. Levanto as mãos para o ar, saltando no ritmo e fechando os olhos. Amo essa música, amo a pulsação do baixo e a letra obscena. Ansel e Mia tentam dançar comigo, como um grupo, mas acho que eles percebem que eu não me importo se estou sozinha ou acompanhada, porque se viram um para o outro e se movem num perfeito par de quadris ondulantes, emaranhando braços e sorrisos.

Céus, eles ficam tão bem juntos. Claro que Mia é uma dançarina fenomenal porque ela nasceu para isso, mas Ansel se move como alguém que detém o controle de cada célula do corpo. Sinto-me tão feliz e tão triste. Não sou uma pessoa triste. Minha vida tem sido fácil, louca, recheada de aventura atrás de aventura. Por que sinto que meu peito está lentamente se preenchendo com água fria?

Mãos quentes deslizam ao redor dos meus quadris e minha barriga, puxando-me de encontro a um corpo largo e sólido.

– Ei – Finn sussurra.

Como se tivesse me puxado da tomada, a sensação gelada escorre das minhas costelas e sou envolvida por nada mais do que o calor irreal do Finn. Ele me aperta contra si, mal balançando ao som da música. Virando-me para os seus braços, danço de encontro a ele, deixando-o me segurar. Sinto a necessidade mais básica de transar. Copular. Tê-lo dentro de mim.

– Você está me deixando louco, dançando aí. – Ele se curva, acariciando os lábios na minha orelha. – Maldição, você está linda.

Estico-me para alcançar a orelha dele com meus lábios, ouvindo minha voz entrecortar o ar com as palavras:

– Vem pra casa comigo.

~

Por sorte Finn está sóbrio e pode dirigir meu carro. Dou as coordenadas da minha casa, mas no restante do tempo apenas ficamos calados olhando através do para-brisa sem dizer nada. Estou contente por não estarmos conversando. Isso iria me distrair da sensação da mão dele pousada na minha coxa, o pulso firmemente pressionado próximo do meu quadril, as pontas dos dedos tocando aquele que parece ser o lugar mais macio e mais íntimo do lado interno da minha perna. É como se ele tivesse jogado uma âncora no mar e me trazido até a terra.

– Tudo bem, Barbie Traquinas?

Gosto quando ele me chama assim, como se tivesse me rotulado com uma marca toda sua.

Gesticulo que sim, esboçando um:

– Tudo bem, só estou...

– Só está sofrendo da crise dos vinte anos? – ele diz, sorrindo para mim. Não é um sorriso de zombaria, e recomponho minha postura. Acho que pareço tão desesperada quanto realmente me sinto.

– É.

– Não quis que soasse como se... – Ele retira a mão de cima de mim só para esfregar o rosto, deixando na minha pele uma sombra fria com o formato dos dedos dele. No entanto, logo a mão está de volta e posso respirar novamente. – Não quero parecer pretensioso. Só lembro de me sentir muito emputecido nessa fase, porque ainda não tinha entendido tudo.

Concordo, preocupada que minha voz pudesse sair estrangulada de emoção quando tentasse falar.

– Foi mais ou menos nessa época que meu pai e Colt me fizeram sair naquela viagem de bicicleta.

– Você está feliz por ter ido?

Ele gesticula que sim, mas não diz nada, e eu digo para ele virar à direita, na Eads Avenue. Paramos em uma vaga na frente do meu prédio e ele desliga a chave da ignição.

– É – ele diz, olhando para mim e me devolvendo as chaves. – Estou feliz. Mas a vida é sempre complicada. Só parece diferente, de um ponto de vista mais velho.

Ele me acompanha para o elevador no lobby do prédio, levantando a sobrancelha, sem dizer nada. As mãos fundas dentro do bolso do jeans, o boné desgastado e baixo sobre seus olhos.

– Quão bêbada você está?

Dou de ombros.

– Bastante bêbada.

Posso dizer que ele não gostou da resposta, mas, de novo, fica quieto e me acompanha para dentro do elevador, observando enquanto aperto o botão do quarto andar.

– Isso não significa nada. Vir pra minha casa – digo. – Podia ser na casa do Oliver de novo, tanto faz. Aqui era mais perto.

Ele ignora.

– Você não divide o apartamento com ninguém, certo?

– Certo.

– Você gostou do que fizemos outro dia?

– Qual? – pergunto, apoiando-me na parede do elevador enquanto ele sobe lentamente. Posso jurar que sinto o calor dele a um metro de distância. – Com corda ou sem?

Ele sorri, lambendo os lábios.

– Ambos. Mas acho que quis dizer com a corda.

– Quer dizer que você não tem certeza?

As portas do elevador se abrem e ele oferece para que eu saia primeiro. Atrás de mim, ele explica:

– Não fazia isso com uma garota há muito tempo. – Começo a reagir a isso... quer dizer, agora minha curiosidade foi às alturas, ele precisa me dar mais que *isso*. Mas ele continua falando: – E o jeito como você sempre vai embora logo depois... você não é exatamente fácil de ler.

– Céus, Finn. – Parando em frente à porta, viro-me para encará-lo. – Isso não é só sexo? O que há para "ler"? – Quero que isso soe um pouco irreverente, um pouco engraçado, mas minha voz embriagada é lenta e arrastada. Ele franze a testa, tomando as chaves de mim e usando-as para nos fazer entrar no meu apartamento.

Do lado de dentro, Finn deixa as chaves caírem na mesinha ao lado da porta e observa o lugar. Há dois quartos, além de uma grande área com vista para alguns quarteirões da cidade e além, para o oceano.

– *Uau* – ele diz baixinho. – Ótimo investimento.

Rindo, dou um empurrão no ombro dele por trás, fazendo-o dar um passo para dentro da minha sala de estar.

– Vou perguntar uma coisa que vai me fazer soar idiota – ele adverte, olhando para mim.

– Só *uma*.

Com um sorrisinho, ele diz:

– Como foi crescer sem jamais ter que se preocupar com dinheiro?

Sorrio para Finn e o deixo digerindo a pergunta por um tempinho. Porque... sério?

– O que faz você pensar que sempre tivemos dinheiro?

Ele olha ao redor do apartamento e depois de volta para mim, levantando as sobrancelhas expressivamente.

– Quando minha mãe estreou na TV, lembro dos meus pais realmente apertados – conto a ele. – Ela viajava para os sets de filmagem. Papai ficava aqui fazendo, tipo, filminhos alternativos no quintal do amigo dele. Foi mais ou menos quando eu estava no colegial que as coisas ficaram mais comôdas. – Dou de ombros, retribuindo o olhar. – Só quando papai ganhou o primeiro Oscar, aí sim, ele decolou. Mas isso não foi antes de eu ser caloura na faculdade.

Finn assente e o silêncio se prolonga por um estranho segundo antes de ele dizer:

– Vou usar o seu banheiro. – Ele observa o corredor, e depois a mim; o olhar descendo do meu rosto para os meus pés. – E você vá buscar um copo d'água, um pedaço de torrada e uns comprimidos ou coisa do tipo. Não vou transar com você até que esteja bem.

Ele se vira, sem esperar pela minha reação a esse tom de voz mandão. Anda pelo corredor e enfia a cabeça pela porta do banheiro antes de entrar, fechando a porta atrás de si com um leve clique.

Porque é uma boa ideia e não porque Finn me *mandou* fazer – e de fato precisei me conter para não gritar de volta –, vou para a cozinha atrás de água, comida e dois comprimidos.

Escuto o som da torneira e a porta do banheiro se abrindo, e ele grita do corredor:

– Onde você guarda suas tralhas de surfe e coisas esportivas?

– Minhas o quê? – pergunto com a boca cheia de torrada.

– Não estou falando da prancha. – Escuto-o abrir o armário do corredor e murmurar: – Ah, achei.

Engulo minha água e o vejo emergir do corredor. Meu coração tropeça. Os ombros dele preenchem o vão da porta e me sinto estranhamente intimidada. Estranhamente porque eu *gosto*. Gosto da ideia de ele ser um pouco assustador, um pouco descontrolado. Gosto da ideia de tê-lo colidindo com a minha vida e tirando tudo do lugar.

Ele traz um carretel de corda elástica na mão.

– Como é que eu já sabia que você procurava algo assim? – pergunto.

– Pode ser pelo jeito sutil com que te perguntei sobre a corda, mais cedo. – Ele envolve meu braço com uma mão e me conduz até a sala de estar.

Tranço um pouco os passos e ele me estuda, tirando o boné da cabeça e bagunçando o cabelo com a mão.

– Você vai se lembrar disso?

É perturbador como a voz dele me afeta. É áspera, e me lembra um bom e elegante uísque – pela textura na minha garganta, pelo calor no meu sangue. Não acho que consigo continuar fingindo que não estou completamente obcecada por Finn Roberts.

– Provavelmente – sussurro, esticando-me para beijar sua mandíbula.

– Mal posso esperar pra ouvir você implorando para gozar. – Ele levanta o queixo só um pouquinho, correndo a língua em torno do lábio inferior. – E mal posso esperar pra ouvir você implorando para eu parar.

Tenho a sensação de ficar sóbria apenas para me embriagar com a sensação de tê-lo dentro de mim.

Indicando as minhas roupas, ele murmura:

– Tire.

Tiro a camiseta, descalço os sapatos e saio do jeans. Ele observa cada movimento, enrolando distraidamente o rolo de corda. Eu o comprei algumas semanas atrás para amarrar minha prancha depois que a corda velha começou a esgarçar, mas, diabos... serve para isso também.

– Esta não vai ser tão suave – ele diz, movimentando a corda. Eu meio que desejo que ele esteja se referindo ao modo como vai me foder.

Uma vez que estou nua, ele dá um passo mais perto, curvando-se para me beijar. Amo o gosto dele – esta noite é um leve sabor de cerveja misturada com menta – e ele geme baixinho.

– Me diga que você quer isso.

– Eu *com certeza* quero.

Cuidadoso, ele amarra a corda em torno do meu peito, sobre meus seios, depois atrás, nas minhas costas. Passa por cima do meu ombro, e abaixo, sobre meu esterno, e enrola ao redor do meu tronco. Depois que ele emoldura os dois seios, ele leva minhas mãos até as costas, de modo que fico segurando cada um dos cotovelos com a palma da mão oposta. Ele prende meus braços antes de amarrar toda a corda perto da minha coluna, logo abaixo das escápulas.

Meus seios estão emoldurados pela corda, que cruza sobre meu esterno, e meus braços estão amarrados nas costas. O jeito com que Finn olha para mim...

Sinto-me como uma rainha.

Ele pressiona a mão contra o meu peito, a mão espalmada, e então eu me dou conta de quão grandes são as mãos dele. Sinto-me esculpida, e agora estou faminta. Acho que nunca quis que alguém fosse tão transparente quanto quero que ele seja comigo.

Ele corre a ponta da língua ao longo do meu lábio inferior. Como se estivesse lendo minha mente, diz:

– Você gosta quando sou um pouco bruto, não gosta?

Concordo. Minha necessidade é grande. Desejo chegar na fronteira, no limite, um pouco antes de cair naquele ponto em que o alívio vem e ele dá tudo ao meu corpo. Mas sei que ele vai me fazer esperar por isso, e a ansiedade me deixa trêmula.

– Você me quer só um pouquinho bruto? – ele pergunta, as mãos tremendo conforme ampara meu rosto. – Ou você me quer *selvagem*?

– Selvagem.

Ele inala, as narinas dilatadas e o cheiro me fazendo incendiar.

Finn arranca a camisa por cima da cabeça e, depois, rapidamente desafivela o cinto e puxa as calças para baixo, junto com a cueca. Ele está observando meu rosto, meus seios, medindo minha reação enquanto se despe na minha frente. Dando um passo para a frente, ele se abaixa até sentar no meu sofá, chamando-me com o dedo indicador.

– Venha sentar no meu colo.

Vou até ele, montando sobre suas coxas, e ele me segura pela cintura.

– Está bem? – ele pergunta de modo cortante.

Quando aceno que sim, as mãos dele deslizam pelos meus flancos e ele agarra um seio, os olhos em mim enquanto chupa e lambe, os dedos movendo por cima e ao redor do meu peito, explorando-me. A língua esparramada, provocante.

Com meus braços amarrados, ele me puxa para cima do corpo dele enquanto se vira e deita no sofá, descansando a cabeça no meu braço, pernas estendidas atrás de mim. Finn me posiciona com minhas pernas escancaradas sobre a boca dele, balançando-me ali, e gemendo, grunhindo contra a minha pele. Ele continua falando enquanto me lambe, dizendo que adora isso, que o gosto é bom. Dizendo que *eu* estou gostando, e que ele sabe que estou quase chegando lá. Estou corada, trêmula. Ele mal se move, apenas sussurra e beija e lambe e, de alguma forma... de alguma forma, só a respiração e o calor dele, a pressão da língua no meu clitóris... estou começando a suar por causa do esforço de manter meu corpo erguido. Os olhos dele fulguram, mãos deslizando dos meus seios para agarrar a corda às minhas costas; ambas segurando-me erguida e puxando-me mais para ele.

Não posso agarrar o sofá. Não posso agarrá-lo. Não consigo prestar atenção em nada, absolutamente nada, e é tão bom me deixar levar. Abrir mão de tudo. Estou me contorcendo em intenso prazer, as pernas escancaradas, o corpo tão faminto que quero mais pressão e mais saliva e mais dele. Todo o meu peso está sobre ele ou sendo escorado por seus braços, e estou prestes a gozar tão forte que minhas pernas estão tremendo, minhas costas se arqueiam bruscamente enquanto eu grito. Talvez eu berre – não me ocorre mais nada que não seja essa sensação de estar explodindo, derretendo, sendo trazida de volta, e ele ainda está falando, mandando:

Boa garota.

Ah, que delícia.

Gosta disso?

Você é minha sobremesa, tão doce.

Encharcada, tão pronta para...

Quer ser fodida agora?

De algum modo, a última pergunta invade meus pensamentos e arranca de mim um:

– Sim, por favor... *agora*!

As mãos dele envolvem meus quadris, a boca deslizando pela minha barriga, seios, pescoço, enquanto ele senta e me vira de costas no colo dele.

– Espere, espere, espere – ele geme quando o pau desliza entre minhas pernas. Eu choramingo, querendo-o dentro de mim, querendo senti-lo me atravessar e se abrigar dentro de mim.

Sussurrando "*shhh*, estou quase lá, quase", Finn agarra a camisinha e rapidamente rasga o pacote. Estou engasgando, sentido o suor escorrer pelo meu pescoço e entre os meus seios. Sinto o ar frio na minha testa, na minha barriga. Estou tremendo sobre ele, tentando me concentrar em uma única coisa, mas é impossível. Finn é lindo, o peito largo, cada músculo rígido, pele escorregadia de suor enquanto desenrola a camisinha.

– Oh, Deus – engasgo quando ele beija meu seio, chupando a ponta e gemendo.

Nunca senti esse desespero. Estou amarrada, ele é enorme, pode fazer qualquer coisa que quiser, mas... olhe como é cuidadoso e concentrado, olhe como ele me faz gozar e depois conversa comigo para me agradar. Uma ínfima desconfiança pulsa no fundo dos meus pensamentos e me diz que este senso de urgência não é uma desculpa para escapar da realidade neste momento.

É por causa *dele*.

– Rápido – imploro.

Ele me estabiliza com uma mão na minha coxa, segurando o pau com a outra mão, e sussurra:

– Certo. *Shhh*. Estou pronto. Aqui. Vem cá.

Abaixo meu corpo com a ajuda dele, trazendo-o para dentro de mim e, *meu Deus*... Demora uma eternidade para sentir todo o comprimento dele deslizar para dentro de mim. Estou tremendo e um pouco enlouquecida, querendo cavalgá-lo, mas ele está me segurando no lugar com um punho enrolado na corda às minhas costas, a outra mão agarrando os meus cabelos. Ele está tão fundo, tão fundo dentro de mim... e juro que posso sentir sua pulsação, posso sentir sua necessidade de se conectar a mim.

Ele geme, balançando os quadris só um pouquinho.

– Não faça nenhum barulho – ele murmura no meu pescoço. – Seus barulhinhos vão me fazer gozar antes da hora.

Preciso morder o lábio para conseguir ficar quieta, e ele recompensa o meu esforço com um beijo. Com as mãos espalmadas nos meus quadris e bumbum, ele me levanta e me abaixa, e me levanta de novo e me mantém ali, e então engrena um ritmo mais rápido e incansável dentro de mim. Ele fala o tempo inteiro, e o que me excita não é o que ele diz, porque na maior parte do tempo não estou conseguindo processar. É o som da voz dele. A profundidade e a segurança que transmite. Palavras como *linda* e *bom* e *forte* e *relaxe* e *ah, merda, vou deixar escapar* se infiltram através da névoa de prazer.

É tão bom. É tão bom.

Essa é a única coisa que consigo pensar, de novo e de novo. Ele está me fazendo olhar diretamente nos olhos dele – pelo menos é o que parece, embora eu não saiba se ele me mandou fazer isso. Mas o modo como está olhando para mim... é intenso e obsessivo e carinhoso e adorador. Não posso desviar. Não *quero*.

Não me lembro de alguma vez ter gozado desse jeito, sem conseguir localizar a sensação, sem saber apontar onde começa ou quanto dura. Estou tentando me manter calada, mas meus gritos escapam ainda que eu sinta sangue nos lábios. Desisto, gritando e me empurrando contra a corda enquanto o prazer me rasga inteira.

Finn geme, estocando forte e rápido – e então ele urra, puxando a corda atrás das minhas costas e enfiando-se tão profundamente em mim, enquanto goza, que me curvo ao meio.

Ele desacelera e então para, envolvendo-me nos seus braços e grunhindo no meu pescoço com cada expiração – *porra, porra, porra* –, bem depois de ter gozado. Em volta de mim, seus enormes braços estão trêmulos por causa do esforço, molhados de suor. Nunca me senti tão desarmada por alguém na minha vida inteira.

Percebo que vou chorar um segundo antes de sentir as lágrimas transbordarem e correrem pelas minhas bochechas.

Mas o rosto dele ainda está apertado contra o meu pescoço, sua respiração lentamente se estabilizando.

– Harlow. Não se mexa. Não posso... me dê só um segundo.

Não acho que eu poderia me mexer mesmo se quisesse. Jamais quero me desconectar dele.

A boca dele desliza pelo meu ombro e ele começa a massagear lentamente minhas coxas, meu bumbum, minha lombar. Levantando-me com cuidado, ele coloca a mão no meio de nós dois e retira a camisinha, amarrando-a rápido e jogando-a em algum lugar.

E então ele desfaz o nó nas minhas costas.

– Não – eu engasgo.

Ele olha para mim, vê as lágrimas nas minhas bochechas e provavelmente pensa que estou chorando porque não quero que ele me liberte. Nem eu sei por que estou chorando. Apenas estou exausta, e se ele não puder mais ficar dentro de mim, quero estar amarrada, e se eu não puder mais estar amarrada, preciso de outra maneira para saber que, neste momento, sou dele e ele cuidará de mim. Que ele tomará o controle e consertará tudo, porque não tenho certeza de que sei como fazê-lo.

Finn acaricia meu rosto com o polegar:

– Preciso, querida, você não pode mais ficar amarrada.

É que sinto que essa é a única coisa que me impede de me estilhaçar.

– Eu sei – ele diz.

Ah, céus, eu falei alto.

– *Shhh*, vem cá.

Ele me desembrulha como se eu fosse um presente, escorrendo a ponta do dedo por cada sulco que a corda deixou na minha pele, e então ele me levanta como se eu não pesasse nada. Não tenho ossos, nem músculos, só pele e desejo e sangue – e ele me carrega para o meu quarto.

– É este? – ele pergunta no final do corredor.

Confirmo e ele entra, puxando as cobertas com uma mão e me colocando debaixo delas. Estou aterrorizada de que ele vá me deixar, mas ele não vai. Ele sobe na cama ao meu lado, fazendo carinho, deslizando uma mão reconfortante na minha cintura, sobre meu quadril, minha barriga, até aliviar as marcas em volta dos meus seios com suas mãos carinhosas e rudes, beijando meu pescoço.

– Preciso ouvir que você está bem – ele sussurra. – Diga que não está machucada.

– Estou bem. – Respiro fundo, mas engasgo no meio do caminho. – Mas não vá embora.

– Não acho que conseguiria. Estou... é intenso pra mim também. Eu... esqueci.

~

Tenho sono leve, mas não acordei sequer uma vez no meio da noite. Nem para beber água, nem para ir ao banheiro, nem mesmo para rolar na cama de encontro a um monte de cobertas frescas. Quando meus olhos se abrem, o sol está alto no céu. Finn e eu estamos exatamente na mesma posição de quando caímos no sono.

Ele não está acordado ainda, mas seu corpo sim. Preciso de uma centena de promessas para mim mesma – sapatos novos, sorvete no café da manhã, no almoço e no jantar, um banho de mar à tarde – para sair da cama em vez de colocá-lo de barriga para cima e tê-lo novamente dentro de mim, apenas para ver se ele me olharia do mesmo jeito como olhou na noite anterior.

No entanto, saio da cama. Fico horrorizada com o fato do meu primeiro pensamento não ser para a minha mãe: se ela ainda precisa que eu a leve à consulta hoje à tarde, ou como ela dormiu na noite passada. É o que eu *deveria* ter pensado. Não sempre, mas, Deus, pelo menos durante as primeiras semanas, quando minha família – meu centro, meu universo – precisa de mim.

Passo o café e estou andando pela cozinha quando Finn entra, vestindo a cueca que deve ter resgatado do chão da sala. Eu nem tinha olhado para aquele canto. Não tenho certeza se aguentaria ver o monte de corda largado tão sem cerimônia sobre o carpete.

Ele esfrega os olhos, anda na minha direção e beija o meu pescoço. Como estou tentando não derreter, enrijeço e posso sentir a risadinha dele contra minha pele.

– Estou um pouco nervoso também – ele admite.

– É só que eu tenho... – começo a explicar. Ele se afasta e olha para mim com aqueles olhos complicados e cada vez mais ilegíveis enquanto escuta. – Uma coisa é querer distração, mas não preciso de outra obsessão.

Honesta demais, Harlow!

Mas ele já está concordando com a cabeça. Até parece um pouco aliviado.

– Posso respeitar isso – ele diz, retirando as mãos dos meus quadris e se distanciando.

É exatamente assim que preciso que esta conversa prossiga, mas ainda assim... dói um pouco. Finn facilita a situação, dizendo:

– Estou no mesmo barco, se posso colocar assim. E ontem à noite você deixou de ser uma trepada casual.

Sirvo duas xícaras de café e sorrio sobre a borda da mesa enquanto tomo um gole. Mentindo para nós dois, digo:

– Não teremos nenhum problema em voltar à nossa rotina de ex-casados.

As sobrancelhas dele se contraem.

– Certo.

Capítulo 6

Finn

Qualquer dúvida que eu tivesse de que a loja do Oliver seria um sucesso – talvez o fluxo de pessoas no dia da abertura fosse um acaso – foi por água abaixo quando piso ali na tarde da sexta-feira.

Aparentemente, há um monte de nerds em San Diego.

O sininho sobre a porta tilinta quando entro e paro no meio do caminho com os olhos arregalados diante da multidão que entope a pequena loja. E não são apenas crianças, ou *hipsters*, ou *geeks* do tipo do Oliver, mas também engravatados e mães a caminho de buscar os filhos na escola; ali havia gente de todas as faixas etárias possíveis.

– *Uau.*

– Tudo certo? – Viro-me para a voz à minha direita e vejo Não-Joe de pé atrás do caixa. Ele puxa o cabelo loiro para trás antes de alcançar um estilete, usando-o para abrir uma das diversas caixas atrás dele. – Trabalho em uma loja de revistas em quadrinhos. Pensei que fosse sair todos os dias, ler um pouco. Talvez dar uma escapada pra fumar um baseado. – Ele balança a cabeça enquanto o observo e continua tirando cuidadosamente o conteúdo de uma das caixas abertas antes de rasgá-la e passar para outra. – Mas, cara, esse lugar? Não esvazia nunca.

– Estou vendo – digo, impressionado. – Não sobra muito tempo pra dar uma olhada na mercadoria, não é?

– Eu? – ele diz e balança a cabeça de novo. – Não leio quadrinhos. Parece bizarro, eu sei, mas eles meio que me deixam confuso.

Percebo seu olhar vidrado e meio chapado por baixo do moicano loiro com *dreadlocks*. Sua camiseta branca tinha sido evidentemente lavada junto com alguma peça vermelha. Quero dizer, esse cara pôs um *piercing* no próprio pau. Não sei se estou surpreso pelo fato de as revistas em quadrinhos deixarem-no atordoado.

– Não gosta de ler?

– Mais ficção – ele admite. – Algumas biografias. Filosofia, se tiver tempo. Livros de viagem. Um romancezinho aqui e ali – acrescenta.

Espio um livro velho enfiado debaixo do balcão e sinto minhas sobrancelhas desaparecerem em direção aos meus cabelos. Tenho certeza de que não é do Oliver.

– Wally Lamb?[5] – pergunto. – É seu?

Não-Joe ri.

– É, é o melhor livro que já li sobre perdoar e superar o autodesprezo. *Encontrando-se a si mesmo.*

Certo.

– Eu... uau.

Não-Joe dá de ombros antes de partir para mais uma pilha de livros.

– Ademais, é uma indicação da Oprah, então, você sabe. O que a Oprah diz...

– Certo – digo. – Onde está o Oliver?

– A última vez que o vi ele estava nos fundos. Quer que eu vá chamá-lo pra você?

5 Wally Lamb (1950) é autor norte-americano best-seller, escolhido para o Oprah's Book Club, da apresentadora Oprah Winfrey. O livro citado pelo personagem Não-Joe, no entanto, não existe de verdade.

– Não, pode deixar. – Olho ao redor por um momento, decidindo se devo deixar Oliver saber que estou aqui ou simplesmente sair e tentar conversar com ele mais tarde.

O que devo fazer mesmo é voltar para casa e arrumar minha cabeça. A última coisa é ligar para os meus irmãos. A esta hora, a maior parte dos cabos já deve ter sido trocada, mas sinto um peso no estômago sinalizando que esse será o menor dos nossos problemas, uma vez que eles começaram a retirar os painéis e a examinar melhor o barco.

Meu encontro com os caras de Los Angeles é dentro de poucos dias e eu mal pensei sobre quais perguntas preciso fazer, ou mesmo se temos outra escolha que não dizer sim. Essa incapacidade de focar no propósito da viagem é exatamente o porquê da Harlow estar certa. Precisamos dar um passo para trás e esfriar... o que quer que seja isso que estamos fazendo.

Merda. Harlow.

Com um suspiro, caio no sofá que Oliver havia colocado na parte dianteira da loja. Estar com ela não se parece mais com nosso velho *acordo*. Mesmo que Harlow não tivesse se adiantado e dito algo sobre frear isso, eu teria que fazê-lo. Vi-a desmoronar nos meus braços na noite passada. Até a pessoa mais avoada teria percebido que o que havia entre nós ali não era nada casual.

Deus, ela foi tão perfeita. Nunca conheci ninguém como ela, com uma vontade tão grande quanto a minha e, ainda por cima, cedendo-me tudo, deixando-se vencer por mim a cada toque.

Pegando meu celular, vejo que tenho uma mensagem não lida, mas o texto para e fica flutuando acima da tela. Devo lê-la, sei disso. E sou um tremendo hipócrita por sugerir que Harlow está em um estágio da vida em que ela ainda não sacou as coisas direito. Quando eu próprio estou aqui, aos trinta e dois anos de idade, sentindo-me tão confuso e inseguro sobre o futuro quanto ela.

– Parece que você está queimando os miolos de tanto pensar, Hércules. Cuidado pra não pegar fogo.

Dou um salto ao ouvir a voz dela e meu coração decola de entusiasmo.

– Não vi você entrar.

Ela leva um minuto para chegar ao balcão e colocar o celular para carregar. Então deita-se no sofá ao meu lado, a coxa pressionada contra a minha.

– Está indo pro trabalho? – pergunto.

– Ao me perguntar isso – ela diz, olhando-me com um sorrisinho sutil –, você colocou aspas mentais na palavra "trabalho"?

– Sim.

– Na verdade, sim, estou indo pro... – Com os dedos para cima, ela desenha aspas no ar. – "Trabalho". – Ela levanta o meu braço e olha o meu relógio. – Tenho meia hora antes de servir uma bandeja de bolinhos em uma reunião e passar alguns faxes.

Então o que está fazendo aqui?, tenho vontade de perguntar, mas mordo a língua, sabendo que se a resposta for algo diferente de "Porque estava esperando ver você, seu tonto", ficarei desapontado.

É meio estranho ver essa versão da Harlow: empertigada e formal e vestida com uma saia preta justa, saltos e uma blusa de seda laranja, os cabelos compridos escovados. Ela é engraçada e encantadora, calma e tão diferente da Harlow que vejo na cama, aquela que me implora para bater, e suplica *mais forte* e *mais*. E apesar de parecer que eu detenho todo o controle, ela está claramente usando *a mim* – usando meu corpo para esquecer a si mesma e escapar. É um pouco preocupante perceber como gosto da ideia de ser o único neste momento que conhece o segredo, a versão revelada dessa garota linda e dourada.

– Já que estamos só na amizade, posso dizer que você está simplesmente maravilhosa hoje, Barbie Traquinas?

Ela pisca para mim, surpresa por um momento antes de sorrir.

– Obrigada.

– Porque a última vez que vi você assim tão cedo, parecia que você tinha acabado de cair da cama de alguém – digo, ignorando completamente o fato de que eu a tinha visto esta manhã. Ela não me corrigiu e... bem, certo. Acho que nós dois sabemos que essa conversa em especial é um campo minado, é mesmo melhor deixar para lá.

– Não era um dos meus melhores momentos, portanto vou deixar passar e concordar com você. Definitivamente, nada de Toby Amsler no meu futuro. Meus dedos estão acabando, então é hora de ser mais seletiva neste processo de triagem.

– Seus dedos estão... acabando?

– Dedos – ela diz, levantando as duas mãos e mexendo todos os dez dedos na minha cara. – Essa foi uma decisão incrivelmente pessoal, e que pode ser abordada de várias formas diferentes, mas eu sempre disse que não queria transar com mais caras que pudesse contar nos dedos de ambas as mãos. Já são oito dedos, então não tenho espaço para cometer mais erros.

Levo um segundo para entender que isso significa que Harlow só transou com oito caras.

Ou seja, Harlow fez sexo com sete caras que não eram eu.

E... estou em conflito. Por um lado, estou meio surpreso. Não é como se eu tivesse algum tipo de noção pré-concebida sobre isso, mas Harlow, do modo dela, parece fazer todo mundo pensar que sua vida sexual é algo que evidentemente não é.

Por outro lado, acho-me um cara bastante liberal, e desde que você não esteja traindo ou machucando alguém, deveria ser livre para amar ou casar-se ou trepar com quem quiser. No entanto, por mais hipócrita que eu seja, não consigo ouvir Harlow falar dos outros caras com quem esteve e ficar apenas sentado aqui balançando a cabeça.

E Harlow, que por qualquer razão, parece captar tudo o que faço, percebe.

– Ei. Opa, opa, *opa*. O que está acontecendo aqui? – Ela levanta um dedo para bater na minha testa, forte. – Você está todo de sobrancelhas franzidas e testa enrugada. Por acaso está me olhando com cara de juiz?

– O quê? – digo. – Não estou fazendo cara nenhuma. – E com certeza estou feliz que não, porque a cara que *ela* está fazendo é assustadora.

– Você está sim. Está tentando me rotular de vadia, sr. Bom Com a Corda e Ridiculamente Habilidoso em Sexo Oral?

– Não, claro que não. Eu nunca chamaria ninguém de...

– E não pense que só porque deixei você enfiar seu pau em mim, você pode me julgar pelo que fiz ou deixei de fazer. Gosto de sexo, assim como você. E vou transar com quem quiser e da forma que preferir, e pro inferno com a regra dos dez dedos. Só porque a sociedade quer que eu...

– Harlow, eu não estava dizendo isso. Dez dedos. Tá certo.

– Ah. – Ela perscruta o meu rosto e parece perceber que estou sendo sincero. A testa dela relaxa. – Tudo bem.

– Tudo bem – repito.

– Então, e você? – ela pergunta.

– O que tem eu?

– Quantos dedos ainda lhe restam?

Sento mais para a frente e olho ao redor, indicando que estamos no meio de uma loja movimentada.

– Não acho que este seja o melhor lugar pra termos essa conversa, Traquinas.

– Bem, o que mais vamos fazer? Tenho vinte minutos para matar, e já que não estamos mais trepando...

– É – digo e deito a cabeça contra o encosto do sofá. – Esse plano parecia fazer muito mais sentido logo depois de termos acabado de transar. Eu estava menos tenso.

– Logo depois? – Harlow muda de posição no sofá, levantando suas pernas nuas e colocando-as atravessadas sobre o meu colo. – E a respeito disso, desculpa, eu meio que derreti em cima de você ontem à noite – ela diz, e sinto algo apertar no meu peito.

Harlow pode ter sido amarrada com cordas elásticas na noite passada, mas foi como vê-la *desabrochar*, e realmente não quero que ela se desculpe por isso. Não tenho certeza se alguma vez vi algo tão *real*. Em uma questão de horas, as coisas foram de um fácil e descomplicado jeito de queimar energia para algo que possa ser chamado de nada simples. Eu *gosto* de Harlow. Decidir que não vamos mais dormir juntos? Que merda.

– Você não tem que se desculpar – digo e, sem perceber, coloco minha mão sobre o joelho dela, apertando-o. A pele dela está quente debaixo da minha palma e meus dedos estão loucos para se moverem, alisar a coxa dela, distrair-nos de novo.

Merda.

Faço menção de retirar a mão, mas ela toma-a nas dela enquanto distraidamente a observa.

– Não – ela murmura. – Estou pedindo desculpas por ter deixado as coisas esquisitas.

– Você não deixou – assegurei.

Ela olha para mim e parece estar segurando uma risada.

– Obrigada. Você é tão generoso.

Assinto, generosamente.

– É pra isso que servem os amigos, certo?

– É o que nós somos, então? – ela pergunta. – Amigos?

– Com certeza amigos, talvez algo mais? Não sei, nós já fomos casados uma vez, afinal.

– As melhores doze horas da minha vida, pra ser honesta – ela diz, na sua melhor representação de Scarlett O'Hara, e estica as pernas no meu colo, as coxas tremendo de leve enquanto seus músculos se alongam sob as minhas mãos. – Os dias desde então não têm sido outra coisa senão uma pálida representação.

Oliver vem vindo dos fundos da loja, carregando uma pilha alta de livros.

– Dia! Bom ver vocês, amigos.

Ocorre-me que ainda estou sentado com as pernas da Harlow no meu colo, minha mão descansando confortavelmente demais na coxa dela. Pisco para o alto e encontro o olhar do Oliver. Ele me dá um sorrisinho de quem já sacou, portanto isso também não lhe escapou.

– Cara – Não-Joe diz, emergindo do banheiro com uma pilha de revistas para o Oliver verificar, e os dois trocam um olhar –, veja só o que achei.

Oliver geme, mas percebo que ele não *pega* as revistas.

– Não de novo.

– De novo – Não-Joe confirma.

Meus olhos seguem Não-Joe enquanto ele alegremente coloca as revistas no balcão de vidro.

– São da Mulher-Maravilha?

– É. Toda maldita vez que vou limpar o banheiro. Sempre a Mulher-Maravilha.

Harlow se levanta e imediatamente sinto a perda do calor dela na palma da minha mão. Quando o Oliver balança a cabeça, ela diz:

– Quer dizer que as pessoas vão ali e...

Oliver confirma de novo, pegando uma caixa vazia e usando um grampeador para deslizar a pilha maculada para dentro.

– Maldito juramento. Será que nada é sagrado?

Harlow se inclina, olhando para a caixa.

– Bem. Quero dizer... você pode culpá-los?

Ela levanta o olhar para três pares de olhos do tamanho de pires, todos nós a observando de queixo caído.

– Podemos culpá-los por...? – Não-Joe começa e deixa a pergunta pairar no ar, cheia de significado.

– Ah, vamos lá. – Ela se estica e puxa da prateleira uma cópia intocada da *Mulher-Maravilha*, embrulhada num plástico. Na capa desse volume, a personagem cavalga um cavalo-marinho gigante, o seu Laço da Verdade suspenso no ar acima dela, enquanto um homem em algum tipo de veículo aquático tenta disparar uma arma contra ela. Tudo isso supostamente acontecendo debaixo d'água. Apesar disso, não me incomodaria em discutir a logística de como seria possível enlaçar alguém a alguns metros no fundo do oceano, ou como um laser – ou seja o que for aquilo – funcionaria nesse cenário.

– Olhe pra ela! – Harlow diz. – Até eu dedicaria um tempo sozinha com essa Princesa Diana.

– Você *sabia* que o nome verdadeiro dela era Princesa Diana? – Oliver pergunta, e posso jurar por Deus que ele está parecendo um cachorro que acabou de descobrir que tem um bife para jantar.

Ela dá de ombros.

– É claro que eu sabia.

Olhando-me com fogo nos olhos, Oliver diz:

– Finn, se você não se casar com essa mulher de novo, eu caso.

~

Harlow vai embora alguns minutos depois, beijando cada um de nós na bochecha antes de sair – e eu finjo não odiar o fato de nós três termos recebido o mesmo tratamento. Por fim, vou embora também, fazendo planos para me encontrar com o Oliver mais tarde. Tomo o caminho mais longo de volta para casa, concluindo que um passeio ao longo do porto me faria algum bem, e então me lembro que tenho mensagens não lidas esperando no celular. A ligação perdida do Colton. Aparentemente, Harlow é uma excelente distração, mesmo quando não estamos transando.

No fim, passei o resto da tarde dirigindo de um lado para o outro da costa, indo para casa só depois do pôr do sol e apenas trinta minutos antes do Oliver chegar. Verifico a geladeira e a despensa, puxando um pacote de macarrão e um punhado de legumes do fundo da geladeira. Meu celular me observa do balcão.

Faço tudo que posso para evitar olhar para ele. Começo a preparar o jantar e descarrego a máquina de lavar louça. Assisto um pouco de TV e até saio para buscar a correspondência do Oliver, com esperança de que o ar fresco limpe minha mente. Não ajuda.

Nervoso e incapaz de aturar isso por mais tempo, jogo os envelopes sobre a mesa e pego o celular, decidindo que é hora de enfrentar a situação como um homem. *Pode até ser boa notícia*, raciocino. Meu irmão teria ligado e continuaria insistindo se fosse algo muito ruim. Certo?

Verifico meu e-mail primeiro. Tem uma mensagem do banco, algum tipo de vídeo idiota que o Ansel encaminhou e um e-mail confirmando a reunião em Los Angeles às dez da manhã, que não alivia em nada a sensação azeda na minha boca.

Finalmente, vou às mensagens, abrindo a que Colton me mandou.

Estamos fodidos. Estamos enormemente fodidos. Vou beber.

~

A cozinha está enchendo com a fumaça da panela de macarrão supercozido ao fogão, quando o som de uma porta batendo ecoa no corredor.

– Amor, cheguei!

Estou andando entre o balcão e a ilha, sentindo meu estômago afundado mais ou menos na altura dos meus pés, quando escuto o Oliver largar as chaves e chutar fora os sapatos, deixando-os perto da porta.

Colton não atendeu quando tentei ligar para ele, mas Levi sim. Assim como disse na mensagem, Colton está em algum lugar enchendo a cara – e muito provavelmente desmaiando de tanto trepar com alguma de suas muitas coelhinhas –, o que explicaria por que ele não tentou me ligar ainda.

De acordo com o Levi, o motor número um quebrou o pistão, e o estrago é tão grande que realmente penetrou a carcaça do motor e o deixou irrecuperável. Pior do que isso, por causa da carga extra colocada sobre o motor número dois, a amostra de óleo veio cheia de lascas de metal, o que significa que estamos a poucas semanas de sua falência completa. Alguns dias atrás, sabíamos que estávamos em má forma, mas achamos que poderíamos mancar por mais uma temporada. Agora sabemos que estamos, como o Colton disse, *enormemente fodidos*. Cada um de nós colocou quase todos os centavos que ganhamos neste negócio de família. Sem renda, temos só o suficiente para cobrir nossas despesas básicas pelos próximos seis meses. Não podemos levar o barco para o mar antes de consertá-lo, e não faço a menor ideia de como vamos conseguir pagar isso.

Oliver atravessa a sala, desligando o fogão antes de andar até a pia para lavar as mãos.

– Você tá legal, cara? – ele diz, observando-me com preocupação.

– Sim. Só arruinando o jantar. – As próximas palavras estão na ponta da língua: *Estou fodido. Meu futuro e o futuro da minha família acabam de virar fumaça, e ah, por falar nisso, como vai a loja?*

Não posso dizer isso. Mas sei que preciso conversar, ouvir-me dizer o que acontece e escutar mais alguém dizer que não é tão ruim quanto parece, que no fim tudo vai se resolver.

Basicamente, preciso que alguém minta para mim.

O Ansel normalmente seria a pessoa mais indicada para fazer esse trabalho. Ele é estupidamente otimista e tem um jeito de fazer com que qualquer situação sem salvação soe como um perfeito golpe da sorte. Infelizmente, não estamos sequer no mesmo país neste instante, e não há a menor chance de eu ligar para ele e ocupar seu pouco tempo livre com meus problemas. Fora de questão.

Perry seria a segunda escolha mais óbvia, porque ela está entediada e tem uma trajetória como boa ouvinte. Mas, Jesus, eu não posso. Sei que não posso tomar partido de ninguém, mesmo estando furioso com ela por conta do que ela fez com o Ansel e a Mia, e nenhum de nós está falando com ela. Fora de questão, também.

O Oliver tem muita coisa com que se preocupar, com a abertura da loja e seus longos dias de pé. A última coisa que precisa é que eu descarregue sobre ele como meu negócio está falindo enquanto o dele prospera.

E, para ser sincero, eu realmente nem *quero* contar nada a eles. Não é que eu ache que eles não se preocupariam, é que eu não quero que eles se preocupem. Não quero que saibam o quanto isso é horrível.

Como um alívio para meu colapso nervoso, o Oliver atravessa a cozinha e puxa uma tábua de cortar de uma gaveta.

– Então você e Harlow... – ele diz, pegando uma faca.

– Harlow? – digo, distraído, o nome dela saindo um pouco mais ríspido do que eu pretendia. – Não existe nada entre mim e Harlow.

– Claro que não. Só notei como vocês dois estavam aconchegados hoje.

Mesmo com tudo o que está acontecendo, ainda consigo revirar os olhos.

– Ela é um pé no saco – conto a ele, e é uma mentira enorme.

Com a maioria das mulheres, a novidade de um rostinho bonito já teria se esgotado e eu estaria pronto para outra. Mas, com Harlow, sinto que gosto dela mais e mais a cada conversa.

– Tem certeza de que está bem?

Viro-me para encontrar Oliver me observando de perto.

– Sim. Por que não estaria?

Ele dá de ombros, parecendo que quer me estrangular, mas então pisca e sua expressão evapora, e fico me perguntando se alguma vez já esteve ali.

– Não sei, de verdade. É só que... você nunca me contou o que estava fazendo aqui. Está tudo bem na sua casa?

– Ótimo. Só vim aqui pra encontrar uns investidores. Estou pensando em fazer algumas melhorias no período de baixa.

Posso ver uma faísca de alívio no rosto dele.

– Finn, isso é maravilhoso. Olhe para nós, olhe para nossas vidas. Tudo está virando um mar de rosas, cara.

Certo.

Desvio a olhar, observando além da janela. Existe só uma pessoa com quem quero conversar agora.

– Olha – digo, desligando o fogão. – Acabo de lembrar que prometi ao meu pai que ligaria hoje à noite. Tudo bem se você jantar sem mim?

Se Oliver está desconfiado, ele se mostra um bom amigo, fingindo acreditar nas minhas desculpas esfarrapadas.

– Ah, sim, claro. Acho que vou ligar pra Lola e ver se ela quer sair. Você acha que vai voltar?

Pego minha carteira na mesa da cozinha e enfio no bolso de trás.

– Não tenho certeza. Só guarde um prato pra mim, que esquento assim que voltar. É que preciso mesmo fazer essa ligação.

Oliver assente, enxaguando o prato antes de me dar um tchau.

Minha mão já está sobre o celular antes mesmo de eu sair pela porta.

Capítulo 7

Harlow

Estou passando pano no chão. E por que raios eu estou passando pano no chão se a diarista esteve na casa dos meus pais hoje mesmo?

Porque parece que não consigo me concentrar nem na mais fácil das tarefas e acabei derrubando uma travessa de panquecas recheadas no piso.

Papai entra, olha para mim – estou com o meu jeans rasgado e a camisa velha de flanela dele – e depois para o esfregão tingido de vermelho e para a mancha de molho sobre o piso branco, e não diz nada. Ele apenas caminha até a geladeira, pega um iogurte para mamãe e beija a minha cabeça ao fazer o caminho de volta.

Tomo algumas decisões nos próximos vinte segundos.

Primeiro, preciso de outro emprego.

Existe uma minúscula chance de que me ofereçam um trabalho interno em período integral na NBC começando em janeiro, mas só de conversar sobre minha carreira com o Finn já percebi que estou dando voltas sem chegar a lugar nenhum. Sou inútil ali e nenhuma outra mulher do século XXI, com orgulho próprio e sem outras responsabilidades na vida, trabalha só *doze* horas por semana.

Segundo, não posso transar com o Finn, mas também não posso passar cada segundo do meu tempo livre na casa dos meus pais. A verdade sobre a doença é que ela é um negócio terrivelmente triste e solitário. Mamãe não nos quer pairando em cima dela e, se ela quer alguém, é o papai. É hora de cortar as cordinhas.

Terceiro, e talvez seja a decisão mais importante, preciso descobrir o que fazer para o jantar, agora que estilhacei o Plano A pela cozinha inteira.

Enquanto estou de quatro no chão, esfregando a última mancha do rejunte entre os pisos, meu celular ressoa sobre o balcão com a chamada de um número que não conheço.

`Está a fim de tomar uma cerveja ou duas?`

Aperto os olhos para a tela, na cozinha escura. Digito:

`Quem é você?`

`O cara com quem você estava fantasiando.`

`Colonel Sanders?`[6]

A resposta vem imediatamente:

`Mais uma chance.`

Dou uma risadinha enquanto digito:

`Ethan?`

Aperto enviar e rapidamente digito:

`Não! Jake, me desculpa!`

A resposta do Finn demora mais ou menos um minuto.

`Engraçadinha.`

---

6 Colonel Sanders (1890-1980) é o empresário e criador da rede de lanchonetes americana KFC.

Finn e eu trocamos telefones em Las Vegas cerca de três meses atrás e sinto cócegas ao reparar que estranhamente não havíamos usado até agora. Eu pergunto:

`Vamos a um bar de lenhadores?`

`Acho que a palavra que você queria usar é pescador.`

`Tanto faz, estou impressionada que você esteja escrevendo.`

Olho para a minha roupa e me encolho, antes de decidir que... *foda-se.*

`Acho que é perfeito. Estou vestida igual a você.`

`Estarei aí em vinte minutos.`

Subo as escadas correndo, dou um beijo de despedida nos meus pais, sigo para fora da casa e mergulho no meu carro, esperando encontrar Finn na minha casa. Não quero que ele saiba que não estou em casa. Não sei por que, mas talvez seja porque neste momento – e surpreendentemente – Finn é o meu porto feliz. Estar com ele faz com que eu me sinta melhor, e parte do motivo é porque ele nunca me pergunta "Como você está se *sentindo*? Como está sua mãe? Firme e forte?".

Ela é tão guerreira.

Ela é tão bonita.

Tão jovem.

Nem imagino como isso deve estar sendo para vocês.

Estranhamente, Finn é o único que provavelmente *poderia* imaginar como está sendo para nós, e é um alívio não ter que encarar isso quando estou com ele.

Chego em casa em tempo recorde. Os deuses dos semáforos de trânsito estavam sorrindo para mim. Poderia trocar minhas roupas desleixadas, mas não me dou a esse trabalho. Se não estamos transando, também não estou me arrumando.

Ele é tão cavalheiro que manda uma mensagem da calçada dizendo que já está aqui, e eu o encontro em sua caminhonete e embarco.

– Esqueci como se chega ao bar do Fred – ele diz, cumprimentando-me.

– Olá – digo a ele, depois de colocar o cinto de segurança. – Vire à direita na Prospect e depois à esquerda na Draper.

– Ah, certo. – Ele manobra para fora da vaga e segue minhas coordenadas. – Acho que vou lembrar a partir dali.

– Especialmente porque fica na Draper – digo com um sorrisinho.

Mas ele não sorri de volta. Na verdade, Finn parece perdido em pensamentos. Ele brinca com o botão do rádio e uma reprise de Terry Gross entrevistando o ator Joaquin Phoenix nos faz companhia. Em um sinal vermelho, ele tamborila os dedos no volante e olha janela afora, distante de mim.

– Esse negócio de não transar é bem mais estimulante! Estou superfeliz que estamos numa boa, só saindo pra conversar. – Inclino-me para a frente e dou uma boa olhada no rosto dele, mas não vejo nem sinal de um sorriso.

– Só queria sair um pouco – ele resmunga, enigmático.

Oliver mora a uma quadra da praia. Finn poderia facilmente "sair" e fazer uma centena de coisas diferentes em vez de me levar ao bar do Fred, onde estivemos poucas noites atrás.

Ele estaciona na frente do bar e me encontra na calçada, como sempre gesticulando para que eu entre primeiro. O senhor Furley me chama assim que entramos, pedindo ao Kyle para chutar "uns bunda-moles para fora da cabine da Harlow".

– Como eles ousam? – Finjo estar estressada.

– São as crianças de hoje – ele justifica, limpando o balcão do bar. – Bando de imbecis. Como está a Madeline?

– Está firme. – Estico-me sobre o balcão e beijo suas bochechas barbudas antes de pegar as duas garrafas de cerveja que ele me oferece. Dou a ele minha melhor imitação de Bogart:[7] – Obrigada, *doceeenho*.

Passando uma cerveja para o Finn, aceno para que ele me siga até o nosso canto, varrendo da mesa algumas cascas de amendoim espalhadas e deslizando para dentro da cabine.

– Ele com certeza faz tudo que você pede – Finn diz e entra depois de mim, olhando para o senhor Furley atrás do bar.

– Sim. Ele é o melhor. – Tomo um grande gole de cerveja, observando Finn engolir enquanto ele faz o mesmo. Céus, amo o pescoço dele. É bronzeado, e definido, e uma penugem escura faz uma sombra de leve, da bochecha... descendo pela mandíbula...

Limpo a garganta. *Sem sexo.*

– Então. E aí?

Finn dá de ombros e olha para a televisão mais próxima de nós, exibindo uma partida de beisebol.

No começo, o silêncio é confortável: tenho minha cerveja, ele tem a cerveja dele. Ele tem o jogo, eu tenho um casal de velhinhos desastradamente adoráveis dando um show na pista de dança. Mas, quando eles voltam a se sentar na mesa, sinto o peso do silêncio sobre nós. Não acho que Finn me pediu para sair só para poder sentar e assistir a uma partida de beisebol sozinho.

– Então, o Oliver está trabalhando hoje à noite?

Ele não parece me ouvir.

– Quer pedir algo pra comer? Estou faminta.

De novo, ele parece totalmente perdido em pensamentos. A música está bem alta, mas não é como se eu estivesse sussurrando. Olá, eu nunca sussurro.

7 Humphrey Bogart (1899-1957), ator do filme *Casablanca*, de 1942.

– Acho que vou até ali na cabine do DJ ver se o Kyle quer transar comigo na pista de dança. – Nada. – Talvez a gente trepe em cima do bar. Ou talvez dê uma rapidinha lá nos fundos. – Inclino-me na direção dele. – E claro que "lá nos fundos" é um eufemismo.

– Ei – Finn diz, tirando os olhos da televisão.

Finalmente, uma reação.

– Certo. Então o que está acontecendo? – pergunto. – Se você queria tomar uma cerveja em silêncio, poderia ter trazido o Oliver.

– Só queria pensar.

– E isso você poderia fazer sozinho, ou dando uma corrida pela praia. Então é claro que você precisa conversar. Você prefere uma câmara de ressonância ou uma parede de tijolos?

Finn olha para mim sem fazer a menor ideia do que estou falando.

– Quer que eu te ajude a encontrar alguma solução – esclareço – ou você prefere apenas falar sem ser interrompido?

– Você é capaz disso?

Minha cara neste momento.

– De verdade. Sou.

Finn se levanta da mesa, mostrando-me a mão aberta quando começo a protestar.

– Vou explicar. Quero falar tudo, sem interrupção. Só preciso de mais uma cerveja primeiro. Ou três.

Ele começa a se afastar, então chamo:

– Fala pro senhor Furley me trazer uns salgadinhos também.

~

Finn está quase no fim da segunda cerveja quando finalmente começa a falar.

– Quando eu disse que estava aqui a negócios, estava dizendo a verdade. Sei que soa estranho porque todo o nosso minúsculo negócio está sediado em Vancouver Island.

Balanço a cabeça, inexplicavelmente doida para saber por que ele vai ficar em San Diego por tanto tempo. Sinto-me um pouco especial por ele estar se abrindo comigo sobre isso, mas não deixo transparecer de jeito nenhum. Estou escondendo o jogo como uma profissional.

– Mas não é um negócio simples, e é daquele tipo que, se você tiver um ano ruim, tudo bem, você pode compensar no ano seguinte. Mas se tiver dois anos ruins, fica mais difícil. Alguns anos ruins, uma empresa grande aparece... depois o barco precisa de reparos... – A mão dele escorrega pelo rosto, depois ele toma um belo gole da cerveja, terminando-a. Em seguida, resmunga baixinho: – Pois então.

De repente, não estou mais tão ansiosa.

Posso dizer que ele não vai derramar os detalhes sobre os problemas do seu negócio sobre mim, e tudo bem, porque desconfio que serei só um pouco mais útil do que Kyle, o DJ, seria nessa situação. Mas fico quieta, não apenas por causa da minha inexperiência, mas porque sei que ele não terminou. Ainda não faço a menor ideia do porquê de ele estar *aqui*.

– Então cerca de, sei lá, talvez um mês atrás, algumas pessoas ligaram, dizendo que tinham uma ideia para... – Ele interrompe a fala e olha para mim durante um longo tempo. – Para um show.

– Tipo uma exposição de pesca? – pergunto.

Rindo, ele diz:

– Não. Tipo um programa de *tevê*.

Ah.

Ah.

Inclino-me para a frente, os cotovelos na mesa.

– E por "algumas pessoas", você quis dizer...

Ele desvia o olhar.

– O Adventure Channel.

Sinto meus olhos se arregalarem.

– *Puta merda*, Finn. Eles querem fazer um programa sobre o negócio da sua família?

– Eu, papai, Colt e o Levi. Todos os Roberts.

– E você veio aqui pra começar as negociações? – Estou tropeçando. O Adventure Channel é enorme. Finn definitivamente tem um rosto e um corpo para a televisão, mas... ele não é exatamente carismático e extrovertido.

Ele balança a cabeça, dizendo:

– Não. Veja, um dos nossos barcos menores já estava fodido há algum tempo, mas antes do nosso barco principal, o *Linda*, quebrar, eu tinha começado a considerar isso seriamente. Vim até aqui porque meus dois irmãos querem fazer isso, e não me sinto bem tomando uma decisão unilateral sem antes pesar as opções. – Ele esfrega o rosto de novo. – Mas descobri, cerca de uma hora atrás, que o *Linda* está fodido também. Digo, *fodido*. Temos talvez uns cinco mil no banco e precisamos de um conserto que vai custar uns cem mil. Talvez duzentos. – Olhando bem para mim, ele diz: – Agora tenho que considerar esse programa, ou abandonar totalmente a empresa. Não quero isso, Harlow. Vai ser um circo.

– Você já falou com o canal de TV?

– Só troquei alguns e-mails. Vim com antecedência por causa da inauguração do Oliver, e Colton estava preocupado que eu tivesse um ataque cardíaco, assim como papai teve, e queria que eu saísse da cidade. – Ele olha para mim. – Logo vou encontrá-los pessoalmente. Eles têm me mandado material promocional.

Meu estômago vira do avesso quando ele fala sobre ter um ataque cardíaco, mas diante de seu olhar hesitante e brincalhão e a menção do material promocional, não pude deixar de sorrir.

– Você falou em "material promocional"? *Isso* eu preciso ver.

Com uma careta, ele puxa a carteira do bolso traseiro, pescando uma foto dobrada da família sentada em um barco ancorado na água.

– Aqui está uma coisa que eles enviaram. – Ele passa para mim. – Também fizeram um logotipo e camisetas.

– Uau – digo, observando a fotografia. A iluminação é profissional, as cores são lindas. Cada homem na foto é a média perfeita entre o rústico e o refinado. – Parece a versão pescador-chique de um folheto promocional de loja de departamento.

Ele arranca a foto da minha mão.

– Certo. Você já viu.

Consegui pegá-la de volta antes que ele a devolvesse para a carteira.

– Então esses são os seus irmãos, hein?

– É.

Finn está no meio, com o pai. O irmão mais novo, Levi, de um lado, e o irmão do meio, Colton, do outro. É evidente que eles receberam algumas dicas para fazer a foto: o pai de Finn parece bastante receptivo, tranquilo. Levi tem um sorriso enorme, é um livro aberto, enquanto Colton está mandando um olhar sexy para a câmera. Finn parece sério e cansado da vida. Todos os quatro homens parecem completa e ridiculamente atraentes.

– Bem, obrigada por isso. Acho que preciso ir pra casa me masturbar pelo resto da noite.

– Sabe, se um cara dissesse isso seria supernojento.

– Ah, me desculpe, moço sensível. O tratamento diferente entre os sexos te deixa incomodado?

Ele ri secamente.

– Você é um pé no saco, Barbie Traquinas.

– Então o Adventure Channel quer vocês para um programa de paquera.

– Não. Era pra ser uma espiada na nossa vida de *pescadores* e...

– É isso que diz no verso da foto estilosa? – Viro a foto, fingindo olhar.

– Harlow.

– *Finn.* – Desviro a foto, apontando-a. – Olha só pra vocês. Você tem o quê? Trinta e dois?

– Sim.

– E Colton?

– Vinte e nove.

– E Levi?

Ele suspira. Está claramente sacando o que estou querendo dizer.

– Vinte e quatro.

– Aposto que no contrato que mostraram a vocês existe uma cláusula que diz que vocês não devem estar em nenhum relacionamento sério quando as filmagens começarem.

Os olhos dele ficaram enormes.

– E como você poderia saber disso?

– Está de brincadeira? Já ofereceram vaga pra minha mãe participar de *reality shows* algumas vezes. Eles sempre têm alguma regra sobre relacionamentos. Então você está mesmo acreditando que esse programa quer mostrar seus lindos bíceps no barco, fazendo com que você tire a camisa pra eles, e exibir vocês confraternizando com os colegas?

– Você não está ajudando. Eu já não estava querendo fazer isso. – Ele rouba alguns dos meus salgadinhos. – Mas meus irmãos pensam que vai ser uma viagem. Parece que eles ainda não entenderam que isso vai mudar a vida deles. O Colt sempre está transando com alguém diferente. E o Levi... juro, acho que ele é virgem.

Olho para o gatinho com cabelo cor de areia na foto.

– Certo, você está bêbado. Se esse cara não está transando, Deus não existe, nem Papai Noel, nem o Coelhinho da Páscoa.

Ele me cala com um aceno.

– Tanto faz. Só não acho que faríamos um bom programa de televisão. – O argumento é tão fraco que ele mesmo pode perceber. Ele estremece perante minha cara chocada, desviando o olhar.

– Você está brincando, certo? – pergunto. – Um garanhão gato, um virgem gato e o gatíssimo irmão mais velho ocupado demais para pensar em amor? Esse é o sonho molhado de qualquer produtor de televisão! O show praticamente se escreve sozinho.

Como se compadecendo, ele diz em voz baixa:

– Eles exageram bastante. Pra começar, temos um acordo de duas temporadas, compraram minha caminhonete só como um gesto de boa-fé, e vão consertar os dois barcos e nos arranjar um novo.

Deixo escapar um assobio.

– *Uau.* Então você está chateado porque um grande estúdio de televisão quer dar a vocês uma montanha de dinheiro? Tadinho. Por que você não reclama com eles?

Ele me olha, e é sua vez de parecer incrédulo.

– Eu *gosto* da minha vida, Harlow. Não é confortável e sempre estamos dando duro, mas escolhi isso por um motivo. Gosto da minha casinha sobre a água e trabalhar no barco e ficar contando piadas para os meus irmãos, e daqueles dias em que fazemos uma pesca incrível. Perto desses dias, todos os outros são insignificantes. – O olhar dele se perde na distância e ele desliza uma unha na ranhura da mesa. – A ideia de uma equipe vir nos filmar 24 horas por dia, três dias por semana, me deixa doente.

– O que o Oliver e o Ansel pensam disso? – pergunto.

– Eles não sabem.

– Então sei de algo que eles não sabem? – pergunto, alegre.

Ele dá de ombros.

– É difícil discutir essa escolha com os meus melhores amigos. Estou no meio de uma decisão maluca, mas dentro de dois anos talvez eu olhe pra trás e pense: "por que eu sequer considerei isso?". Não quero falar sobre isso com pessoas que estarão na minha vida todos os dias se apenas mais tarde eu perceber quão patético é tudo isso. Faz algum sentido?

Então ele não espera que eu esteja em sua vida dentro de dois anos? Certo. Essa doeu. Levo a cerveja aos lábios, desviando o olhar.

– Faz todo o sentido.

– Merda – ele murmura, parecendo perceber como aquilo soou. – Você sabe o que eu quero dizer.

E com toda a sinceridade, sei. Também não contei a ele sobre minha mãe. Não preciso do apoio do Finn, e gosto do fato de que estar com ele é um lugar confortável e fácil para estar. Talvez ele goste disso, e o longo prazo, na minha opinião, não importa muito.

Afasto essa pequena ofensa dos meus pensamentos e sorrio para ele.

– Sei que provavelmente isso soa como uma mudança radical na sua vida agora, mas pode trazer oportunidades que nunca imaginou. Pode consagrar a marca da sua empresa e...

– Ou nos transformar em uma piada.

– E... – continuo, ignorando-o – estão dando um barco? Sei menos que nada sobre pesca comercial, mas aposto que isso custa mais do que uma casa em La Jolla.

– Não fica muito atrás – ele concorda. – Não sei. Nem sei se algum dia conseguirei me sentir dono do barco que comprarem para nós. Estarei me vendendo, literalmente. Mas você não desatou a dar risada, então acho que não estou sendo tão louco de considerar essa opção.

– Acho que você seria louco se *não* pensasse.

Ele concorda e volta a atenção para o jogo de novo. Agora, tenho certeza de que terminou de falar.

Capítulo 8

Finn

Verifico o endereço que Harlow nos deu enquanto viramos a esquina. O restaurante está lotado e dou um suspiro exagerado ao contornar a multidão.

– Parece que esta não vai ser a nossa noite – digo ao Oliver, bastante certo de que, se meus olhos inconstantes não me delatarem, minha péssima atuação vai. – Acho melhor voltarmos pra casa. Tente de novo outro dia.

Viro a caminhonete em direção à saída, mas a mão dele no meu antebraço me impede.

– Todos já estão aqui, então só fique de vigia. De qualquer jeito, é tarde demais pra mudar de planos – ele diz, espiando da janela do passageiro antes de acrescentar: – E não graças a você.

– O que isso quer dizer?

– Quer dizer que levamos mais de uma hora pra tirar você de casa, e você mais parece que está sendo arrastado pro dentista, em vez de uma noite de jantar e diversão questionável com seus melhores amigos.

– Isso não é verdade. – É totalmente verdade.

– Ansel voou de volta para pegar Mia de surpresa mais uma vez e quer nos ver. E apesar do que disse ontem à noite, você se comportou como um revoltado a semana inteira.

– Estou bem. Só estranho estar longe com tanta coisa acontecendo em casa – digo e agito os ombros casualmente. *Relaxe, Finn. Não fique nervoso. Não fuja do contato visual.* – Não estou acostumado a ter tanto tempo livre, isso é tudo.

O rádio toca alguma música pop aleatória no fundo, e Oliver o desliga. O clique do botão parece reverberar pelo carro e eu faço uma cena apertando os olhos em busca de uma vaga para estacionar.

Não gosto do jeito como ele está olhando para mim. Oliver me conhece bem demais. Ele arrancaria meus braços e me daria uma surra com eles se descobrisse que contei tudo isso para a Harlow antes dele.

– Sou seu melhor amigo, Finnigan. Você não mentiria pra mim, né?

Começo a responder, mas ele se distrai com um lugar vagando bem na nossa frente.

– Ah, ei... ali. Ali.

Estaciono na vaga e desligo o motor com um suspiro pesado. Então acho que vamos entrar.

~

Tenho certeza de que nunca me senti mais culpado do que agora. Nunca. Como um bandido que caminha em frente à casa que ele já roubou.

Como era esperado, Harlow me deu montanhas de tralha, e fez aquilo que descobri ser seu *negócio*: soltar piadas e usar sarcasmo para relativizar a importância da situação. Mas o olhar dela quando expliquei que não podia contar ao Ansel ou à Perry ou mesmo ao Oliver me acertou como um soco no peito.

Eu tinha conseguido tirar isso da cabeça por um tempo. Com o Oliver roncando pelo corredor e eu totalmente acordado olhando para o teto escuro, pensando: *Devo contar a eles? Será que foi errado deixar meus amigos mais próximos no escuro e me abrir tão facilmente com a Harlow?* Até esse ponto, não tinha pensado muito sobre Harlow e eu. Ela já foi muitas coisas – uma história fantástica, uma distração e, por fim, uma amiga – mas nenhuma delas parece o suficiente.

E, merda, não quero ter que encará-la esta noite. Não apenas porque não faço a menor ideia de como estamos ou como me sinto ou se devemos interagir; agora ela também guarda esse segredo enorme. Algo que não posso nem contar para os meus melhores amigos.

Eu deveria ter tido coragem de contar ao Oliver.

E não deveria nunca, jamais, ter contado à intrometida da Harlow.

E se eles desconfiarem que estou escondendo alguma coisa deles?

E se ela deixar algo escapar?

Merda.

Está escuro e barulhento dentro do restaurante, tão barulhento que começo a fazer planos para, em algum momento, desaparecer sem ser notado.

Apesar do número de corpos e cabines lotando o pequeno espaço, lá dentro está uns bons sete graus mais fresco do que fora. O que significa que apenas agora percebi que estou suando, o ar gelado pinicando minha pele molhada ao longo da testa e na parte de trás do pescoço. *Por Deus, Finn. Recomponha-se.*

Nós os ouvimos antes de vê-los. Mesmo por cima do barulho de vozes e música e bater de talheres, a risada característica da Harlow percorre todo o caminho até a porta. Ela nunca está quieta.

– Essa foi a melhor coisa que já ouvi – Ansel grita, dissolvendo as palavras em uma gargalhada. Você nunca imaginaria que um advogado de vinte e oito anos poderia dar uma risadinha aguda dessas, mas este é o Ansel e, bem, você errou. A insegurança rói as terminações dos meus nervos enquanto as vozes se aproximam, e sinto minha boca esboçar uma carranca.

– Parece que eles começaram sem nós! – Oliver grita por cima do ombro e posso apenas concordar, seguindo-o através do recinto e em direção à mesa, tentando fingir que não estou prestes a vomitar.

Estão todos sentados em uma cabine próxima aos fundos. Ansel está em uma ponta, seus braços compridos esticados sobre o encosto da cadeira, e ele se inclina para a frente, sorrindo e escutando o lado oposto da mesa. Mia está perto dele, Lola está sentada à direita de Mia – não é a primeira vez que a vejo assim –, absorta em algo que está rascunhando em um guardanapo. Harlow está na borda, com olhos escancarados e expressivos enquanto conta alguma história a Ansel, que ri. De novo.

– Estão se divertindo? – Oliver pergunta, parando do outro lado da mesa. – Dava pra ouvir vocês lá de fora. – Os olhares de todos jorram na direção dele... e depois na minha, antes que eles gritem em saudação.

Todos, menos Harlow.

O olhar dela se detém nos meus olhos pelos cinco segundos mais longos da minha vida até que ela desvia, virando-se para Oliver.

– Finalmente – ela diz, o sorriso um pouco reluzente demais. Nervosa, talvez? *Culpada*? – Você... – ela começa a dizer, mas interrompo.

– O que é tão engraçado? – rebato, e imediatamente quero me esbofetear.

Todos se viram para mim, cada um deles com expressões variadas de "Que porra é essa agora?".

Lola olha para cima e percebo que, embora pareça que ela não está prestando atenção, está escutando cada palavra.

– Harlow só estava contando sobre a vez que nos trancamos pra fora de casa enquanto nadávamos peladas e decidimos que era ela quem devia entrar pela janela. Pelada.

– Ah – eu digo, horrorizado demais com minha própria reação para me demorar com a imagem mental de Harlow, nua, escalando uma parede, uma janela e... qualquer coisa.

Harlow me observa com olhos estreitos e Ansel me encara como se eu tivesse acabado de tirar as calças e mostrado a cueca.

– Certo – Oliver diz. – Vou ao banheiro, peçam um hambúrguer para mim se eles aparecerem, tá bem?

Sem o Oliver perto, minha única opção é ficar aqui parado como um idiota ou me sentar perto da Harlow.

Com um suspiro, enrijeço e deslizo dentro da cabine, com cuidado para manter alguns centímetros de distância entre nós. Lola e Mia começam a conversar sobre... alguma coisa, e Harlow se inclina.

– Fique frio aí onde está, Finnick – ela sussurra. Em qualquer outro momento, eu diria a ela exatamente onde enfiar esses apelidos fofos que ela inventa. Mas, neste momento, decido só me segurar.

– O quê? – pergunto, tentando parecer confuso. – Estava curioso.

– Curioso? Por um segundo pareceu que você estava prestes a fugir da cena de um crime. Está todo nervoso e... – Os olhos dela fazem um circuito ao redor do meu rosto. – Jesus. Você está *suando*?

– Estou bem – digo. Enxugo minhas mãos no jeans e solto o ar, recostando-me na cadeira. – Sabe como é. Me sinto um pouco estranho com tudo isso.

– Tudo isso o quê? Você não está achando que contei alguma coisa, está? – Ela realmente parece um pouco ofendida, então respondo rápido:

– O quê? – Talvez rápido demais. – Não. Não mesmo. Só estou preocupado com... você sabe... talvez você não seja a melhor atriz.

– Atriz... que merda você está falando?

– Você está sempre fofocando e tal. Achei que ia deixar escapar.

Antes que ela pudesse responder – ou, você sabe, me dar uma cotovelada no saco – Oliver volta para a mesa e reabastece os copos de todos, caindo no assento na ponta da cabine e me empurrando para a Harlow.

Endireito-me e murmuro desculpas, mas ela sacode a cabeça e ri, inclinando-se para mim e sussurrando tão baixo que preciso fechar os olhos para conseguir prestar atenção em suas palavras:

– Tenho uma notícia pra você, Finn. Eu fingi orgamos por seis anos antes de você aparecer e guardo mais segredos do que essa sua cabeça gigante comportaria. Então, se tem alguém aqui que vai entregar o seu grande segredo sobre o programa de paquera, não serei eu.

– Não é um programa de... – Paro e respiro fundo mais uma vez, pegando minha cerveja. – Deixa pra lá.

Sei que estou sendo ridículo, e ainda não consigo relaxar. Porque agora não apenas espero que Harlow solte a notícia, mas a encaro tão de perto que posso captar tudo. Sei que estou olhando para ela como algum tipo de *serial killer*, mas a questão é: ela não está correspondendo. Nem um pouco.

Em algum momento, uma garçonete aparece e anota os nossos pedidos, e estou tão perdido em minha cabeça que não faço nem ideia do que pedi até ela voltar, colocando uma salada gigante diante de mim. *Maravilha.*

Não-Joe aparece e pega uma cerveja, até se enfia debaixo da mesa para ressurgir perto de Harlow, abrindo caminho para o lado dela.

– Sente-se – ela diz com uma risada, e sai depressa. A coxa dela se espreme contra a minha e preciso me forçar para ficar com as mãos em um lugar onde todos podem ver. E longe, muito longe de onde elas gostariam de estar.

– Tá mantendo a forma? – Não-Joe me pergunta, apontando para o meu prato com uma batata frita gigante que roubou da Lola.

– Ele não é mais tão jovem como costumava ser – Harlow diz.

E ela *ainda* não está olhando para mim. Em vez disso, ela acena para o Oliver.

– Então, como vai a questão da Mulher-Maravilha? – ela diz, sorrindo, enquanto corta o bife. *Eu* queria um bife. – Algum progresso?

Oliver sacode a cabeça e seca a última gota de sua cerveja.

– Nem pergunte.

Ansel, que até este ponto tinha alguma parte do rosto enterrada na Mia, fala subitamente:

– Que questão da Mulher-Maravilha?

– Jesus – Lola diz. – Você tem uma queda pela Princesa Diana, não tem?

Harlow desmorona em risadinhas e Ansel cora até as pontas das orelhas.

– Eu... hã...

– Tenho que dar o braço a torcer – Harlow diz, pegando uma *onion ring*. – A Mulher-Maravilha continua provando que arrasa.

– Estou totalmente perdida – Mia diz.

– É porque o Ansel ali está tentando sugar sua alma pela sua boca como se fosse um Dementador – Harlow diz e depois sussurra na minha direção. – É uma referência a *Harry Potter*, Raio de Sol. Preste atenção.

Oliver explica a situação e, como se fosse possível, a cara de Ansel fica ainda mais vermelha.

– Me pergunto se alguém fez sexo ali – Lola diz e todos se viram para ela. – *Que foi?* Quero dizer, um encontro voyeurístico cercado por pornografia nerd? – Ela agita os ombros. – Saquei.

– Claro que sim – Harlow entrega.

– Bem, *eu* não estou fazendo sexo naquele banheiro – Não-Joe diz. – No sofá? Talvez.

– Ninguém está fazendo sexo na minha loja! – Oliver grita, e depois de um momento, ao pensar melhor, acrescenta: – E não peguem essa ideia emprestada. Sim, estou falando com todos vocês.

– Graças a Deus não tem câmeras ali – Não-Joe acrescenta. – Vocês podem imaginar as coisas terríveis que a câmera ia flagrar? As pessoas mais bacanas e as mais esquisitas entram ali. Daria o *reality show* mais bizarro de todos.

Engasgo com a cerveja, quase tossindo um pulmão para fora.

A mesa inteira pula, braços voando e copos caindo como peças de dominó, cerveja e espuma encharcando tudo à vista.

– Ah, meu Deus, você está bem? – Mia pergunta.

Tusso de novo e sinto a mão de Harlow nas minhas costas, dando-me tapinhas e fazendo pequenos círculos.

– Recomponha-se, homem – ela murmura e eu assinto, pegando um guardanapo para limpar a frente da minha camisa. – Ele está bem – ela conta à mesa. – Só entrou pelo buraco errado.

Então finalmente me recupero, recostando-me no assento, cuidadosamente bebericando a cerveja e tentando não fazer contato visual com ninguém. Como um psicopata.

Concentro-me na sensação de ter Harlow pressionada ao lado do meu corpo, e como isso parece tão natural. Continuo esperando que ela diga alguma besteira, ou faça alguma piada às minhas custas, mas ela está indiferente – fria e controlada –, mal lançando um olhar sequer em minha direção. Estou tentando entender se é intencional ou não. Ela não está olhando para mim mesmo ou será que não está me olhando o quanto costuma olhar?

Consigo "acidentalmente" colidir com o braço dela uma ou duas vezes batendo meu joelho no dela. Até consigo me esgueirar e roubar um pedaço do bife dela com meu garfo. Nada.

E quanto mais a observo, mais quero que ela olhe para mim, converse comigo, me arranque da frente desses idiotas. Gosto do modo como ela conversa com todo mundo, sempre concentrada em uma pessoa, sem exagerar ou deixar chegar perto de um flerte. E por que ela faria isso? Ela é tranquilamente a pessoa mais linda deste lugar. Ela não precisa correr atrás de nada.

Mas... ela veio até mim, torno a me recordar. Em Las Vegas, na Columbia Britânica e aqui também. Droga, eu quero me gabar disso para *alguém*.

E quero que ela flerte comigo, talvez só um pouquinho.

O celular do Não-Joe vibra sobre a mesa, e ele abre caminho para sair da cabine, insistindo que precisa ir. Todos os outros vão em seguida. Noto que Harlow não checou o telefone por cerca de uma hora, mas quando checa, sua postura muda visivelmente. Os ombros dela enrijecem e tenho quase certeza de que a cor some das suas bochechas.

Ela não bebeu quase nada, mas assim que os outros seguem para seus carros para começar a fazer o caminho de volta, ela recua.

– Quer uma carona? – ofereço.

Ela levanta uma sobrancelha e eu rio.

– Não é o que está pensando – digo. – Vim junto com o Oliver. Quer uma carona até o seu apartamento?

– Na verdade, sim. Seria ótimo.

Todo o seu comportamento mudou, mas não faço nenhuma pergunta. Ela engancha a alça da bolsa por cima do ombro e nos segue para a caminhonete, insistindo em ir no banco de trás e deixar o Oliver ir na frente.

O trajeto é silencioso e meus olhos instintivamente espreitam o reflexo dela no retrovisor. Não consigo enxergar muito, apenas os flashes de luz e sombra conforme passamos pelas ruas iluminadas, ou quando ela olha para o telefone. Ela é tão incrivelmente linda. Em dado momento, observo o espelho apenas para encontrá-la olhando para mim, e tudo que posso fazer é desviar o olhar, prestar atenção no trânsito e não matar todos nós.

Não tenho ideia de como isso foi acontecer, mas eu *gosto* de Harlow Vega. Muito. Eu a respeito. Quero conhecê-la melhor. Quero transar com ela por motivos que não têm nada a ver com distração ou minha necessidade instintiva de liberar sêmen.

Estou enormemente fodido.

Estaciono na frente do prédio dela rapidamente e saio do carro, abro sua porta e ajudo-a a descer.

– Obrigada – ela diz.

Aceno.

– E obrigado – digo a ela – por ouvir e... manter isso entre nós dois.

– Sem problemas. Vejo você por aí, tá bem? – ela diz, antes de acrescentar: – Tchau, Oliver! – por cima do ombro.

Ele mete a cabeça para fora da janela e entoa sua despedida. Então ela se vai, seguindo pelo caminho sinuoso até o reluzente edifício.

Harlow Vega se distanciando, uma das minhas visões favoritas. E com certeza a imagem que vou usar quando voltar para casa.

~

Oliver e eu voltamos para casa e, depois de um boa-noite rápido, seguimos em direção aos nossos quartos. Não perco tempo, cruzo o corredor em umas poucas passadas e fecho a porta atrás de mim. Nem sequer penso, não consigo andar até a cama, nem tenho a dignidade de ir para debaixo do chuveiro; encosto-me contra a madeira e abro meu cinto. Meu cérebro está confuso e meus músculos tensos enquanto brigo com o zíper, abaixando a calça jeans apenas o suficiente para alcançar meu pau.

O alívio é tão instantâneo que silvo entredentes e preciso conter minha mão, lembrando-me que o Oliver está no outro canto da casa e as paredes são finas como papel.

Se fechar os olhos, ainda posso sentir a pressão da coxa de Harlow contra a minha, o calor que irradiava através do jeans, o deslizar do seu cabelo quando ela passou por mim. Encho os pulmões e bufo, deixando a mente viajar e conjurar cada pensamento lascivo e sujo que tentei reprimir desde que nos tornamos apenas amigos.

Fico imaginando se as coisas tivessem sido diferentes esta noite. Eu indo ao bar pegar uma bebida, e ela me acompanhando e me pedindo para encontrá-la no banheiro. A gente treparia na cabine, ela de costas, com as pernas escancaradas, suas mãos presas em uma das minhas. Eu poderia bater nela, apenas o suficiente para deixar a marca da minha mão em sua pele, deixando-a toda molhada e me molhando com ela.

Suor brota na minha testa e nas minhas costas. Minha camisa adere à pele, e eu a arranco, largando-a aos meus pés. O som da minha mão no meu pau é obsceno, o tilintar frenético do meu cinto contra o silêncio da casa. De algum modo, isso me deixa mais duro, e o pré-orgasmo começa na ponta e espalha-se pelo resto do membro, deixando minha mão escorregadia.

Penso na última vez que transamos e como ela parecia incrível toda amarrada, o quanto ela *queria* isso. Será que as cordas deixaram alguma marca suave na pele dela depois que eu fui embora? Será que ela aperta e faz com que doa só um pouquinho, apenas para lembrar o que fizemos, como era estar amarrada e sabendo que eu cuidaria dela?

Sou quase surpreendido quando acontece, e gozo com um som de engasgo, mordendo o lábio para ficar calado enquanto um entorpecimento anestésico invade meu corpo. Trabalho até o final do orgasmo, a pele escorregadia enquanto minha mão desliza em estocadas lentas, preguiçosas. Consigo pegar minha camisa e limpo a mão antes de dar três passos e me deixar cair de cara na cama.

Não abro os olhos até a manhã seguinte.

Capítulo 9

Harlow

Estou necessitada, estou enlouquecendo, e nem sequer me dando ao trabalho de negar. Estar perto do Finn – mesmo ele sendo um completo imbecil, como durante o jantar esta noite – apaga qualquer outra preocupação, e ter ficado trancada com ele naquela caminhonete quase me fez perder a cabeça. Podia sentir o aroma do sabonete dele, o cheiro do seu suor. Podia sentir aqueles olhos sobre mim enquanto ele dirigia, mirando-me de novo e de novo pelo retrovisor.

Depois que ele me deixou em casa, subi na poltrona – pensando na nossa noite juntos neste mesmo lugar – antes de pegar no sono ainda vestida. Afinal, não tem Finn aqui para me carregar como um frango desossado até a cama e me namorar a noite toda feito um atleta.

De manhã, quebro a rotina pela segunda vez em duas semanas e vou para a Starbucks, a mesma onde encontrei Finn em seu primeiro dia na cidade. Alerta de spoiler: ele não estava lá.

E agora estou postada na porta da Downtown Graffick, esperando que Finn venha passar a manhã aqui com o Oliver. Infelizmente, através das janelas, posso ver Oliver no balcão, mas não o Finn. *Droga.* Eu deveria ter ido vê-lo em Pacific Beach, já que venci meu orgulho. Mas o que estou pensando? Que, de algum modo, entre a semana passada e agora nossa situação tenha se tornado conveniente para um relacionamento? Ele mora no Canadá. Eu, em San Diego. Minha mãe está em tratamento contra um câncer agressivo e o negócio familiar dele está indo mal, a menos que ele assine contrato para participar de um *reality show* que exige que ele esteja solteiro.

Mas todos os *outros* obstáculos – aqueles que eu achava significativos poucas semanas atrás, incluindo nossa tendência de brigar e o jeito machão dele – não parecem mais relevantes. Nós esmorecemos juntos, encontramos algum tipo de paz. Ademais, gosto desse negócio bizarro com cordas. Gosto do fato de que, usando as próprias mãos e cordas, essas coisas estão tão entranhadas na história de vida dele que o tornam louco para me laçar para esse mundo também, literalmente me amarrando.

Oliver olha para a janela e me vê, acenando para que eu entre. Agora terei que entrar e fingir que realmente estou procurando por Lorelei, porque... por qual outro motivo eu estaria em uma loja de revistas em quadrinhos? Sou amiga da Lola há tempo o bastante para ter minhas próprias referências de cultura pop, mas Oliver sabe que a única razão de eu saber a diferença entre Hellboy e Abe Sapien é devido à coleção de camisetas da Lola. Respiro profundamente, tomando autoconfiança. Se estou aqui, é óbvio que só estou procurando por ela.

O sininho tilinta quando passo pela porta.

– Aí está você, Lola!

Lola me olha do lugar onde está sentada lendo, em um canto na frente da loja, e só ri. Oliver entrega o troco a um cliente e agradece, antes de olhar para mim.

– Ele está em Los Angeles hoje.

– *Gah* – balbucio. – Me pegou. – Meu pulso acelera ao pensar que Finn foi sozinho a Los Angeles encontrar os grandes produtores de televisão. Ele tem instinto de sobrevivência melhor do que muita gente que conheço, mas sinto uma pontada de desânimo e irritação por ele não ter me pedido para ir junto e lhe dar apoio moral.

Ugh, estou indo para um mau caminho. Necessitada.

Enlouquecendo.

– Você não trabalha hoje? – Lola pergunta.

– Não – digo a ela, afundando-me na cadeira ao seu lado. – Mudei meu cronograma porque mamãe começa a quimio hoje, mas papai me pediu para vê-la só amanhã.

– E o que você *faz*, Chandler Bing?[8] – Oliver pergunta, rindo.

Olho, surpresa. Não tinha percebido que ele podia nos ouvir, e por um momento entro em pânico por ter mencionado a quimio de mamãe. Mas Oliver não parece nem um pouco surpreso. Ou ele não ouviu essa parte, ou Lola já havia lhe contado e ele sabia que não devia me perguntar.

Imagino se ele teria contado algo a Finn. Mas, se contou, Finn não teria me perguntado?

– Análise estatística e reconfiguração de dados – minto, brincando. – E o que o Finn está fazendo em Los Angeles?

– Não sei – ele diz, e adoro o jeito com que o sotaque dele arrasta cada palavra terminada em vogal. Ele franze a testa. – Ele não tem falado nada sobre o que está fazendo aqui. Finn sempre foi do tipo misterioso, mas não sei. Cheio de segredos.

Eu quase me congratulo por saber algo que Oliver não sabe. Oliver conhece o Finn melhor do que qualquer pessoa. Falamos um pouco sobre seu trabalho e sua família, mas a história do Finn conquistador é um absoluto mistério para mim, e quanto mais quero vê-lo mais odeio imaginá-lo com multidões de garotas, fazendo o que fizemos na casa do Oliver e no meu sofá... Momentos que me deixaram com a sensação de que minha visão anterior sobre sexo e intimidade eram imagens desvanecidas por trás de um vidro que eu não sabia que estava turvo.

---

8 Referência ao personagem da série americana *Friends*. No grupo de amigos íntimos, ninguém sabe ao certo o que Chandler faz.

E aqui estamos: sozinhos na loja sem o homem mencionado. Não vou perder a oportunidade de vasculhar.

– Então você não sabe por que o Finn está aqui? – decido começar devagar, concentrando-me nos assuntos *profissionais*. – Mas parece que é ele quem lidera todo o negócio da família, não é?

Oliver concorda.

– A mãe morreu quando ele tinha doze anos, certo? Alguns anos depois, o pai teve um ataque cardíaco e um derrame, e desde então o Finn está tocando o barco, literalmente.

– E deve ser bem difícil. – *Ops*. Meu plano sutil e traiçoeiro está indo por água abaixo.

Lola bufa ao meu lado, virando a página da revista em quadrinhos, e Oliver me dá um olhar dúbio.

– Sei que o Finn me contaria qualquer coisa – asseguro a ele. – Se eu pedisse.

Oliver me avalia por um momento, passando um dedo pelo lábio inferior.

– Então pergunte a *ele*.

– Eu não quero que ele saiba que eu quero saber – digo, vestindo minha melhor cara de Capitão Óbvio.[9] – Dã, Oliver.

Rindo, ele diz:

– Vocês dois são malucos.

– Ah, porque somos os únicos que têm segredos? – Desvio meu olhar para Lola, ainda lendo absorta ao meu lado.

Oliver faz uma cara de *touché*, e diz:

– Exatamente.

Ele diz isso, mas acabou de admitir em voz alta que tem uma queda pela Lola! *Estou tonta!*

---

9 Super-herói cuja missão é explicar coisas óbvias às pessoas.

– Além disso – digo a ele, torcendo meu cabelo em um coque no alto da cabeça – posso não conhecê-lo tão bem quanto você, claro, mas todos sabemos que ele é um pescador que trabalha o tempo todo e basicamente só tem tempo para transar com umas mocreias canadenses jogadoras de *hockey* que encontra no bar Moose n' Brew local.

– Ele não transa com mocreias jogadoras de *hockey* – Oliver diz, levemente ofendido.

Bingo.

– Então só uma porção de freguesas nas docas?

Oliver esboça uma careta.

Enlaço os dedos atrás da cabeça, sorrindo para ele.

– Você está facilitando bastante.

Ele começa a organizar algumas notas.

– Não posso acreditar que você se casou com ele por doze horas, apareceu na casa dele sem avisar no Canadá, tem saído com ele durante quase duas semanas aqui e ainda não discutiu nada disso.

– Não estamos saindo mais – conto. Quando ele me olha surpreso, digo: – Éramos muito bons nisso. Estava sendo distração *demais.*

E aí está a prova de que Lola andou falando com ele sobre minha mãe: os olhos de Oliver ganham um ar solidário, mais suave.

– Certo. Sinto muito, Harlow.

– Ah, não sinta. Ela vai ficar bem.

– Conhecendo sua mãe, sim, ela vai. – Ele se abaixa para pegar algo atrás do balcão e tudo que posso fazer é não atravessar o vidro para dar um abraço nele por soar tão confiável. Ele encontrou minha mãe três vezes desde que mudou para San Diego: em um churrasco, na festa de boas-vindas da Mia e em uma festa de aniversário do pai da Lola, Greg. Posso dizer que mamãe e Oliver tiveram uma daquelas conexões típicas das pessoas ultracalmas, quando elas simplesmente *sintonizam*, sem precisar dizer nada.

– Não falei sobre isso com mais ninguém a não ser as garotas – digo a ele. Ele se levanta e acena com a cabeça, fazendo um gesto de fechar a boca. – De qualquer forma – digo –, conte mais sobre a namorada fixa do Finn.

Rindo, Oliver diz:

– Você é incansável. Ele *não tem* namorada. Mas posso dizer que namorar fixo faz mais o tipo dele do que surpresas envolvendo sobretudos, que você prefere.

Deixo essa informação assentar por um minuto. *Eu* prefiro? Surpresas com sobretudos e relacionamentos de duas noites de duração? Tem sido assim, acho. Meu relacionamento mais longo foi os quatro meses em que namorei Jackson Ford na faculdade. Nunca decolou de verdade, em parte porque isso incluiu o tempo em que estive fora com papai, em filmagens na Grécia, e porque passar o tempo com Jackson era quase tão interessante quanto ler o rótulo do meu xampu. Sempre pensei em mim mesma como alguém que deseja estar em uma relação. Mas os rapazes perdem a medida tão logo abrem a boca.

Lola me dá um cutucão com o cotovelo.

– Por que está tentando achar um motivo para vocês dois não ficarem juntos?

– Porque ele é horrível? – minto.

Ela bufa uma risada.

– Ele é um trabalhador braçal, tem um senso de humor mais seco que o Saara e a coisa que ele mais curte no universo é fazer você gozar. Que *pesadelo*.

A voz da minha razão é sempre a Lola.

– Você é uma tonta.

– Você só diz isso quando sou a voz da sua razão.

– Saia da minha mente, sua bruxa. E não me enche o saco – digo a ela. – Vou te dar uma calcinha apertada no Natal e fazer você odiar a vida.

– Pense sobre isso – Oliver corta, andando em volta do caixa e se apoiando sobre o balcão para nos encarar. – Você realmente não faz o tipo do Finn, então talvez seja para o bem se vocês dois pararem de sair.

– Quê? – digo, deixando de lado minha indiferença e me sentindo instintivamente ofendida. – Por quê?

– Bem, você é um pouco desnecessariamente intimidadora. – Abro minha boca para rebater, mas Lola me cutuca de novo, dessa vez mais forte. – Além disso, Finn não sai por sair, como eu mencionei. Só conheci uma das ex-namoradas dele, a Melody, e...

– Desculpe – interrompo, levantando a mão. – *Melody*?

Ele levanta a sobrancelha como se estivesse dando uma prova do que disse, e mordo meu lábio para evitar dizer qualquer coisa.

– Eles ficaram juntos por alguns anos durante o Pedalar e Construir. Ela era ótima, só muito quieta... – Ele inclina a cabeça e estremece, dando a entender que talvez eu não seja tão quieta.

– Mas eles não estão mais juntos – lembro a ele.

– Não.

– Então talvez ele não *goste* de garotas quietas. Talvez ele goste das ruivas meio irlandesas, meio espanholas, resolutas, falantes e que não dão chance pro seu jeito mandão.

– Bem, achei que isso não importasse, de qualquer forma – Oliver diz com um sorrisinho.

~

`Hoje à noite no Regal Beagle.`

Mando a mensagem para o Finn quando chego em casa.

`Lola, Oliver, eu, Não-Joe. Você vem?`

Observo meu celular por pelo menos um minuto, esperando que ele responda, mas nada. Normalmente, Finn seria aquele cara que esquece que tem telefone até esvaziar os bolsos no fim do dia, mas, ultimamente, tem checado o aparelho com frequência, então espero que responda rápido.

No entanto, uma hora depois, ainda não respondeu. Escrevo:

`Como foi lá? Mal posso esperar para ouvir.`

Ainda sem resposta. Talvez ele esteja no trânsito. Talvez a reunião tenha se estendido. Talvez ele esteja sentado em uma mesa enorme, assinando contratos.

Lola e Oliver vêm me buscar de carro e eu fico olhando para a parte de trás das cabeças deles enquanto tagarelam sobre a loja, o lançamento do livro dela e alguns dos seus quadrinhos favoritos. Como podem não ver que são um par perfeito?

Quero gritar isso e ouvir minhas palavras ecoando no carro, mas a certeza de ser estrangulada pelas mãos da Lola mantém as palavras dentro de mim. Quando chegamos ao bar, eu praticamente arranco a porta do carro em um esforço de me atirar para a calçada, tomando uma grande lufada de ar, livre da overdose de fofura de Oliver e Lola.

E então meu coração para totalmente, porque, estacionada atrás de nós, está a caminhonete do Finn. Ele a lavou – provavelmente antes de viajar a Los Angeles – e está vazia. Ele já deve estar lá dentro. E não respondeu minhas mensagens.

Sei que estive procurando por ele o dia todo, mas, neste momento, olhando para o monstro imenso da sua caminhonete e encantada até a morte que ele a tenha lavado antes de dirigir até a reunião, percebo que estou apaixonada. Apaixonada mesmo. Sabia que gostava dele e que gosto de transar com ele, mas nunca me senti assim com nenhum cara antes: com saudades, medo, esperança e um torpor de desejo.

– O que você está *vestindo*?

Viro para ver Finn parado na entrada do bar, a boca torta com um sorrisinho. A testa dele está enrugada, revelando certa preocupação, mas, mesmo assim, sua inspeção faz meus braços se arrepiarem por inteiro. Lola e Oliver passam por ele, indo para dentro.

Sigo o rastro do seu olhar e observo meu peito. Estou usando um top de seda azul-marinho com pássaros coloridos bordados e uma calça jeans desbotada. Demorei cerca de uma hora para me vestir para esta noite, embora só sob pena de tortura ele me faria admitir isso.

– Com licença, senhor, esta é uma blusa linda.

– Está coberta de *passarinhos*.

– Vai me dar dicas de moda agora? Você veste o mesmo boné sujo de beisebol todos os dias e tem duas camisetas – digo, enquanto sigo-o para dentro e em direção à nossa cabine nos fundos.

– Pelo menos elas não são bordadas com passarinhos. – Ele alcança a mesa e me passa um copo d'água antes de pegar sua própria cerveja. Então ele já estava aqui e veio para a *nossa* cabine? Minha garotinha interior dá gritinhos de prazer. – Além disso, caso não tenha notado, não estou de camiseta hoje.

Não, definitivamente, não mesmo. Na minha cabeça, estou dançando e sensualizando com este homem, mas, por fora, estou avaliando-o calmamente. Ele veste calça preta clássica e uma camisa branca abotoada, com estampa de losangos cinzas.

– Você aprova? – ele pergunta baixinho, provocando e, ao mesmo tempo, não.

– Podemos passar ao tópico mais interessante da conversa, por favor? – pergunto. – Por exemplo, *por que* você está vestido assim?

Ele olha sobre meu ombro para onde Oliver e Não-Joe estão, a dois metros de distância

– Não esta noite.

– Mas foi tudo bem?

Ele leva a cerveja aos lábios, dando um olhar de aviso.

– Nada? – sibilo-suspiro. – Você não vai me contar *nada*?

– Não.

Gostaria que um pisão e uma bufada dramática pudessem funcionar com o Finn, mas sei que não vão. E ainda gosto do modo como ele está olhando para mim. Apesar de que... agora ele não está inspecionando minha blusa, está observando o meu cabelo.

– O quê? – pergunto.

– Seu cabelo parece... bem vermelho esta noite.

– Passei um pouco de pó colorizante nele – admito, virando-me para a luz para que ele pudesse observar melhor. – Você gosta?

– Acho que você tem um pouco na testa.

Encolho-me, enfiando o polegar no meu copo d'água e limpando a testa.

– Finn Roberts, como você conseguiu namorar essa tal de Melody por mais de uma semana é uma coisa que não entendo. Virgem Maria. – Ignoro suas sobrancelhas levantadas e continuo: – Seu papel era me dizer que estou linda e agir como se estivesse tocando meu rostinho enquanto sutilmente limpa meus erros de maquiagem.

– Não tenho *papel* nenhum. – Ele me dá um sorriso obscuro. Recostando-se contra a parede da cabine, diz: – Sou só um *amigo* que gosta de apontar quando você é ridícula. Maquiagem para o cabelo, Harlow? Mesmo?

– Às vezes, uma garota sente que precisa de um adicional, entende?

A expressão dele fica séria e ele desvia o olhar, observando a pista de dança.

– Não você. Sua melhor aparência é quando acorda de manhã. – Seguro a respiração. Sei exatamente a qual manhã ele está se referindo; a única em que acordamos juntos. Na minha cama, enrolados um no outro. Ainda posso sentir o calor dele.

– Bem, então estou surpresa que você não tenha feito nenhum comentário sobre amassados de travesseiro no meu rosto, nem sobre meu hálito matutino.

– Você tinha amassados de travesseiros no rosto, e seu cabelo estava uma bagunça. – A voz dele fica ainda mais baixa quando diz: – Mas você estava perfeita.

Estou pasma demais para falar, então continuo tentando engolir o nó na minha garganta. Meu coração sente como se tivesse aumentado de tamanho dez vezes.

Ele tosse e sei que estou quieta por tempo demais, quando ele muda de assunto:

– Quem contou a você sobre a Melody?

Beberico minha água, finalmente dizendo:

– Oliver, mas foi completamente contra a vontade dele. Foi sob a mira de uma arma.

Finn assente, tomando outro gole da cerveja. Kyle aumenta o som da música, mas, ainda assim, é como se estivéssemos à parte na nossa pequena bolha, parados de pé a alguns metros de distância de onde nossos amigos estão reunidos, na cabine.

– Só sei o nome dela, e que era quieta – admito. – Que tal *você* me contar sobre ela?

– Por que você quer saber?

– Provavelmente pela mesma razão de você ter perguntado se Toby Amsler fez sexo oral em mim.

Ele pisca para mim.

– O que você quer saber?

– Ela ainda mora perto de você?

Ele confirma.

– Frequentamos o mesmo colégio, começamos a sair alguns meses depois que nos formamos. A família dela é dona da padaria do bairro.

– Vocês estavam apaixonados?

Ele dá de ombros.

– Eu era uma pessoa muito diferente. Logo depois que ficamos juntos, saí da escola e comecei a pescar com a minha família. – Parecendo pensar mais sobre a questão, ele acrescenta: – Eu a amava, claro.

– Ainda ama?

– *Nah*. Mas ela é uma garota doce.

Sei que a pergunta vai acabar explodindo dentro de mim, queira eu aparentar ou não interesse neste tópico em particular:

– Uma garota doce que ainda transa com...

– Não – ele interrompe baixinho. Ele olha de volta para mim, os olhos percorrendo meu rosto. – Melody e eu terminamos há cinco anos. Hoje ela é casada e tem um filho. – Diante da minha expressão, ele murmura: – Não tenho ninguém lá na minha cidade. Juro.

Engulo de novo, balançando a cabeça.

– E, se você se lembra – ele diz, a voz mais forte agora –, *você* esteve com outro homem na noite anterior à que esteve comigo.

Merda.

– Faz ideia de como isso me deixa louco? – ele pergunta.

Honestamente, não consigo nem imaginar. Ele terminou com a Melody há cinco anos e ainda sinto um pouco de vontade de arranhar a cara dela. Essa situação é ridícula. *Estou sendo* ridícula.

– Sei que não há nada entre nós, que somos só amigos – ele diz. – Mas não é porque o sexo não era tão bom, Harlow. Antes de você, em Las Vegas, já fazia dois anos. Estive com quatro outras mulheres além de você, e nunca foi nada parecido com um relacionamento sério, então isso é estranho pra mim. Conto qualquer coisa pra você, tá bem? Sei como é estar desesperado pra saber de cada detalhe. Mas pergunte *a mim*, e não aos meus amigos. Prefiro que saibamos das coisas pela boca um do outro, tudo bem?

O que foi esse turbilhão louco de emoções? Estou aliviada, culpada, prestes a desmaiar e com um desejo crescente de beijar essa boca perfeita.

Dando de ombros, digo a ele:

– Só não queria que você soubesse que eu queria saber.

Ele ri, leva a cerveja aos lábios e diz:

– Sua sociopata. – E toma um grande gole.

– Quantas você amarrou?

Ele engole e vira os olhos para mim. Posso apostar que com essa pergunta o pulso dele disparou, como dá para ver em seu pescoço. Sua voz sai mais rouca do que o habitual quando admite:

– Todas.

Meu sangue sobe até outro planeta, numa tormenta tóxica:

– *Todas* elas?

– É, Harlow. Eu... *gosto* disso. – Ele balança a cabeça, tocando a nuca enquanto me olha através dos cílios. – Mas tenho certeza de que muitas delas só o fizeram porque queriam estar comigo, não que isso as deixasse excitadas também.

– Alguma delas *gostava* disso?

Ele confirma.

– Minha primeira, talvez.

– Qual era o nome dela? – Não posso evitar. As perguntas estão simplesmente jorrando da minha boca antes que eu tenha tempo de pensar melhor nelas.

Ele caminha para um pouco mais longe da mesa, eu acompanho.

– Emily.

– Mas você não tem certeza de que ela gostava? – É tão esquisito estar aqui, no bar do Fred, cercada pelos nossos amigos sentados na cabine a poucos metros, e termos a conversa mais íntima que jamais tivemos.

– Sinceramente – ele diz baixinho –, não sei. Quero dizer, ela curtia, claro, mas eu adoraria saber como ela se lembra daquela noite agora, olhando pra trás. Ela se mudou para longe depois da formatura, mas ficamos juntos por pouco mais de um ano antes disso. Eu só... – Ele desvia o olhar. – O único lugar onde podíamos ter um pouco de privacidade era no pequeno barco a remo do meu pai, lá na doca. Na terceira vez, roubamos cervejas do pai dela. Eu só brinquei um pouco com ela e com a corda, e foi... – Ele para de falar, e por fim diz: – É.

Meneio a cabeça, bebericando minha água. Acho que sei o que ele está me contando – que ver a namorada dele daquele jeito fez ele sentir algo bom, e deu forma ao que gosta de fazer agora. Mas realmente não preciso ouvi-lo falar mais sobre isso a.

– Aquela manhã que vi você na Starbucks... – ele diz.

Espero que ele continue, mas ele hesita.

– Sim? O que tem?

Ele dá de ombros, e me volta um olhar do tipo será-que-vou-ter--que-arrancar-de-você.

– Sei que vocês ficaram juntos, mas não me pareceu que você estava particularmente satisfeita.

– Ah, certo. A mãe dele nos acordou – conto. – Em pessoa. A segunda pior transa da minha vida.

Ele solta uma risada de prazer.

– Qual foi a primeira?

– Minha primeira... Agora percebo que ele era pequenininho, mas ainda dói. Juro que olho para o passado e vejo minha virgindade sendo tirada por uma cenourinha baby.

– Sobre o que vocês estão conversando aí? – Lola pergunta, aparecendo do nada e se pondo do meu lado.

Finn já quase se recuperou da sua crise de riso.

– Acredite em mim, você não vai querer saber.

– Cenourinha baby – conto a ela com um sorriso de sabedoria.

Lola meneia a cabeça, sorrindo para ele.

– Maravilhoso, não é? Pobre Jesse Sandoval.

– Nossa garota é uma poeta – Finn concorda.

Nossa garota. Isso alivia um pouco a minúscula pontada que sinto quando lembro que Finn me contou sobre o programa de televisão só porque não queria dividir isso com os *membros permanentes* de sua vida.

Oliver sai da cabine e se junta a nós, fazendo uma rodinha.

– Então vamos ficar de pé esta noite? Normalmente a Harlow gosta de sentar e atirar coisas em mim do outro lado da mesa.

Dou risada, porque é verdade.

– É porque você tem esses reflexos medonhos de Crocodilo Dundee.

– Sou um ninja – Oliver empurra os óculos de aros grossos sobre o nariz, em um gesto tão nerd que faz todos nós desatarmos a rir. – E você sabe o quanto eu amo o seu repertório limitado sobre cultura australiana.

– Eu tento.

Atrás dele, Não-Joe ainda está sentado na cabine, alto como uma pipa, dançando sentado enquanto observa um grupo na pista.

– Oliver, você e o Não-Joe deveriam ir dançar com aquelas garotas ali.

– Por que não o Finn? – Oliver pergunta com um sorriso entendedor. – Ele também está solteiro.

Balanço a cabeça.

– Ele está, mas veja, ele está todo bem-vestido. Seria como *Os estragos de sábado à noite* e todos ficariam constrangidos por ele.

Não apenas Finn se recusa a dançar, mas, se ele for para a pista, a mulher das cavernas dentro de mim diz que ele irá por minha causa e por ninguém mais. Pelo menos até que ele vá embora.

De repente, sinto o pânico subir à minha garganta. Finn vai embora amanhã? Se ele já foi à reunião em Los Angeles, isto significa que vai voltar para casa?

Rindo, Oliver observa a pista de dança, não antes de dar uma olhada na reação da Lola.

– Aquelas minas são miúdas.

– "Miúdas" quer dizer jovens? – pergunto, inclinando-me para olhar. As garotas com certeza estão na casa dos vinte. – Ou baixinhas?

– Muito baixas.

– Mas olhe pra você – Lola diz, franzindo a testa. – Você tem mais de um e noventa. Estatisticamente falando, isso significa que vai terminar ficando com alguém com menos de um e sessenta.

– Isso ofende minha lógica – Oliver diz, sorrindo para ela.

– Se você não vai dançar, então pega uma cerveja pra mim – digo a ele.

– Eu iria, mas estou paralizado dos pés para baixo.

Dou-lhe um empurrão de brincadeira.

– Leve a Lola também. Ela precisa de mais um drinque.

Lola protesta, mas o acompanha mesmo assim, e eu os observo enquanto se vão. Ela é alta, mas ele ainda se destaca sobre ela, e parece se inclinar na direção dela enquanto anda, como que por atração magnética. Gostaria de saber se Oliver percebe o que significa Lola tê-lo tornado um Dos Seus. É um clube muito exclusivo, que inclui eu, Mia, o pai dela, meus pais e agora o Oliver.

– Ele nunca vai tentar – Finn diz ao meu lado, e quando olho para ele, percebo que quis dizer que Oliver nunca dará um passo para fazer algo acontecer com Lola. – Ele está convencido de que ela não está interessada.

– Não tenho certeza se ela está – concordo –, mas é mais porque ela não conhece bem os caras e tudo em que consegue pensar é no trabalho.

Ele faz "hum" em resposta.

Virando-me totalmente para ele, digo:

– Certo, todos vão passar uns minutos no bar, Não-Joe está totalmente chapado e provavelmente não consegue mais nem ouvir a música. Quer relaxar? Me diz: como foi?

Finn esfrega a mão pelo rosto e expira demoradamente, se certificando de que eles estão mesmo longe o bastante para não escutarem.

– Gostei deles. Quer dizer, tinha dois idiotas na sala que fizeram perguntas sobre nossas vidas amorosas e com que tipo de mulher nós namoramos. – Ele ignora o jeito com que dou pulinhos de triunfo e continua: – Mas os dois caras que vão produzir o programa são bastante severos. Eles claramente fizeram a lição de casa na indústria e... – Ele suspira. – *Gostei* deles. Gostei das ideias deles. Não pareceu horrível.

– Então por que você parece tão chateado? – Meu coração dói um pouco. Enquanto Finn se digladia com isso, percebo que sinceramente só quero que ele seja feliz.

Desde quando me importo tanto com a felicidade dele em vez dos meus próprios orgasmos? Lola não é a única que trouxe um desses caras para dentro de seu círculo íntimo. Finn é oficialmente um Dos Meus.

– Porque é mais fácil ser radicalmente contra – ele diz. – Hoje de manhã, eu estava convencido de que isso era uma reunião do tipo vou-só-ouvir-as-propostas. Agora, vejo como isso pode funcionar muito mais fácil do que a outra alternativa. Sendo a alternativa: perder o nosso negócio familiar e não ter nada.

Sem querer colocar as coisas de forma dramática, começo a pensar que sei como é a sensação de estar me afogando. Mamãe terminou seu primeiro dia de quimio – um tratamento cujo objetivo é apenas matar o câncer mais rápido do que o paciente – e tudo que tenho são algumas mensagens do meu pai dizendo que ela se sente bem. Finn está lutando com essa que é indiscutivelmente a decisão mais difícil de sua vida. Acabo de perceber que ele é um Dos Meus, e estou impotente para ajudar qualquer um deles a passar por essas coisas.

É um saco, porque sei que o que faria nós dois nos sentirmos melhor agora seria uma sessão de luta greco-romana na minha cama. No entanto, quanto mais percebo que tenho sentimentos verdadeiros por ele, mais estou consciente de que não posso apenas levá-lo para minha casa. Finn seria a primeira pessoa com quem eu transaria e que também amo. *Ugh.*

Ele dá de ombros, enfiando as mãos nos bolsos.

– E foi isso.

Sinto-me um pouco tonta e preciso me forçar a respirar, a prestar atenção na conversa. Não posso perder o controle.

– Quando você vai embora? – pergunto tentando soar casual, mas preocupada.

Ele dá de ombros.

– Em alguns dias.

Uma pontada dolorida atravessa meu peito.

– *Buu.*

Ele sorri para mim, seu olhar pairando acima da minha boca.

– Você admite que vai sentir falta de mim, Barbie Traquinas?

Mostro o dedo para ele e não respondo.

Capítulo 10

Finn

Harlow aparece cedo na manhã seguinte, equilibrando uma bandeja com três copos de isopor sobre a palma de uma mão e um pacote de papel branco amarrotado na outra.

– Bom dia, Raio de Sol! – ela gorjeia, empurrando-me para a sala de estar. – Trouxe o café da manhã.

– São sete da manhã, Traquinas – resmungo atrás dela, coçando o queixo. Não me barbeio há dois dias, e ainda nem coloquei uma camisa... ela tem sorte por eu estar de calças. – O que você veio fazer aqui?

– Vamos fazer um *brainstorm*. – Ela caminha para a cozinha e começa a sussurrar: – Oliver está em casa?

A velha casa ainda está fria. O assoalho está gelado sob os meus pés descalços enquanto vou atrás dela.

– Está no banho.

Pelo menos, acho que está. Quando estou em casa, já estou de pé antes do nascer do sol, nas docas. Mas essa vida de praia me estragou e fez aflorar meus instintos de animal noturno. Acho que não dormia até as sete já faz uns vinte anos. Estava esperando Oliver sair para ligar para os meus irmãos e contar as novidades sobre a reunião com os produtores de TV.

Qualquer pensamento sobre os meus irmãos desaparece totalmente quando viro o corredor e tenho uma visão completa de Harlow curvada sobre a pia, sua bunda perfeita embrulhada em calças de ioga.

Alheia ao meu tesão, ela se endireita e começa a abrir os armários da cozinha.

– Pratos?

Atravesso o recinto e paro atrás dela, passando os braços acima de sua cabeça para puxar uma pilha de pratos amarelos da prateleira. Harlow congela, os dedos apertando a borda da pia antes de parecer relaxar, e se encosta contra o meu peito.

– Aí está – digo a ela, curvando-me para falar perto do seu cabelo.

Ela tem um cheiro tão bom, e sua bunda está apertada contra o meu pau. Tenho que me afastar antes que ela possa sentir que já estou meio duro, excitado como um garoto de dezessete anos. Puxo uma cadeira para o canto da cozinha, sento e enrosco o pé nas pernas do banco do bar.

Demora um tempo para ela se recompor também, e sorrio enquanto ela põe os pratos na mesa, desajeitada, e abre o saco de papel.

– Você parece meio sem fôlego, Traquinas. – Ela me dá um olhar afiado. – Então, sobre o que vai ser o *brainstorming*? – pergunto, rolando uma laranja sobre o balcão. Meu estômago ronca instintivamente quando a vejo enfiar a mão dentro do pacote e retirar os maiores, os mais pretensiosos, os mais crocantes enroladinhos de canela que jamais vi.

– Sua situação – ela sussurra, dramática, e dá um tapa na minha mão quando tento roubar um pedacinho da cobertura.

– *Minha situação...*?

– Marinheiros gatos no Pacífico? Tente acompanhar, Finneus.

Reviro os olhos.

– Sabe, não é assim que vai se chamar.

– Só porque eles nunca pediram minhas ideias.

– Por mais que eu adore que você tenha me trazido comida, não poderíamos conversar mais tarde? Por exemplo, depois que o sol se levantar?

– O sol *já* se levantou.

– Mais ou menos.

Sem me dar atenção, Harlow pega um dos copos de café da bandeja e o coloca junto com um enroladinho de canela na minha frente.

– Tenho minhas melhores ideias quando corro – ela diz, e pega um para si. – Tenho um milhão de ideias para você.

Inclino-me para a frente e dou uma mordida no bolinho quente e vistoso, e juro por Deus que meus olhos quase rolam dentro da minha cabeça.

– Meu Deus, essa é a melhor coisa que já experimentei. – Sem pensar, levanto-me e dou a volta no balcão, colocando uma mão em cada lado do rosto dela antes de beijá-la em cheio na boca.

Era para ser rápido. Era para ser engraçado, um cênico beijinho de agradecimento *entre amigos*. Mas o engasgo surpreso de Harlow rapidamente dá lugar a um gemido macio, as mãos dela vindo pousar sobre minha barriga nua. O calor invade minhas veias e sinto cada ponto de contato entre nós: os seios dela contra o meu peito, as mãos dela na minha pele, os lábios se movendo entre os meus.

Afasto-me ofegante e Harlow limpa a garganta:

– Você está com gosto de canela – ela murmura, lambendo os lábios.

– Bom dia pra vocês dois.

Nossas cabeças se viram para onde Oliver está parado, apoiado no batente da porta, os braços cruzados no peito. Ele coça a bochecha e me dá o maior olhar de satisfação que já vi.

Minhas mãos caem e dou um passo para trás.

– Só estava agradecendo a senhorita Harlow pelo café da manhã.

– Estou ofendido, Finn. Fiz o *jantar* pra você outro dia e teria apreciado qualquer tapinha na bunda em agradecimento. Estou vendo como você é.

– *Rá*. Pois é – digo, voltando ao meu assento.

Oliver vai direto em direção à comida e Harlow lhe passa o seu copo de café, junto com o pacote branco, agora fechado.

– Tenho que pedir desculpas primeiro, porque de jeito nenhum alguém poderia ter esperança de superar *isso* – ele diz, acenando para mim. – Mas obrigado, carinho. – Ele se curva e beija a bochecha de Harlow.

– Tem um aí pro Não-Joe – ela diz, e não sei o que me dá vendo esses dois interagirem, mas fico com a sensação de que as coisas estão no lugar, como se minha manhã devesse ser assim todos os dias. – Diga a ele que espero uma dança sensual no bar do Fred mais tarde.

Gemo, mas Oliver apenas ri.

– Pode deixar. Fiquem bem, crianças.

Assistimos enquanto o Oliver desaparece da cozinha e ficamos sentados em silêncio, ouvindo a porta da frente fechar e, momentos depois, o rugido do Nissan seguindo para o fim da rua.

Harlow carrega seu prato e o café para o balcão, sentando-se no banco próximo a mim, o pé enlaçando-se no meu.

– Você parece um caco – ela diz, olhando minha boca como se quisesse lambê-la.

– Você também. – Olho para os seios perfeitos dela, empertigados e fodíveis dentro da sua blusa de corrida. – Estou quase constrangido por você.

Ela inclina a cabeça, expondo o pescoço longo, bronzeado.

– Horrível?

– Repulsivo. – Chego para a frente, limpando uma pequena mancha de glacê do seu lábio inferior.

Ela observa enquanto enfio o polegar na minha boca, chupando o glacê, e desvio o olhar, tentando me conter. Esse não é o repertório para mantermos as roupas no corpo e continuarmos só amigos. Esse é roteiro de como ela termina revirada sobre o sofá, levando uns tapas e sendo fodida até a hora do jantar.

É tão estranho estar com ela assim: comendo em um silêncio compartilhado e ainda parecer tão... normal. Preciso me lembrar disso. Sexo com Harlow é incrível, mas ser amigo dela também não é ruim.

– Obrigado pelo café da manhã – digo, limpando a boca com um guardanapo.

– De nada. Como eu disse, penso melhor quando saio pra correr, e para o azar da minha bunda latina, a padaria fica bem no fim da melhor pista de corrida de La Jolla. Agora vamos voltar para o motivo por trás da minha visita: resolver o seu problema.

– Agradeço a preocupação, mas não preciso que você me ajude a...

– Cale a boca. Tenho ideias.

É óbvio que Harlow já se decidiu, então resolvo agradá-la. Em vez de dizer para não se preocupar, já que provavelmente pensei em tudo, chego para a frente e arranco um pedaço do enroladinho de canela dela, enfiando-o na minha boca.

Ela fecha a cara para mim.

– Essa era a melhor mordida. Você é mesmo um perigo.

– A-ham – concordo.

Ela se vira sobre o banco para me encarar.

– Que tal turistas? Levar pessoas a bordo do barco?

Engulo, ajudando o pedaço a descer com um gole de café.

– De jeito nenhum.

– Por quê?

– Barcos de pesca comercial são lugares perigosos, Traquinas. Coisas caem, linhas se embaraçam, pessoas tropeçam. De jeito nenhum quero um monte de idiotas pagando para andar no meu barco.

– Certo – ela diz. – E os investidores?

– Acha que eu já não pensei nisso?

– Deve haver alguém que...

– A única razão pela qual as pessoas emprestam dinheiro é para *fazer* mais dinheiro. A indústria da pesca não vai se recuperar do dia pra noite – digo a ela. – O progresso, mudanças climáticas, doenças... tudo isso foi impactado, e até onde eu posso ver, nada vai melhorar tão cedo. Não posso pegar dinheiro emprestado se não tenho esperança de conseguir pagar.

Sinto esta verdade afundar como um peso no meu peito. Nunca mais será como antes. Eu e meus irmãos nunca conheceremos a vida que meu pai conheceu, e o pai dele antes dele. Há algo de humilhante nisso. Um homem inteligente pularia fora, venderia tudo o que pudesse, dividiria o dinheiro e começaria uma nova vida em algum outro lugar. Contudo, é toda a maldita história – algo pelo qual minha família lutou, se sacrificou, aquilo que papai se esforçou para manter depois que perdeu mamãe – que me impede de simplesmente cair fora.

– Certo – ela diz. – Acho que faz sentido. Que tal pescar outras coisas, então?

– Já fazemos isso. Salmão vermelho, salmão rosa e salmão keta, arenque, linguado, invertebrados – digo, e depois paro, vendo o rosto dela desanimar. Sinto-me um pouco culpado, ela claramente se empenhou nisso e estou apenas frustrando suas ideias, uma atrás da outra.

Mas, do modo típico dela, Harlow parece inabalável.

– Então talvez precisemos pensar fora da caixa.

– Fora da caixa, hã?

– Sim, vamos ver... – Ela se inclina para a frente, joelhos encostados nos meus, sua mão deslizando de leve ao longo da minha coxa. Ainda estou sem camisa, e juro que sinto o calor do corpo dela, a *consciência* de sua proximidade. Gostaria de saber se ela tem alguma ideia de como é essa sensação, ou se sou o único de nós dois tão envolvido que posso até estimar com precisão os milímetros que nos separam.

– Que tal camisetas?

Pisco.

– Camisetas?

– É, tipo, sua própria linha de vestuário. Imagine um anúncio chique com você e seus irmãos gatos. Você no meio deles com uma camiseta justa e...

– Você está sacaneando, não é?

– Só um pouco – ela diz, dando uma batidinha no meu nariz com a ponta do indicador. – Porque você é tão lindo de manhã. – Endireitando-se no banco, ela prossegue: – Então imagine isso: você, seus músculos e uma seta apontando diretamente para baixo, e as palavras ROBERTS ISCAS E EQUIPAMENTOS impressas na camiseta.

– Apontando diretamente para baixo – eu esclareço.

– Isso.

– Para o meu pau.

– Isso.

Fecho olhos e respiro fundo, contando até dez.

– Barbie Traquinas, querida – digo e diminuo ainda mais a distância entre nós. – Juro que passei mais tempo pensando nisso do que você pode imaginar. Já pensei em tudo.

– Em tudo?

Meneando a cabeça, levo o café até os lábios.

– E que tal doar esperma?

Tossindo, eu gaguejo:

– Desculpe?

– Esperma. Jesus. Sêmen. Milkshake de proteína. Suco do amor. Cuspe do pintinho. Creme faci...

– Harlow.

– Quê? Você disse *tudo*.

– Por que... – começo e sacudo a cabeça. – Espere, você estava dizendo *creme facial*?

Ela confirma.

Balançando a cabeça, resolvo fugir dessa imagem mental.

– Por que raios eu iria doar esperma?

– Não acredito que você está me perguntando isso. Você tem se olhado no espelho ultimamente? Tem olhado seus irmãos? Essa é uma baita linhagem genética. Que inferno, se eu fosse uma solteirona vivendo em uma mansão em Golden Hill, eu comprari...

Beijo-a, de novo.

Não queria... mas, mentira, queria. Queria sim. Não tinha planejado que durasse tanto quanto durou. As palavras de Harlow se perdem dentro da minha boca quando deslizo meus lábios pelos dela e seus olhos se fecham, a respiração fugindo de seus pulmões em um suspiro doce.

Escorrego do meu banco e me inclino sobre ela, uma mão em seu cabelo, a outra no seu queixo, abrindo a boca e procurando sua língua com a minha. Mantenho-a apertada, do jeito exato que sei que ela quer. Meu polegar desliza para pressioná-la na garganta, não com força, apenas o suficiente para que ela saiba que eu a tenho.

As mãos de Harlow apertam meus quadris e ela se ergue, pressionando o corpo por inteiro contra o meu. Minha pele queima onde os dedos dela me tocam, unhas arranhando e traçando o contorno da minha calça. É como se o sangue fugisse do meu cérebro e jorrasse para baixo. Cada pensamento meu está em Harlow: onde posso tocar, o que posso provar, se ela se importa se eu deitá-la aqui mesmo sobre o balcão e transarmos até que nenhum de nós consiga mais pensar em nada.

Mas não faço nada disso. Apesar da certeza que vou me odiar depois, quando estiver sozinho batendo uma punheta e imaginando por que raios desisti, não faço nada disso. Dou um passo para trás e tento ignorar o modo como ela invadiu cada um dos meus malditos sentidos, como ainda posso sentir a pressão do corpo dela, mesmo com centímetros nos separando agora.

– Você ainda está com gosto de canela – ela diz, a respiração áspera.

– Seu gosto é perfeito. – Sei que estou desafiando o destino, mas me aproximo mais um pouquinho, pontuando minhas palavras com mais alguns beijos sutis no canto da boca, no queixo.

– Pensei que não estávamos mais fazendo isso...? – Sai como uma pergunta, e sei que é porque ela está tão confusa quanto eu sobre o que está acontecendo.

– Não estamos – confirmo com um movimento da cabeça.

– Então por que você me beijou?

– Eu tive que – digo, e prossigo com outro beijo, agora na ponta do nariz. – É a única forma de fazer você parar de falar dos meus irmãos como se fossem objeto. Foi ofensivo. – Sorrio.

Ela explode numa risada, vencendo a distância entre nós para descansar a cabeça no meu ombro.

– Certo. Sem mais comentários sobre os irmãos gatos do Finn. Prometo.

Ficamos assim por um momento – seus lábios contra o meu ombro nu, meu rosto no cabelo dela – até que Harlow parece se lembrar. Ela se endireita e posso sentir sua ausência imediatamente. Meus braços caem de lado e observo-a se virar para o balcão e recolher os nossos pratos.

– Então voltamos à estaca zero?

Enfio as mãos no bolso e me ponho de pé.

– Acho que sim.

Harlow limpa o resto da bagunça antes de pegar as suas chaves.

– Não se preocupe, Finnigan. Sou um gênio e não desisti ainda. Vou descobrir o que fazer.

– Harlow, eu não preciso que você...

– De novo, Finn? – ela diz com doçura. – Cale a boca. Pare de ser tão teimoso e deixe alguém compartilhar da sua preocupação por algumas horas, tá bem? – Não tenho certeza como responder, então fico parado como um tonto enquanto ela se estica nas pontas dos pés e pousa o mais curto dos beijos na minha bochecha. – Peguei você.

~

Costumava achar que o meu pai era a pessoa mais persistente que eu conhecia. Quando eu tinha oito anos, vi ele de pé e andando horas depois de uma extensa cirurgia na coluna para resolver duas hérnias de disco. Quando eu tinha nove, ele passou um inverno inteiro pescando na costa do Alasca, e perdeu as pontas de três dedos ao prendê-los em uma armadilha de aço para siris. E ainda voltou lá no ano seguinte. Quando perdemos mamãe, papai se enterrou no trabalho, às vezes passando dezoito horas ininterruptas no barco. E quando ele teve um ataque cardíaco, no verão em que completei dezenove anos, e os médicos o aconselharam a manter distância dos malditos barcos, ele insistiu em trabalhar – no mesmo dia que recebeu alta do hospital, apenas para ter certeza que não estávamos fazendo nada errado.

Agora suspeito que ele não é tão bom em persistência quanto Harlow Vega.

Dois dias depois dos enroladinhos de canela e de ouvir as palavras "cuspe do pintinho" vindas da boca de Harlow – não sei se vou algum dia me recuperar – meu celular vibra na cabeceira da cama. Faltam horas para o sol raiar e o pequeno quarto de hóspedes na casa do Oliver ainda está completamente escuro. Pego o telefone – conseguindo derrubar uma garrafa de água e mais não sei o que no processo – e o observo com os olhos turvos. E se alguma coisa aconteceu com papai? Colton ou Levi? O barco?

`Fique lindo. Estarei aí em trinta minutos.`

Harlow.

Uma olhada no relógio me informa que ainda não são cinco da manhã e, por um momento, considero escrever de volta sugerindo um lugar para ela enfiar os seus trinta minutos. Preciso voltar a dormir. Preciso conversar com o Colton e o Levi. Preciso descobrir que merda estou fazendo com minha vida.

Deixo o celular cair no colchão e observo o teto, sem expressão. Meu coração está martelando no peito e esfrego uma mão sobre o esterno, sentindo a pulsação acelerada na mão. Meu estômago parece leve e pesado ao mesmo tempo, e mesmo a ideia de desligar o telefone e dormir por mais três horas soa assombrosa. Devo estar brincando comigo mesmo se penso que vou fazer o que ela quer.

Harlow estará aqui para me buscar em trinta minutos, e independentemente do que *devo* fazer esta manhã, algo me diz que nós dois sabemos que eu estarei lá fora, esperando.

~

Então, como um garoto com uma paixonite de escola e sem nenhuma responsabilidade na vida, estou lá. O carro de Harlow para em frente à casa exatos 29 minutos depois, e já estou sentado na varanda com duas xícaras de café fumegantes nas mãos.

Ela sai do carro e cruza a grama úmida na minha direção, jeans e uma camiseta de mangas compridas azul-clara, cabelos em um rabo de cavalo, mostrando um sorriso e nenhum traço de maquiagem.

Tenho certeza de que ela nunca esteve tão linda.

– Pronto? – ela diz, parando em frente à varanda. Neste momento ela parece tão mais jovem, inocente, e se a reaparição daquela sensação de queda livre no estômago for algum sintoma, estou perdendo a cabeça.

– Nem ferrando. – Olho para as roupas dela de novo. Ela veio bastante informal hoje. Levanto uma sobrancelha. – Parece que pelo menos uma vez acertei o código de vestuário.

– Você está perfeito.

Controle-se, Finn.

Ofereço-lhe café e ela me olha, sobrancelhas erguidas:

– Que cavalheiro.

Ignoro isso, não quero ficar obcecado com a conversa de *cinco minutos* que tive comigo mesmo se seria esquisito, se daria a Harlow um vislumbre enorme do que se passa na minha cabeça enquanto lhe ofereço uma maldita xícara de café. Estou maluco.

– Então, onde vamos? – digo, em vez disso.

Harlow se vira e segue para o carro.

– Pescar – ela diz, subindo no carro e dando a partida.

Olho-a do lugar onde estou, enquanto tento enfiar todo o meu um metro e noventa no banco dianteiro do carro esportivo dela.

– O quê?

Ela checa os espelhos e sai de ré da vaga do Oliver, colocando o carro na rua antes de responder:

– Percebi que estamos aqui e você deve estar terrivelmente cansado de fazer o que os outros querem. Além disso, tenho certeza de que está com saudades de casa – ela diz. – Então porque não ter um gostinho de casa aqui?

Ela deve ter entendido errado meu silêncio pasmo, porque rapidamente acrescenta:

– Quero dizer, sei que não vai ser a mesma coisa pra você, mas confie em mim, Raio de Sol. Vai ser legal.

E, certo. Estou meio sem palavras. Quando penso que já entendi Harlow, ela faz algo para mostrar que não.

– Obrigado – consigo dizer, e rapidamente me ocupo do meu café.

– E talvez vejamos algumas árvores pra você cortar e tudo mais – ela acrescenta e morde o lábio inferior para tentar não rir.

– Eles ainda têm árvores no iate da Barbie?

Com isso, voltamos ao normal. O peso no meu peito se foi, e a tensão crescente entre nós voltou ao seu lugar.

– Você já pescou antes? – pergunto a ela.

Ela faz "u-hum" enquanto dá seta e entra na pista ao lado.

– Algumas vezes no norte, com meu pai. Mas no rio, não no mar. Na verdade, nunca peguei nada.

– Talvez porque se chame "pescar" e não "pegar", Traquinas. Às vezes você tem sorte, às vezes não tem.

– Certo. – Ela se acomoda no assento e descansa o cotovelo na porta, os dedos enrolando as pontas do rabo de cavalo. – Tenho certeza de que isso vai ser diferente dos seus dias de pescaria também. Acho que você não tira um cochilo em espreguiçadeiras enquanto alguém te serve sanduíches e cerveja.

– Hã... não.

– Então me diga, Finn. O que vocês fazem? Vocês só jogam as linhas na água e esperam?

– Alguns sim.

– Mas não vocês.

Balanço a cabeça.

– *Linda* é um barco cercador, então só pescamos com redes.

– Redes, certo. – Ela para, olhando acima de mim. – Espere, quem é o capitão do barco?

– Esse seria eu, Einstein.

Ela me dá um sorriso insolente.

– Posso chamar você de Capitão?

– Não.

– Posso ser seu primeiro marinheiro? Você vai esfregar o meu convés?

Dou risada enquanto ela se mexe no assento.

– Você está doida.

– Só estou tentando falar sua língua, Huckleberry.[10] – Ela emerge na rodovia e me dá uma olhadinha ao entrarmos na pista expressa. – Certo, temos um tempinho até chegar em Point Loma. É hora de você me ensinar a arte da pesca de Vancouver Island.

Olho a paisagem fora da janela: o borrão da estrada, as casas, as palmeiras. O céu está apenas começando a clarear no horizonte; há um sentimento de paz por estar aqui, assim. Percebo que gostaria de contar a Harlow sobre a vida no barco. Gosto de conversar com ela, e o tempo que passamos juntos é praticamente o único momento em que não estou preocupado a ponto de criar uma úlcera.

– Então primeiro temos que chegar ao peixe – começo, meu polegar fazendo desenhos no painel. – O que significa que precisamos localizar o cardume na água. Depois, jogamos as redes e circulamos o cardume. Quando os peixes estão cercados, nós fechamos o fundo e eles ficam presos dentro. O conceito parece simples, mas existe uma tonelada de coisas para fazer além disso. Quando não estamos pescando, alguém tem que verificar a linha de flutuação e o flutuador, as linhas de chumbo, conferir se não há nenhum buraco nas redes, assim como checar o bote motorizado e os outros equipamentos elétricos e hidráulicos. O bote usado para puxar as redes usa um equipamento movido pelo motor auxiliar. É por isso que precisamos ter dois motores funcionando bem, e pelo mesmo motivo é devastador quando um deles pifa. – Eu paro e olho para ela novamente, certo de que ela deve ter se distraído. Mas não. – Você ainda está me ouvindo? É um milagre.

– Bem, não é como ficar tuitando e arrumando papéis na NBC – ela brinca. – Mas estou meio que fascinada com o que você faz o dia inteiro. Fique à vontade para acrescentar os pequenos detalhes, se quiser. Por exemplo, como vocês fazem tudo isso sem camisa e a maresia umedece os seus músculos e faz vocês brilharem ao sol. Só pra ajudar a visualizar um pouco.

---

10 Huckleberry Finn, personagem do livro de Mark Twain.

– Vou me lembrar disso.

– Imagino que o dia de vocês seja bem longo, né?

– Começamos a trabalhar quando há luz, paramos quando não há mais. Normalmente, já estou de pé antes do sol nascer, sem despertador. Mas juro que meu relógio interno está uma bagunça aqui. Bem – digo, sorrindo para o meu café –, a menos que você esteja na varanda para me acordar ao amanhecer.

Continuamos assim por um tempo enquanto a linda paisagem corre por nós e, antes que eu me dê conta, Harlow entra em um estacionamento e desliga o motor.

– Muito bem. E veja! O sol está aqui para nos saudar.

Observo através do para-brisa e aponto para o barco de treze metros, movido a diesel, ancorado no porto.

– É naquele que vamos hoje?

– Isso mesmo, Capitão.

Dou a ela um falso olhar de repreensão e digo:

– Está pronta para ser iniciada, Barbie Traquinas?

Ela ri e deixa cair as chaves dentro da bolsa.

– Estou pronta para o que vier, Raio de Sol.

Capítulo 11

Harlow

O barco parece enormemente *mostruoso*, mas Finn sobe a bordo como se estivesse pisando em um barquinho a remo. Será minha imaginação ou ele parece mais alto no convés? Observo ele conversar com o capitão. Esfrego distraidamente meu dedo nos lábios, lembrando do deslizar provocante dos dentes dele quando me beijou na casa do Oliver, há dois dias.

Juro que minha pulsação não se acalmou desde então – porque não foi apenas um beijo, mas uma confissão. O beijo me contou que não sou a única que foi arrastada para o Território dos Sentimentos. Agora, minha mente está uma pilha de pensamentos estranhos: se temos alguma coisa, vamos tentar transformar isso em uma relação? Finn refutou cada ideia que tive para tentar salvar o negócio dele, mas, se ele assinar contrato para o programa do Adventure Channel, então, de acordo com o contrato, não podemos estar juntos. E, se ele recusar o programa de televisão, provavelmente perderá o negócio da família e não estará no melhor dos ânimos para começar uma relação, de qualquer forma.

Conforme o motor ronca e nos leva para longe da doca em direção ao mar aberto, meu cérebro está uma bagunça e meu corpo está em chamas por essa versão pescador gostoso do Finn (que – eu alegremente lembro – é o Finn de *todos os dias*)... e não faço a menor ideia de como segurar uma vara e um molinete do tamanho dos que ele me entrega.

Ele os coloca em minhas mãos, me dando um tapinha condescendente na cabeça, e nos aproximamos para ouvir as orientações de segurança junto aos outros doze turistas reunidos no convés. Eu esperava que Finn se distraísse durante isso, ou que se distanciasse furtivamente para dar uma olhada no barco, mas ele parece concentrado. Ou está avaliando em um nível profissional como a pesca esportiva é gerenciada, ou simplesmente *ama* pescar. Não sei dizer. Mas adoro que ele esteja se portando como se nada disso estivesse aquém dele. Ele está entusiasmado, mesmo para este pequeno passeio de meio dia.

Quando o capitão Steve termina o discurso, encontramos um lugar no canto traseiro do barco e Finn se põe a trabalhar em silêncio, com o vento chicoteando a linha contra o seu peito. Ele prepara nossas varas, ajusta minha linha no molinete e depois sai, dizendo-me para segurar um pouco. Alguns minutos depois, volta com um par de botas em uma mão e um boné com o logotipo do barco na outra.

– Vai ficar molhado – ele diz. Finn passa-me as botas e coloca o boné na minha cabeça, cuidadosamente arrumando meu rabo de cavalo pelo furo de trás, sussurrando: – Aí – assim que termina. Seus olhos castanhos mergulham na minha boca, como se estivesse tomando coragem para me beijar de novo, mas então ele pisca e o olhar desaparece. – Pronta?

– Se estou pronta para soterrar você em toneladas de peixe? – pergunto, afundando o boné na minha cabeça antes de calçar as botas gigantes. – Pode apostar.

Ele ri, sacudindo a cabeça.

– Certo, você ouviu o capitão falar todas aquelas coisas, mas tenho certeza que estava pensando no meu corpo nu ou em comprar mais maquiagem para o cabelo, então vou lembrá-la: este barco pesca linguado e robalo. Linguado pode ficar bem grande, mas não se preocupe – ele me dá um sorriso de quem sabe das coisas –, vou ajudá-la a puxá-lo pro barco.

– Quero que saiba que treino boxe tailandês – digo, agindo como ofendida. – E surfo.

– Certo, mas você não vai conseguir puxar esses peixes com essas suas pernas. – Ele segura meu braço fino e o sacode como se fosse a asa de um frango antes de pegar a minha vara e atirar a linha bem longe na água. A isca mergulha com um barulho pesado e Finn sorri, passando a vara para mim. – Coloque no apoio. Seus braços vão ficar cansados se você ficar brigando com a água enquanto navegamos.

Faço como ele disse e assisto-o atirar sua própria linha. Ele parece tão contente, e estou dividida entre querer que cada espectador na América veja esta expressão no rosto dele em uma tela HD gigante ou querer que sua alegria íntima permaneça assim.

– Você odiaria ter uma câmera em cima de você enquanto faz isto? – pergunto.

Ele dá de ombros.

– Nem tanto, mas é que a ideia do programa não seria realmente sobre pescaria.

– Mas e se fosse? – pergunto. – E se essa fosse a sua condição?

Ele tira o boné e coça o topo da cabeça com o mindinho.

– Sim. Não sei.

Acho que nenhum de nós quer pensar sobre isso, porque ficamos calados, apreciando a água e os pássaros e provavelmente, mais do que qualquer outra coisa, um ao outro.

~

Como se os peixes quase intuíssem que Finn lhes daria um destino mais rápido do que eu, ele pega logo três antes que eu sequer consiga uma mordida: dois robalos e um enorme linguado. Se eu disser que me aborrece ele estar fisgando enquanto eu só dou um banho na isca, estaria mentindo. Nada é melhor do que ver Finn puxar um peixe de vinte quilos para o convés.

O que não é inteiramente verdade. Sexo com Finn neste mesmo convés deve ser ainda melhor... mas só um pouco. O sol está quente sobre o mar aberto e ele tira a jaqueta; a visão de seus braços bronzeados enquanto puxa e gira o molinete é... de me dar um orgasmo espontâneo.

– Vai ser estranho ir embora, mesmo que tenham sido só duas semanas – ele diz, alheio ao meu olhar malicioso, devolvendo a linha para a água. Pisco, limpando a mente da neblina de tesão e espero para ouvir o que ele quer dizer. Parece, observando-o hoje, que ele não iria querer outra coisa senão voltar para sua vida no mar.

– Estranho como?

Ele me surpreende dizendo:

– Não acho que eu vá gostar de não poder ver você à hora que quiser.

Isso não é nada do que eu esperava. Achava que ele iria dizer que sentiria falta do clima da Califórnia ou de sair para comer burritos com o Ansel e o Oliver.

Quero tocá-lo mais do que qualquer coisa, segurar seu rosto entre minhas mãos e beijá-lo como nunca beijei ninguém antes, aliviada por ele ser quase perfeito.

Em vez disso, digo:

– Me masturbei pensando em você ontem à noite.

Ele se curva, explodindo em uma gargalhada quando solto isso. Por fim, consegue dizer:

– Mesmo?

– Com certeza.

Quando ele se endireita, posso ver um sinal de rubor no seu rosto, debaixo da sombra do boné de beisebol.

– Eu também – ele admite.

– É?

– Sim.

– Fui maravilhosa?

Ele se vira e olha para mim.

– Você fez boquete como uma campeã, Traquinas.

– Eu faria, mesmo. – Levanto o queixo orgulhosa.

Ele puxa alguns palmos da linha com o molinete.

– Você faria.

Sempre esperei me apaixonar e me sentir ansiosa, hiperativa e rendida. Nunca imaginei me apaixonar por alguém que só me faria sentir mais confortável em minha própria pele. Quero dizer a ele "acho que amo você", porque ele iria responder com um suspiro solidário e concordar, apesar de ter acontecido no momento errado de nossas vidas.

Olho para ele, para seu maxilar anguloso e a sombra de barba, o pescoço comprido e bronzeado e braços que me dão uma sensação estranha de segurança que nunca imaginei que desejava. Será que não? Não é como meu pai sempre foi até recentemente – não apenas meu porto seguro, meu chão, meu guardião? Eu sabia que sempre quis um homem na minha vida que suprisse essa expectativa.

Meu peito dói de tão apertado ao reconhecer que esse Finn apaixonado, leal e controlado é o que sempre esperei encontrar.

Ele observa o mar além, os olhos se estreitando, e fico tentando imaginar o que ele está pensando. Seu peito sobe com uma inspiração profunda, e ele fecha os olhos enquanto expira, sua expressão parece tão desolada quanto eu me sinto.

Sei que estou certa quando ele abre os olhos e me observa. E é aterrorizante porque, se tem uma coisa que sei sobre meu coração, é que ele não é inconstante. Uma vez que alguém entra, fica profundamente encravado lá, para sempre.

Quando abro a boca para dizer algo – e não faço a menor ideia do que vai sair, emoções sinceras começaram a subir pela minha garganta – minha vara dá um sacolejo na minha frente, a parte superior se curva subitamente.

– Opa, certo – Finn diz, os olhos faiscando de entusiasmo conforme ele dá um passo para a frente e me guia para perto da vara. – Você pegou um.

Pescar com o meu pai nos rios do norte da Califórnia quando eu era criança nem remotamente me preparou para puxar um peixe do mar. Quando é uma truta de rio de vinte centímetros, o flutuador mergulha na água e seus braços magrinhos de criança de doze anos conseguem facilmente içar o peixe. Aqui, preciso de cada músculo do meu corpo para me opor à força desse monstro marinho. Puxo a vara, consigo girar o carretel poucos centímetros, cada um deles uma vitória. Ao meu lado, Finn grita e berra como se eu estivesse puxando um tubarão branco. Alguns homens se juntam atrás de nós para assistir, fazendo torcida.

– Quer que eu assuma? – Finn grita acima do barulho.

– Merda, não!

Mas agora entendi porque ele tirou a jaqueta; estou suando, suando, amaldiçoando o momento em que pensei que pescar em alto mar seria uma ótima ideia. No entanto, quando tenho o primeiro vislumbre do linguado no meu anzol – das pontas ao longo da espinha, do tremendo *tamanho* dele – fico tonta.

– Meu peixe é muito maior que os de vocês! – grito.

Finn fica ao meu lado para me ajudar a puxar, tomando a vara depois de dez minutos, quando minha mão começa a tremer e formigar. Nós dois seguramos a vara agora, puxando e puxando, até que, por fim, o linguado sai da água, magnífico. Ele saltita sobre o convés e, como odeio um pouco essa parte, Finn o segura e faz um movimento tão rápido que mal consigo ver. Então o peixe para de se mover. Quando ele o passa para mim, está gelado da água do mar e, com um gesto, Finn indica que eu o segure pelas guelras para tirar uma foto.

Preciso usar ambas as mãos, o peixe é enorme. É o maior que pegamos até agora, e a sensação é incrível, embora não tão boa quanto o que sinto quando Finn olha para mim e levanta o celular.

– Segure bem, docinho – ele diz baixinho. – Me deixe ver esse peixe.

Meus braços estão tremendo com o peso, mas o seguro bem alto para que ele veja. Ele tira uma foto e depois vem para o meu lado, pegando o linguado e segurando-o para que Steve coloque uma etiqueta para nós.

– Vamos conversar sobre como você acaba de me chamar de "docinho"? – pergunto, enquanto ele se abaixa, colocando mais isca no meu anzol.

Eu mais sinto do que ouço a risada dele. Finn se levanta e beija minha cabeça.

– Não.

Faço de tudo para suprimir o sorriso ridículo que está se insinuando pela minha boca. Por exemplo, abafá-lo debaixo das mãos. Estou tão tonta que poderia começar a cantarolar entusiasmada alguma música da Disney aqui mesmo neste barco cheio de homens velhos e salgados.

~

Quando voltamos às docas, peço licença para ir ao banheiro, mas preciso mesmo é ligar para saber de mamãe. Estivemos fora a manhã inteira e já era começo de tarde, o tempo todo sem sinal de celular. Foi maravilhoso e aterrorizante ao mesmo tempo. E se aconteceu alguma coisa?

Papai atende no primeiro toque, soando relaxado e tranquilo.

– Oi, Tulipa.

– Oi, cara. Como vai a rainha?

– Bem – ele diz. – Saímos para almoçar.

– Então nada aconteceu? Nenhuma complicação?

Papai suspira do outro lado da linha e eu estremeço, sabendo que estou soando como uma maníaca. Ouvimos cerca de cinco vezes os médicos dizerem que o primeiro ciclo de quimioterapia seria relativamente fácil para mamãe. Os ciclos finais é que são os mais difíceis.

– Você tem que ficar calma – papai diz, e posso apostar que está sorrindo, mas sei também que está sério. – Ainda temos muito chão pela frente.

Suspirando, digo:

– Eu sei, eu sei.

– Como foi a pescaria?

– Foi maravilhosa. Estou apaixonada.

– Pelo esporte ou pelo cara?

Mais um suspiro:

– Talvez os dois.

– Bom. Traga o Finn hoje à noite. Eu disse ao Salvatore que estarei disponível quando começarem as filmagens de *Horizonte livre* em abril.

Hoje é a festa do parceiro e amigo do meu pai, Salvatore, para celebrar sua nova produtora. *Horizonte livre* é a nova esperança de Oscar deles, o drama que papai me contou que se passa – rufem os tambores – em um barco. Sinceramente, não consigo imaginar Finn nessa festa, mas essa reação natural me deixa mal-humorada e revoltada com meus próprios instintos. Se Finn é um Dos Meus, então ele pertence àquele lugar, não importa se conhece alguém ou não.

Além do mais, o fato de papai estar assinando um projeto que só começa a filmar daqui a seis meses deixa meu coração nas nuvens. Estou tão otimista pela mamãe.

Volto à doca para encontrar Finn comendo um enorme pacote de batatas. Ele oferece algumas para mim e pego um punhado. Não tinha percebido o quanto estou faminta até sentir o cheiro de sal e óleo dessa delícia.

– Quer ir a uma festa hoje à noite? – pergunto com a boca cheia.

Ele responde com a boca igualmente cheia:

– Que tipo de festa?

– Pessoal de cinema. Excêntricos. Martinis com azeitona.

Dando de ombros, ele diz:

– Você é minha acompanhante?

Enfio mais um punhado de batatas na boca e confirmo com a cabeça.

Ele sorri, limpando um pouco de sal do queixo.

– Com certeza, Traquinas.

~

Ele já está pronto, esperando-me do lado de fora da casa do Oliver quando passo para buscá-lo às sete horas. Está vestindo as mesmas roupas de sua reunião em Los Angeles, mas agora consegue estar infinitamente *melhor*. Está mais relaxado e claramente passou o dia ao ar livre. Finn, bronzeado, é fatal.

Ele senta no banco do passageiro, resmungando sobre meu carro pequeno, e depois dá uma olhada em mim.

– *Uau* – ele diz. – Saia do carro.

– O quê? – Entro em pânico, olhando para o meu vestido para ter certeza de que não derramei suco de laranja sobre mim quando bebi direto da garrafa logo antes de correr para fora de casa.

– Quero ver você – ele diz, inclinando-se para abrir a porta do meu lado. – Sai porque quero ver você.

– Ah. – Eu saio, alisando o vestido sobre meus quadris, e ando para a frente do carro.

Finn não me segue para fora, ele só despenca contra o banco e me olha através do para-brisa. Vejo sua boca dizer:

– *Jesus.*

– O quê? – grito.

Balançando a cabeça, ele diz:

– Você está maravilhosa.

Olho para o meu vestido cor de safira – minha melhor cor –, com um corpete justo e saia rodada bem acima dos joelhos. Estou vestindo saltos de tiras douradas, e em volta do meu pescoço está o singelo colar de flecha que meu pai me deu no meu aniversário de dezoito anos. Para ser sincera, eu mal prestei atenção ao me arrumar para esta noite, e me parece um pouco engraçado que na noite do bar, quando eu quis parecer casualmente adorável, Finn não parava de me provocar. Agora, quando estou distraída e entornando suco de laranja como uma adolescente de ressaca em minha pressa de vir buscá-lo, ele fica sem palavras.

Quando subo de volta no carro, ele se inclina sobre o console, tomando meu rosto entre as mãos, e me observa pelo intervalo de uma batida de coração antes de apertar sua boca na minha. Tão logo nos tocamos, seus lábios se abrem e ele deixa escapar um suave "ah". Ele chega mais perto, sugando meu lábio inferior entre os dele. Quando sinto o deslizar provocante de sua língua, está feito. Estou *pronta.*

Minhas mãos estão nos cabelos dele, e quero mais, tão mais que estou quase descontrolada. Quero senti-lo sobre cada centímetro meu. Seus sons são tão profundos e silenciosos que parecem vibrações penetrando direto nos meus ossos, sacudindo-me, transformando-me em nada além de fragmentos de uma garota: mãos que tremem, sangue que corre desenfreado nas veias, pernas que me levantam do assento e levam-me para cima dele. Ele abaixa o banco com facilidade e estou caindo sobre ele, pernas esparramadas ao redor de seu colo. Ele me puxa para baixo, abrindo caminho dentro de mim e eu grito ao sentir a pressão forte de seu pau entre as minhas pernas.

Quando ele geme, o som pressiona um botão em algum lugar que desencadeia meu frenesi. Não me importo que estejamos em um carro no meio da rua. Está silencioso. Tem neblina. Poderíamos muito bem estar sozinhos em uma ilha em qualquer lugar, o cenário pouco faz diferença para mim.

Sinta-o, traga-o para dentro do seu corpo e sinta-o. Faz tanto tempo.

Ele está um passo na minha frente, abrindo o zíper da calça e abaixando-a pelos quadris. Sinto o seu pau nu na minha coxa. Sua pele é paradoxalmente quente e macia em torno de algo tão inflexível. Seus dedos se atrapalham com minha calcinha, puxando-a para o lado, sem se preocupar em tirá-la, as pontas dos seus dedos me encontrando molhada e faminta, minhas palavras ininteligíveis dizendo onde eu preciso que ele esteja.

– Vamos fazer isso mesmo? – ele sussurra.

Aceno que sim com urgência e ele segura o pau para que eu o tome dentro de mim. Está tudo acontecendo tão rápido, ele mergulhando dentro de mim, nós dois gemendo porque é bom.

É bom *demais*.

O olhar dele se detém no meu e o alívio no seu rosto me faz sentir trêmula e frágil como uma taça de cristal. Senti falta disso. Precisava disso.

Acho que preciso *dele*.

Ele se senta, beijando-me, e eu molhada e alvoroçada, ele gemendo contra os meus dentes. Finn se enterra lá dentro e rosna esses ligeiros e perfeitos sons de aprovação a cada vez que me movimento para frente e para trás, sussurrando "assim" e "ah, tão bom" e "céus, docinho, não posso...". As palavras perdem o rumo, e mais beijos, mais dentes arranhando meus lábios, meu queixo, meu pescoço. Mais ruídos de ansiedade. "Por favor... não posso".

Dois dedos vêm acariciar onde mais preciso deles. Um gemido rasgado sai da garganta dele e escuto os pequenos sons de soluço que estou fazendo, implorando. "Estou perto..."

– Ah, droga, estou gozando – ele geme enquanto estou caindo.

Jogo a cabeça para trás e grito – porque a sensação é tão diferente – e ele grita ao mesmo tempo, arqueando-se no banco e entrando mais fundo dentro de mim, meu corpo apertando-o, espremendo-o. Meu orgasmo parece durar uma eternidade, assim como nosso beijo, e sinto mãos no meu rosto, e os gemidos dele na minha pele, dentro do meu carro sem filme nos vidros, ao pôr do sol no alto verão.

Eu o amo.

Eu o amo.

Encolho-me em seu peito à beira das lágrimas. É um alívio que mal consigo processar – estar com ele assim de novo, mesmo que seja no banco da frente do meu carro, com a saia do meu vestido amarrotando. Ele parece tão forte, seu coração bombeando na minha orelha.

Finn se contorce dentro de mim, sua respiração trêmula bagunçando meu cabelo.

– Harlow – ele diz baixinho, soltando o ar de repente.

– Eu sei – concordo. – Puta que pariu, foi maravilhoso.

– Não... – Ele empurra meus ombros para que eu me sente ereta, e sinto a pressão dele, ainda duro, dentro de mim. – Docinho, não usamos nada. – O rosto dele está tão próximo ao meu, seus olhos buscando, ansiosos. – Não usei camisinha.

Eu gemo e começo a sair de cima dele, mas então paro, reconsiderando nossas roupas. Realmente, não quero dar uma de Monica Lewinsky e ir à festa neste vestido azul.

– Você pode alcançar um lenço no porta-luvas?

Ele assente, passando os braços ao meu redor, e de algum modo consegue pegar um. É um momento tão *real*, e tão contrastante com a transa maluca de um minuto atrás, que me sinto um pouco tonta. Assim que faço menção de me afastar ele me segura, colocando dois dedos no meu queixo e sussurrando:

– *Shhh,* espere, espere, espere. Vem aqui.

Inclino-me, fechando os olhos e deixando-me levar pela sensação de derreter sobre ele enquanto ele geme, enterrando a mão nos meus cabelos para me segurar firme. Sua língua desliza na minha, mais suave agora. Meu coração está martelando contra minhas costelas pelo esforço e adrenalina do meu pânico iminente.

– Você está bem? – ele pergunta na minha boca.

Aceno que sim.

– Não posso acreditar que fizemos isso.

– Eu também não.

– Acho que devíamos nos lavar antes de ir para a festa.

Ajustamos nossas roupas e tropeçamos para fora do carro. De volta à porta de entrada, ele tira as chaves do bolso sem conseguir me olhar, perguntando:

– Você está tomando pílula?

– Não. – Tento fazer as contas para descobrir em que período do ciclo estou. Acho que estou para menstruar em questão de dias, mas não quero me prolongar nas possíveis implicações do sexo sem proteção que acabamos de fazer. Quero ficar no modo alegre e saltitante, de pernas bambas de êxtase, com o pensamento de que estou loucamente apaixonada por Finn Roberts.

– Vai ficar tudo bem – digo a ele, sem prova alguma, no entanto.

Apenas me sinto melhor ao dizê-lo, e assim que digo, asseguro-me disso. Vai ficar tudo bem! Tudo vai ficar bem!

Ele assente e entra, guiando-me pelo corredor até o pequeno banheiro perto do quarto em que está hospedado. Viro-me e olho pela porta do quarto enquanto ele para e pega uma toalha no armário do corredor. A mala dele está aberta sobre a cama, repleta de roupas bem dobradas.

– Você vai embora amanhã?

– Talvez – ele diz. E depois: – Bem, provavelmente não. Não sei. – Ele aponta na direção do banheiro, indicando que eu entre primeiro.

Abrindo a torneira de água quente, ele sente com a mão até que a água esquente, e então molha a toalha.

– Vem cá.

Observo-o levantar meu vestido e fecho os olhos enquanto sua mão desliza entre minhas coxas, em volta do meu quadril, e então ele abaixa minha calcinha até a altura dos joelhos. Gemo quando ele desliza gentilmente a toalha quente entre minhas pernas.

– Tudo bem? – ele pergunta.

– Sim. – *Mais do que tudo bem. O paraíso.* – A sensação é ótima.

Ele desliza a outra mão por baixo do meu vestido, envolvendo o dedo em volta do meu quadril e apertando-o.

– Me refiro a você. Você está bem?

– Você está? – devolvo.

Ele olha para mim, um sorriso enruga os cantos dos seus olhos.

– Sim, estou.

– Mesmo se eu estiver grávida?

– Sim. Vamos dar um jeito.

Engulo, concordando.

– Então estou bem também.

A expressão dele volta ao normal e ele solta:

– Me diga que aquilo não foi só sexo pra você.

Recuperando-me disso, deslizo as mãos no cabelo dele e puxo-o para mim.

– Já passou de "só sexo" faz tempo. Acho que foi por isso que eu quis parar. Tem muito mais coisa acontecendo. Para nós dois – acrescento.

Ele levanta a cabeça para me olhar, descansando o queixo no meu umbigo.

– Vamos tentar fazer isso, independentemente de qualquer coisa? Quero dizer... – Ele engole, nervoso. – Eu realmente quero estar com você, mas não mais apenas assim.

Mordo o lábio, querendo descarregar toda a angústia acumulada de duas semanas: ficar preocupada com minha mãe, usar Finn para me distrair e depois acabar tão absorvida nele que temi que iria querer mais do que qualquer um de nós pudesse dar conta. E agora ele me diz que quer também. Fecho os olhos, pensando sobre o programa de televisão, e sobre a cláusula de ele não estar em um relacionamento, e o objetivo velado de colocá-lo em um romance diante das telas. Agora, o caminho mais fácil pela frente – assinar o contrato – tornaria um relacionamento entre nós impossível. Mesmo se ele recusar o programa e voltar para casa para tentar salvar o negócio, nunca mais voltaríamos a nos ver porque ele estaria trabalhando muito mais do que agora.

– Quero tanto que não consigo nem respirar – ele diz, apertando a mão na parte de trás da minha coxa para que eu o olhe. – Tenho tentado me concentrar em tudo que está acontecendo lá em casa, mas não consigo pensar em outra coisa senão isso.

– Eu quero também – digo a ele. – Só não tenho certeza de como isso vai funcionar.

Ele se ergue, beijando meu queixo e fazendo-se de desentendido de propósito ao dizer:

– Poderíamos dar o cano na festa e eu mostro a você.

Começo a responder:

– Com certeza. – Mas então paro. Sinto um clique, como uma tranca se abrindo nos meus pensamentos. Existe *sim* uma forma de salvar o negócio dele sem que ele precise assinar o contrato, e ela estava diante do meu nariz o tempo inteiro.

~

Entramos na festa de mãos dadas. Algo mudou entre nós, e é tão dolorosamente meigo que eu queira me atirar nos seus braços cada vez que ele olha para mim, ou fala comigo, ou passa a mão por trás das minhas costas, ou prende os dedos no meu quadril como se tivesse sido desenhado só para ele.

Papai, que esta noite veio sem mamãe, nos vê e caminha para a cozinha, pedindo licença para se afastar de um pequeno grupo com o qual está conversando, e vem nos cumprimentar.

– Você deve ser o Finn – ele diz, oferecendo a mão. – Sou o pai da Harlow, Alexander Vega.

Só dois garotos que namorei chegaram a conhecer meu pai, e eles estavam ansiosos, atrapalhados e gaguejando o tempo inteiro. De certo modo, é compreensível. Meu pai ganhou dois Oscar e tem um nome bem reconhecido para um cineasta. Mas ele também é alto, forte e perfeitamente capaz de intimidar quem ele quiser.

Só que, neste instante, estou certa de que ele não quer intimidar. E, de qualquer forma, não importa, porque Finn – que é enorme em comparação a ele – o cumprimenta com um aperto de mão firme, um sorriso confiante e um "muito obrigado por me convidar".

Meu pai passa o braço pelos ombros dele e o guia para dentro do salão, para apresentá-lo a algumas pessoas. Papai inclina a cabeça para mim, fazendo sinal para acompanhá-los, claro, mas eu prefiro observá-los cumprimentar os colegas de papai e terem aquele momento de integração masculina que nunca vi meu pai ter com nenhum dos caras que beijei.

Essa integração masculina é exatamente o que ocorre hoje à noite.

Vou para a cozinha pegar uma bebida e dizer olá para as filhas do Salvatore. Elas são seis e oito anos mais velhas do que eu e ainda moram com os pais. Valentina e Ekaterina Marìn são as duas "crianças" mais mimadas que já conheci na indústria cinematográfica, mas é mais fácil ser amigável do que evitá-las, porque papai e Sal trabalham juntos em mais da metade de seus projetos.

Beijo cada uma delas na bochecha e sorrio, porque desta vez Valentina está usando perfume Chanel e Ekaterina cheira a um novo... Infusão Prada d'Iris, talvez. A maior briga que as duas tiveram, dois anos atrás, levou-as a não se falarem durante três meses e só terminou quando cada irmã reclamou o Chanel No. 5 como sua marca pessoal.

Era assim que Finn pensou que eu fosse.

– Seu namorado é uma coisa... – Valentina diz, levantando o queixo na direção do Finn.

Sirvo-me de um copo de água com gás.

– Ele é.

– *Rude* – ela ronrona.

– Adoro trabalhadores braçais – Ekaterina acrescenta.

Ah, lá vamos nós. Olho para Finn no salão e sei exatamente como foi que elas o rotularam, ainda que ele estivesse vestindo terno e gravata: ele simplesmente parece deslocado aqui. Ele é musculoso de um jeito que contraria a norma esbelta de Hollywood, seu cabelo está cortado curto e ele se posta com as pernas esticadas e os ombros bem separados, como se estivesse preparado para resistir a uma onda.

– Ele tem um negócio de pescaria – conto a elas.

– *Oooooh* – Ekaterina assobia. – *Fantáshtico.*

Finjo um sorriso, que se torna genuíno quando o pai delas entra na cozinha, e inclino minha cabeça quando ele vem me dar um beijo na bochecha. Suas filhas podem ser intragáveis, mas Salvatore tem sido um segundo pai para mim e Bellamy.

– E como está minha menina linda? – ele pergunta.

– Estou ótima. Parabéns de novo pelo negócio. Você deve estar entusiasmado.

– Estou. Também estive movendo os pauzinhos para trazer seu pai a bordo do *Horizonte livre.*

– E parece que ele já embarcou – digo a ele.

– Agora só preciso que você venha trabalhar para mim e o mundo será perfeito.

Respiro fundo e digo:

– Na verdade, Sal, gostaria de conversar com você sobre isso...

~

Finn me aperta contra a parede do lado de fora do meu apartamento, rosnando no meu pescoço pelo tempo que demoro para encontrar as chaves. Quase paramos o carro na estrada quatro vezes durante o caminho de volta, porque a mão dele estava dentro do meu vestido, a boca dele no meu pescoço, seus dedos guiando os meus em direção ao seu colo quando tirou o pau para fora, sussurrando para que eu o sentisse.

Você está me deixando todo melado, Harlow. Você vai lamber isso quando chegarmos lá?

Ele estava melado e escorregadio quando deslizei a mão por todo o comprimento dele. Eu o acariciei até que ele levantasse os quadris do assento, gemendo baixinho com cada movimento da minha mão sobre o pau, enquanto eu dirigia com a outra mão. Eu o levei até o limite – ofegante e ereto – e então estacionei em frente ao meu prédio.

Ele gemeu, segurando minha mão.

– Não no carro outra vez.

O tilintar metálico das minhas chaves ecoaram pelo corredor enquanto eu as arrancava da bolsa e, ainda espremido de encontro a mim, Finn as tira da minha mão, abre a porta e me puxa para dentro. Estou com as costas no chão apenas um segundo antes do bater da porta ecoar pelo apartamento.

Finn paira acima de mim como um predador inspecionando a caça. Deslizo minha mão pelo corpo dele, agarrando a forma grossa e dura por baixo das calças, decidida a terminar o que começamos no carro. Mas parece que ele retomou o controle, e segura minha mão, tirando-a de cima.

– Quando encontrei você no bar, em junho – ele diz, o olhar viajando dos meus lábios para o meu cabelo, meu pescoço –, você veio na minha direção, me olhou de alto a baixo como se eu fosse uma peça em leilão e depois sentou perto de mim, dizendo "adoraria um coquetel de tequila". Era como se petróleo estivesse brotando daquela cadeira. Você estava incrivelmente linda.

– Como uma mina de petróleo?

Ele passa uma mão pelo rosto, olhos enrugando no meu sorriso favorito.

– Exatamente. Eu sabia que nunca mais conseguiria limpar você de mim. – Nós dois rimos e então a expressão dele se endireita. – Nunca pude ser eu mesmo com mais ninguém, não do modo como sou com você. – Ele se curva e me beija. – Achei que você só quisesse transar, então foi a única coisa com que minha mente se ocupou. Não pensei que a gente combinasse tão bem desse jeito.

– Eu também – admito baixinho. – Pensei que você fosse como os outros caras, que iria me decepcionar rápido.

– Isso pode ser verdade – ele diz, beijando meu queixo. – Só estou demorando um pouco mais.

O que ele está fazendo é tão gostoso, apenas os lábios na minha garganta e os dedos maliciosamente levantando meu vestido para cima dos quadris.

– Leve todo o tempo que precisar – murmuro.

Ele fala enquanto me despe:

– Você gostou de me assistir naquela festa hoje?

Um dos meus sapatos, e depois o outro, caem no chão.

– Sim. – De fato, adorei. Ele não parecia estar no seu ambiente original, mas parecia feliz em tentar, por mim. É o que iremos fazer um pelo outro, tenho certeza. Tentaremos encontrar um território comum e morar ali.

– Você se referiu a mim como seu namorado para aquelas duas clones da Kim Kardashian na cozinha?

As mãos dele escorrem debaixo do meu vestido, abertas sobre meus quadris. Em seguida, ele agarra e puxa a calcinha pelas minhas pernas. Muito, muito devagar para o meu gosto.

Eu me movo em direção ao seu toque.

– Não me referi a você dessa forma, mas suas fãs pareceram decepcionadas que isso possa ser verdade.

Ele me vira um pouco para conseguir abrir o zíper do vestido nas minhas costas.

– Você confirmou que tenho dona?

– Elas sabem – digo, arqueando-me para que ele consiga tirar meu vestido.

Quando estou completamente nua e ele está me olhando como se eu fosse um jantar de Ação de Graças, as joias da coroa e um pôster da *Playboy,* todos juntos em um único corpo, acrescento:

– Elas sabiam pelo modo como você olhava pra mim.

Ele bufa, desabotoando a camisa.

– O jeito como eu olhava pra você?

– É.

Ele arranca a camisa e se inclina sobre mim, imenso.

– E como eu olho pra você?

Os braços dele agarram-se no algodão da sua camiseta, que parece mal conter seus bíceps e a largura do peito. O jeito como ela está, justa e enfiada dentro da calça preta do terno... *meu Deus.*

Ele desliza uma mão quente sobre minha barriga e abre sua enorme palma sobre minhas costelas.

– Traquinas?

– *Shhh*. Estou tendo um momento Johnny Castle em *Dirty Dancing*.

– Isso é bom ou ruim? – ele pergunta, inclinando-se para lamber meu pescoço.

– Carreguei uma melancia.[11]

Ele se afasta e olha para mim antes de se abaixar e cheirar meu hálito.

– Você está muito bêbada?

– Pelo amor de Deus, homem, não estou bêbada. Tire a roupa ou ponha sua boca agora entre as minhas pernas.

Espero que ele seja um bom garoto e obedeça – ele tem sido tão bonzinho hoje –, mas me decepciona.

Levantando-se, ele pega minha mão e me puxa para me colocar de pé, envolvendo os braços em torno da minha cintura.

– Não vou transar com você no chão – ele diz.

– Então por que me colocou ali?

– Estava impaciente. Talvez atrapalhado.

Dou risada. Não existe um osso atrapalhado no corpo do Finn, mas com certeza existem 206 impacientes.

Ele me conduz pelo corredor até o meu quarto, passando pelo armário sem parar para olhar.

– Você não vai me amarrar hoje?

Ele nega com a cabeça.

– Mas eu *gosto*.

Escuto sua risada silenciosa.

---

11 Referência a uma cena do filme *Dirty Dancing*, em que o personagem Johny Castle, flertando com Baby Houseman, pergunta a ela o que fez naquele dia e, com sua sinceridade, ela responde "Carreguei uma melancia". Essa cena virou um exemplo famoso do tipo de situação em que a resposta absurda quebra totalmente o clima.

– Eu também gosto. Só não quero que façamos isso toda vez que estivermos juntos.

– Vou colocar minhas mãos em você inteiro – ameaço.

– Este é o ponto. – Ele se vira, abaixando-se para um beijo no meu pescoço, inspirando o ar lentamente, cheirando-me.

Arranco a camiseta de dentro da calça dele.

– Então a corda não é para *bondage*, ela é...

– Às vezes, sim – ele admite baixinho, sugando a pulsação no meu pescoço. – Gosto da liberdade que ela me dá para tocar você da forma como eu quiser. Acho que nós dois sabemos que sou do tipo controlador.

Minha risada derrete em um gemido quando ele escorre a mão pelo meu ombro e meu seio.

– Mas eu também gosto da evidência deixada.

Mordo o lábio, sorrindo enquanto abro o cinto dele, e puxo a calça abaixo dos quadris.

– A evidência?

Ele observa minha boca, dando um passo para fora das roupas.

– Gosto de deixar marcas. Gosto de ver você molhada, de ver você andando diferente de manhã porque eu a fodi tão bem que suas pernas não estão funcionando direito. – Finn passeia a língua na minha garganta, fazendo-me estremecer. – Sabe o jeito como você estava na manhã em que nos vimos na Starbucks? Você nunca vai ficar daquele jeito depois de uma noite comigo.

Minha respiração está entrecortada, enquanto ele chupa forte o meu ombro, deixando uma marca na pele.

– Gosto de ver o que faço com você – ele diz. – Especialmente *você*, porque sei o quanto confia em mim. E ver como faço você se sentir bem me deixa maluco. A corda é só uma coisa muito, muito... – Ele ergue a cabeça e beija minha boca, minha bochecha, e paira acima da minha orelha, sussurrando: – Muito confortável de manejar.

– Oh... – Ai, santo Deus. Estou dolorida, minha pele queima. Juro que se ele me tocar entre as pernas uma só vez vou explodir como uma bomba. – Tão possessivo – murmuro, arqueando o pescoço para dar a ele melhor acesso.

– É – ele concorda. – Exatamente. – Estudando-me, ele me deita na cama e sobe em mim. Ele é gigante no quarto escuro, um planeta pairando acima da minha cama. Curvando a cabeça sobre o meu peito lentamente, ele lambe meu mamilo, chupando e brincando com meus seios até os bicos ficarem inchados e doloridos, corados e quentes. – Assim – ele sussurra, curvando-se para lamber, e chupar, e tomar a ponta entre os lábios mais um pouco, e minha pele começa a brilhar na escuridão. – Gosto deles molhados e duros...

Ele se curva de novo, mordendo pouco abaixo do mamilo. Seus dentes apertam mais forte e mais fundo até que a única sensação em minha mente é essa linha afiada, a pressão e a pontada deliciosa, a dor, a *dor*...

– Ah! – grito alto, e quando penso que ele vai tirar sangue, Finn se afasta, passando a língua sobre a marca da mordida e beijando-a docemente.

– É bom? – ele ronrona na minha pele.

Estou prestes a responder "inferno, não", mas a dor se foi e, no lugar, restou uma sensação diferente de tudo que já experimentei antes: um formigamento quente misturado a um intenso prazer. A mordida criou um minúsculo ponto de fome insaciável no meu peito. Quero a boca dele de novo ali, chupando, aliviando e mordendo mais.

– Mais – peço.

Os olhos de Finn parecem brilhar de triunfo diante da minha reação – minhas mãos puxando seu rosto para o meu peito, costas arqueadas acima da cama –, e ele muito cuidadosamente imprime sulcos profundos em um contorno intrincado sobre os meus seios, ao redor dos mamilos e na curvatura abaixo, dos lados e na vertente lisa, logo acima dos bicos inchados.

Ele beija cada ponto, lambendo e chupando até minha pele brilhar; estou à beira de um grito. Ele puxa minhas mãos para cima, para que eu possa sentir cada pequena dentada.

– Toque-os – ele diz, arrastando os dentes para o meu ombro e meu braço. – Me diga como se sente quando lambo você.

As marquinhas me lembram as marcas da corda, mas são mais íntimas. Essas marcas vermelhas dizem ao quarto, ao céu, à lua cheia lá fora, por apenas uma breve fatia do tempo: pertenço a ele. Meu corpo é dele.

Não quero que elas desapareçam, e aposto que ele também não. Ele volta para a primeira marca e a reforça na minha pele.

Preciso do corpo dele pressionado junto ao meu, cobrindo meus seios, de modo que seu hálito nos meus mamilos não me deixará gritar, e quero a umidade, o doce deslizar de sua língua sobre as marcas sensíveis. Sinto-me aberta, devorada e exaurida, preenchida por um desejo tão devorador e profundo que percebo o quanto estou quente e macia debaixo dele, pronta para puxá-lo sobre mim. Para dentro de mim.

Ele me chupa enquanto tem as mãos ocupadas em outro lugar, e escuto o barulho de uma embalagem de camisinha e o som do lubrificante conforme ele desenrola o preservativo, encaixando-o em todo o seu comprimento.

– Me diga se é demais – ele diz na minha pele, posicionando-se e pressionando o peito contra o meu, deslizando dentro de mim em um movimento lento e demorado.

Devo estar gritando, amaldiçoando ou implorando – não sei. Minha pele está faminta por atrito e ao mesmo tempo aterrorizada. É uma tortura divina. As marcas das mordidas pulsam e queimam, meu peito está tão molhado que Finn escorrega sobre mim, gemendo e se movendo para dentro e para fora. *Oh, Deus.* A fricção de sua pele sobre os meus seios queima e dói, alivia e dá prazer, e quando ele levanta o peito preciso que ele retorne. Puxando-o de volta para mim, imploro para ir mais rápido.

Por favor...

– Me diga o que sente – ele sussurra.

– Sinto... sinto... – Meus seios pulsam com cada batida do meu coração, e estão tão sensíveis que tenho certeza de que, se ele trouxer a língua sobre o bico, vou...

Finn se curva e passa a língua sobre um mamilo, puxando-o com os dentes, ao mesmo tempo em que mergulha fundo em mim e começa a me foder com estocadas curtas e perfeitas. Grito alto, agarrando-o.

Sinto que sou sua.

A língua dele acalenta a queimação, mas me faz arquear, implorar mais e mais para que seus quadris se movam rápido e sua boca deixe meus seios mais molhados. *Por favor,*

por favor,

por favor,

por favor, me faça gozar.

Finn faz um barulho na minha pele bem quando estou me contorcendo debaixo dele, ofegante. É uma mistura de risada com gemido de prazer e, em um piscar de olhos, ele está segurando minhas mãos acima da minha cabeça, prendendo-me e trabalhando com os quadris e a boca até eu me debater.

Estou preenchida por pressão, êxtase, pele enrubescida, quente e molhada, e então estou gritando o nome dele, consumida por um pulso de prazer cristalino, até que não consigo mais diferenciar nenhum toque. É apenas Finn por cima de mim, o prazer me rasgando, e seus murmúrios roucos de encorajamento:

– É isso. É isso. Ah, você está chegando lá. *Ah, porra.*

É estranho perder a cabeça, mas é o que ele faz comigo nesses momentos de prazer selvagem, quando eu gozo e ele está se perdendo dentro de mim: o restante do mundo desaparece. As estrelas podem cair, o oceano pode invadir a terra e eu não iria nem perceber, a não ser muito depois que Finn diminuísse o ritmo e deslizasse a mão pela minha perna e ao meu lado, até alcançar meu queixo, segurar meu rosto, dizendo-me que nunca desejou nada no mundo da forma como me deseja.

~

De fato, se o mundo terminou esta noite, desconfio que não ouvimos nada até a manhã seguinte. Finn se levanta da cama para se livrar da camisinha e volta com uma toalha úmida, limpando o lubrificante de mim para fazer as coisas mais pervertidas com a boca entre as minhas pernas.

Sua língua me lambe, ele roça os dentes e rosna como um animal selvagem. Ele escancara minhas pernas com uma mão segurando minha coxa e a outra me tocando. Sou *comida* no sentido mais depravado da palavra. Ele está me *devorando*.

E depois, com os olhos fixos em todo o comprimento do meu corpo, ele desliza os dedos mais abaixo e faz algo inesperado; só sei que gosto pelo modo como grito quando gozo ainda mais forte em sua boca como jamais gozei antes.

Finn beija minha coxa, meu quadril, meu umbigo, sussurrando:

– Maldição.

Então ele me empurra para fora do colchão, colocando meus pés no chão para me curvar sobre a cama.

– Está dolorida, sua menina safada? – ele pergunta baixinho, rasgando um novo pacote de camisinha com os dentes.

Viro-me e observo-o sobre o ombro, levantando meu queixo em desafio.

– Não.

– Que bom.

Porque quando ele se posiciona e me penetra fundo, eu desmorono na cama. Sei que ele vai me foder, forte e depravado.

É tudo de novo como em Las Vegas: selvagem, com uma mão na minha bunda e a outra enfiada com força na minha virilha. Estou ansiosa pelos pequenos hematomas que sei que vou encontrar amanhã. Mas finalmente entendo o que foi Las Vegas: não uma transa habitual com uma estranha, com Finn sendo dominador e bruto. Aquele era Finn sem amarras, nu diante de *mim*, sua estranha perfeita. Logo sei que com outra pessoa ele teria sido cuidadoso na primeira noite – com a mão leve, palavras suaves, tranquilo, quadris deslizantes –, mas comigo não podia ser.

Ele só podia ser rude porque sentia o que sinto: aquele estalo de chicote que ecoa quando você encontra a pessoa que te liberta.

Finn nos desce para o chão, passando a mão pela minha coluna encharcada de suor, e depois sinto seu peito suado pressionando minhas costas enquanto ele se curva sobre mim, entrando de novo e nos colocando num ritmo rápido e concatenado, suas mãos famintas apertando meus seios.

Ele é insaciável no chão, contra a parede e de volta à cama, com minhas pernas encaixadas nos ombros dele. É assim, sob o toque firme dos dedos dele, que eu me rasgo de prazer em um grito, com os dentes dele cravados no meu tornozelo. Sei que ele está perto de gozar, mas ele reduz o ritmo das estocadas, gemendo na minha perna.

– O que você quer que eu faça? – pergunto, deslizando a mão pelo peito suado dele e abaixando minhas pernas pela sua cintura.

– A sensação é *incrível* – ele diz soltando o ar pesadamente, curvando-se para me beijar. – Quero gozar, mas também não quero.

– Não tem pressa – ronrono, puxando-o para baixo, de modo que seu peito cole inteiro no meu.

– Tive um gostinho de você antes – ele admite baixinho. – Você tem alguma ideia de como é sentir você sem essa maldita camisinha? Não consigo parar de pensar em como você é quente e macia.

Como é possível eu ter esquecido o que fizemos no carro? Uma mistura de saudade e ansiedade nubla os meus pensamentos.

– É como se eu estivesse tentando arrebentar essa coisa. – Ele ri no meu ombro e começa a se mover de novo. Lembro-me de como ele era quente, como era escorregadio.

Quero sentir também.

Empurro o peito dele, de modo que ele sai de mim. Estico-me e arranco a camisinha.

– Não, Harlow, eu não quis...

– *Shhh*, eu sei – digo, pegando o pano molhado sobre a cama e usando para limpá-lo desta vez. – Vem cá.

Deito, puxando os quadris dele para cima do meu rosto. De todas as coisas que ele fez por mim, ele nunca me deixou terminar deste jeito.

Apoiado com os joelhos sobre o colchão, ele cuidadosamente desliza o pau nos meus lábios e para dentro da minha boca.

– Merda – ele geme, cerrando os olhos. – Você vai me destruir.

Primeiro ele dá estocadas curtas e leves, até ficar molhado e faminto e tão apertado na minha língua que não consigo evitar soltar esses sons desesperados enquanto ele se move mais fundo. Não há nada que quero mais do que vê-lo começar a subir com as mãos espalmadas nas paredes, em frente à cabeceira da cama, o peito estremecendo e a respiração entrecortada. Ele engasga um:

– Estou perto.

Deslizo minhas mãos para cima de suas coxas e para o meio, massageando a base do pau e atrás das bolas com ambas as mãos.

– Continue e vou gozar na sua boca – ele adverte.

Aperto as mãos, chupo mais forte e ele arqueia as costas, ficando inchado na minha língua e gozando com o mais delicioso gemido que já ouvi na vida. Ele paira sobre mim, suor pingando da testa para o travesseiro ao lado da minha cabeça, observando-me com as narinas dilatadas e olhos selvagens enquanto lambo e beijo seu pau.

Afastando-se devagar, ele senta sobre os tornozelos, acima de mim, recuperando o fôlego.

– Meu Deus.

O pau dele descansa pesado sobre o meu peito e me sinto completamente destruída, no bom sentido. Estou exausta, exaurida, suada e provavelmente sou a mulher mais satisfeita na história do sexo.

Inspecionando meu corpo, Finn parece muito mais sério. Ele faz uma avaliação atenciosa do estado dos meus seios sob a luz tênue que se infiltra pelas janelas do quarto. O dedo trilhando as marcas quase desaparecidas de suas mordidas.

– Você está bem?

– Sim.

Ele se abaixa, cobrindo meu peito com beijos leves, sugadores.

– Eu precisava disso.

– Eu também – digo, soltando o ar de uma vez. – É assustador o quanto.

– Satisfeita? – ele pergunta, elevando-se na escuridão. – Quer mais?

– Estou saciada. – Ele poderia fazer *de novo*? Caramba.

Ele se curva e beija a ponta do meu nariz, como se pudesse ver cada um dos meus traços na escuridão.

– É.

Com todas as suas expressões grosseiras e respostas monossilábicas, o Finn é um amante surpreendentemente generoso. Estou chocada em perceber que ele se excita com o meu prazer mais do que quando o toco.

– Alguém já disse que você é maravilhoso? – Culpo o pós-orgasmos-múltiplos pela forma como minha voz sai trêmula.

Como já era previsível, ele ri, pousando um beijo entre os meus seios.

– Não.

Ele se levanta, andando pelo quarto e entrando no banheiro para beber água.

– Bem, para que fique registrado, você é maravilhoso, Raio de Sol.

Quando ele retorna, sinto o seu peso no colchão e o calor inacreditável do seu corpo deslizando atrás de mim para debaixo das cobertas. Ele toma cuidado para não me apertar, mas se curva sobre as minhas costas, seu braço grosso dando a volta na minha cintura, mãos espalmadas sobre a minha barriga, exibindo um novo e prazeroso sentimento de posse. Por fim, minha respiração se estabiliza e estou naquele espaço adorável que precede o sono, onde tudo no mundo inteiro é perfeito.

– É você – ele sussurra e depois beija o meu cabelo.

É você.

E, de repente, estou dando piruetas mentais, imaginando todas as coisas que podem significar as palavras que ele disse. No entanto, não demora muito para ele esclarecer:

– Quero ser bom para você. – Ele me vira para ficarmos frente a frente, e me beija mais uma vez antes de admitir: – Estou completamente maluco por você.

– Acho que só percebi agora – sussurro.

– Quero dizer... – Ele explica: – Eu *amo você* loucamente.

Sinto cada gota de sangue no meu corpo se concentrar no meu peito, a pressão e a excitação aumentando, e então explodindo nos meus membros em adrenalina e alívio, e um amor tão enorme que me sinto tonta.

– É mesmo? – pergunto com um sorriso tão bobo que estou aliviada que ele não pode me enxergar direito no escuro.

Mas a risada dele me diz que estou errada, e ele pode me ver muito bem.

– Sim.

Correspondo no mesmo tom, e minha risada encontra a pressão da boca dele sobre a minha, firme e turbulenta. Tudo de novo.

Capítulo 12

Finn

Estou cada vez mais familiarizado com essa posição: na cama, a mente girando sem parar enquanto olho para o teto.

Mas essa visão é nova, e em vez da sombra das palmeiras no gesso acima de mim, vejo o reflexo ondulante de uma piscina no quintal lá fora. A vizinhança de Harlow é mais silenciosa que a de Oliver; não há nenhuma banda de adolescentes tocando na garagem, nenhum cão latindo no jardim ao lado, cada vez menos carros passam conforme a noite avança.

É tão tranquilo – escuto apenas o som suave da respiração dela ao meu lado – que imagino que, se tentar bastante, conseguirei ouvir o mar a algumas quadras de distância. Está um completo breu lá fora. Ela está dormindo há uma hora, sua perna repousa sobre o meu quadril e praticamente cada centímetro de sua pele nua toca a minha. Quando ela se vira, apertando mais o lençol ao redor da minha cintura, é quase o bastante para me fazer esquecer o silêncio e ficar tentado a acordá-la e exauri-la de novo.

Quase.

Nunca fui muito bom em conversar. Nunca tive talento para pôr em palavras todas as coisas que se passam na minha cabeça. Nunca senti a necessidade que algumas pessoas têm de preencher o silêncio com conversas sem importância. Tenho a sensação de que Harlow é assim com as pessoas – do tipo que conduz a conversa e consegue arrancar frases inteiras até de alguém menos falante – mas ela nunca tenta fazer isso comigo. Ela pode superar qualquer um em argumentação e inteligência e, ainda assim, quando estamos juntos, ela fica bem com o meu silêncio. Fica bem me deixando ser como sou.

Achei que soubesse o que éramos um para o outro, mas, por trás do estresse e da ansiedade das últimas semanas, algo mudou. É uma complicação que eu não estava esperando, e agora que está aí, *eu quero*. Esta noite foi a primeira vez que realmente conversamos sobre o que somos, mas será que decidimos alguma coisa? Eu a quero. É tudo o que sei.

Harlow balbucia alguma coisa durante o sono e eu me viro para o seu lado, tirando o cabelo da frente do seu rosto. Quando estou assim próximo dela, é fácil esquecer a pilha de contas que me esperam no barco, o equipamento pifado e o começo da temporada se aproximando a cada dia.

Merda, preciso ir para casa. Estive adiando isso o máximo que pude, mas sou necessário lá. Pertenço àquele lugar. Mas como ir embora agora? Um sorriso ou comentário sacana dela e todos os meus pensamentos se embaralham; na maioria das vezes, os inapropriados e pornográficos passam para o topo da pilha, enquanto os importantes, como família e responsabilidades, vão para baixo.

Estive tentando ignorar. Tentando minimizar o jeito como meu coração salta no peito quando escuto o nome dela, fiz o possível para racionalizar as vezes em que me encontrei pensando nela, imaginando o que ela estaria fazendo, preocupando-me se ela está bem. Mas não posso mais. Não quero.

Céus, nunca pensei tanto em uma mulher na minha vida.

– Finn?

Olho para baixo e vejo-a piscando, acordada.

– Estou aqui – digo. Beijo sua têmpora e sua bochecha, deixando minha mão escorregar pelo seu corpo até descansar sobre o quadril.

– Você ficou. – Isto não é uma pergunta, e me dou conta do momento em que ela realmente acorda e repara que ainda estou aqui com ela. Harlow se ergue antes de subir em cima de mim. Sua silhueta se contrapõe às luzes da rua se infiltrando pela janela, e tudo o que posso distinguir são as formas do seu corpo, a cor rosada dos seus mamilos contrastando com a pele.

– Fiquei, pra transar de novo com você – conto e ela ri.

Na verdade, estou tão surpreso quanto ela por ainda estar aqui. Prometi a mim mesmo que esperaria até que ela estivesse dormindo, verificaria se está bem e tomaria o caminho da casa do Oliver. Eu tinha esboçado um plano. Evidentemente, não deu certo.

As mãos dela se movem sobre a minha barriga, e meu pau já está duro entre as pernas dela. Ela balança o quadril e posso sentir que ainda está molhada, pelo jeito como escorrega sobre mim.

– Desistiu de dormir? – pergunto, colocando as mãos em seus quadris.

Ela confirma, devagar e sonolenta.

– Sonhei com você.

Meus polegares fazem pequenos círculos ao redor de seu quadril, indo em direção ao umbigo.

– E fazíamos o quê?

Ela se balança um pouco mais forte agora, com vontade.

– Isso.

Cada vez que se inclina para trás, ela traz a cabeça do meu pau para mais perto, mais perto, tão perto que está deslizando para dentro. Nua.

– Cuidado – aviso, mas sem muita veemência.

A cabeça de Harlow tomba para a frente, as pontas dos cabelos varrendo minha barriga, meu peito.

– É tão gostoso – ela diz, puxando o ar. – Ah... Deus, é tão bom.

Sei que deveria me controlar, afastá-la de mim duro e faminto, mas simplesmente não consigo.

Mais uma vez.

Mais um segundo.

– Espere – começo a dizer, e suspiro ao sentir a subida suave do seu clitóris, quente e escorregadio. – Me deixe pegar uma coisa, querida.

– Só mais um segundo? – ela pergunta, esfregando-se em cima de mim. – *Ah*... bem aí. Bem aí.

– Sim? – digo, apoiando o travesseiro atrás da cabeça e vendo meu pau desaparecer de novo e de novo entre as pernas dela. – Merda, isso é loucura. Docinho, o que estamos fazendo?

Mas, enquanto digo isso, já estou movendo meus quadris para cima, ajudando-a a deslizar sobre mim. Sinto uma coisa ao vê-la me usar assim, usar meu corpo para ter prazer – isso deixa meu cérebro desgovernado, tentando me lembrar por que deveríamos parar. É tanta fricção que tenho certeza que já é suficiente para eu gozar; estamos no cio como um casal de adolescentes.

Harlow se inclina para trás, apoiando-se sobre as minhas coxas, e é esse leve movimento, essa mínima mudança no ângulo que a abre e deixa a cabeça do meu pau escorregar para dentro.

– Ah, *merda* – digo, tentando mantê-la parada. Sinto-me queimar por inteiro, febril e faminto, e sei que devia parar, mas meus instintos lutam contra isso.

Harlow geme e se enterra mais fundo.

– Você quer que eu pare?

Faço que sim com a cabeça, mas é a palavra "não" que pronuncio. Na verdade, um monte de palavrões sai junto, e não faço ideia se Harlow está prestando atenção neles.

– Merda. Tá bom – ela diz, com dor na voz. Ela se endireita e se move para sair de cima de mim, mas eu a agarro pela cintura, detendo-a.

– Céus, espere. – Respiro fundo, subitamente consciente do suor nas minhas têmporas, dos lençóis grudando nas minhas costas. Cada músculo tensionado ao limite, como cabos prestes a arrebentar com a menor pressão. – Apenas me deixe... sentir você. Por um momento.

Eu devo ser algum tipo de masoquista. Afinal, por qual outro motivo me torturaria assim?

A pele de Harlow está quente e seus membros estão pesados sobre mim. Não sou capaz de durar um minuto com ela olhando assim para mim – sonolenta e necessitada –, sabendo que não há literalmente nada entre nós.

Levo apenas um segundo para decidir virar ambos na cama e voltar a me encaixar entre as pernas dela, que se abrem, joelhos flexionados e apoiados em torno de mim.

– Só quero sentir você – digo novamente, tentando ignorar a ansiedade com que ela balança a cabeça, como concorda comigo com vontade. Sua boca é muito tentadora, seus lábios estão molhados e entreabertos, e eu me inclino para saboreá-la. – E se você quiser... eu posso tirar fora.

Ela empurra as palavras entre beijos mordidos:

– Você... quer gozar... em cima de mim?

Existem coisas que sempre gostei – coisas que adoro fazer na intimidade da minha própria cabeça –, manobras sexuais que são difíceis de exercitar em um novo relacionamento. Quero ser bagunceiro, rude, um pouco depravado, um pouco tabu. Quero reivindicar cada pedaço de Harlow, fazer tudo que ela quiser e ver a marca da corda, dos dentes e dos meus tapas na pele dela.

Gosto que ela queira isso tanto quanto eu.

– Você quer isso? – pergunto, entrando devagar e quase rosnando com o prazer. – Quer ver em cima da sua pele?

Harlow joga a cabeça para trás, os dedos enrolando-se nos lençóis. Os peitos dela saltam com cada estocada que dou, o colchão range na escuridão, e estou pouco consciente sobre a presença de vizinhos no apartamento ao lado, ou que pessoas talvez estejam nos ouvindo no andar de cima ou no de baixo. No entanto, a única coisa que realmente me importa é o modo como ela me agarra de dentro para fora, a visão de sua pele ao luar e os pequenos sons que escapam de sua boca a cada movimento.

Estou muito perto e indo rápido, mas não acho que algum de nós se importe. Uma centelha brilha e se move para baixo da minha espinha, o calor tomando conta da parte inferior do meu corpo. Sinto-me ficar mais duro, meus dedos agarram os quadris dela com tanta firmeza que tenho medo que ela apareça machucada amanhã.

E Harlow está prestes a gozar, apertando meu pau com força enquanto eu me seguro por um fio, conduzindo-a, mantendo o maxilar rígido e meu corpo tenso apenas para segurar a ejaculação. Ela engasga, pressiona mais, arranha o meu peito até que seus braços deslizem para baixo do meu tronco, sentindo meus movimentos dentro dela. Com um gemido, eu tiro o pau de dentro dela, a mão se movendo freneticamente por todo o comprimento, e meu orgasmo está logo ali, tão perto que não consigo ouvir nada além de estática nos meus ouvidos. O nome dela está nos meus lábios. Eu deveria ter antecipado isso e acendido a luz para poder ver o rosto dela enquanto cubro sua barriga, seios e pescoço de sêmen.

Harlow olha para baixo para ver minha ejaculação sobre sua pele, passeando um dedo por ela e ao redor do mamilo. O gesto é tão instintivo e possessivo... e sei neste momento que estou totalmente, absolutamente *fodido* por essa garota.

Desabo no colchão como uma pilha de membros desossados, meu coração tão acelerado que preciso me esforçar para respirar e ganhar de novo o controle dos meus braços e pernas.

– Você vai ficar esta noite? – Harlow pergunta, e eu levanto a cabeça só o suficiente para olhá-la.

– Sim, mas eu tenho um café da manhã com os caras logo cedo. Não vou poder ficar muito.

Harlow boceja, pegando uma camiseta caída para limpar a porra sobre a pele.

– De qualquer forma, tenho que ir buscar minha mãe – ela diz distraída. – Vou acordar você antes de sair.

Concordo, beijando o queixo e depois a bochecha dela, sentindo o rubor da sua pele nos meus lábios.

– Amo você – ela diz, os olhos já se fechando.

Isso só podia estar saindo às três horas da manhã, e digo:

– Amo você – de volta, enquanto a puxo para mais perto, ajustando o meu corpo nas formas dela. Estou tão cansado, mas alerta o bastante para saber que algo não caiu bem. Só gostaria de estar acordado o bastante para descobrir o quê.

Harlow sai cedo, exatamente como disse que faria. Ela me acorda com beijos e me convida para tomar banho. Transamos contra a parede do banheiro antes mesmo de conseguirmos entrar.

San Diego tem o cheiro do mar durante a manhã; sal, vento e mais um aroma pungente envolvem tudo como um cobertor velho. Alguns dias, o cheiro é tão parecido com o de casa que, se fechar os olhos, posso quase esquecer onde estou, a mais de mil quilômetros de casa e a uma eternidade de onde eu deveria estar. É um pouco enervante.

Sabe o que é mais assustador? Como isso está começando a parecer *bom* e quantas vezes penso em não ir mais embora.

Uma ligação do Colton, assim que saio do banho, rompe a bolha em que tenho vivido ultimamente e me atira de cara contra a realidade.

Eu tinha mandado uma mensagem para ele depois da primeira reunião com o Adventure Channel, com um breve "Foi bom, bastante coisa para conversar, te passo os detalhes depois". Mas nunca os passei, nem naquela noite, nem na manhã seguinte; alimentei a esperança de adiar a conversa até decidir que diabos devíamos todos fazer com o resto de nossas vidas. E ainda não faço ideia. É claro que, quando ligo de volta, caio direto na mensagem de voz – até porque são oito da manhã e eles estão realmente trabalhando. Prometo ligar de novo à noite para explicar tudo.

Agora, só preciso decidir que merda dizer a eles.

Por um lado, estou contente por meus irmãos estarem tão ocupados que mal tiveram tempo de se preocupar com a reunião, ou sequer perceber que eu tenho evitado entrar nessa discussão. Nunca fui tão irresponsável em toda a minha vida.

Vamos assinar contrato com o programa? Não vamos? Os termos deles são ótimos, o dinheiro é uma benção divina. Mas isso vai mudar tudo: como vivemos, como as pessoas nos veem, como nos vemos. E sobre Harlow – como sequer pode dar certo? Até pouco tempo atrás, o impacto que essa decisão teria em um potencial relacionamento era a última coisa com que eu me preocupava. Agora, importa *pra caralho*. A menos que eu abandone o negócio e minha família, não vejo como estar na Califórnia com mais frequência. E a menos que Harlow tenha uma carta muito maior na manga, ela não vai se mudar para Vancouver Island no futuro próximo.

Harlow no convés do nosso barco estragado... essa é uma visão que não acho que algum dia estarei preparado para ver.

Tenho certeza de que me sentiria melhor se conversasse com o Ansel e o Oliver, e me sinto mais do que culpado por não ter contado nada a eles sobre o que está se passando. A verdade é que ultimamente não os tenho visto tanto quanto gostaria, e é por esse motivo que estou navegando pelas ruas estreitas do bairro de Gaslamp Quarter, tentando estacionar minha caminhonete gigante para encontrá-los para o café da manhã.

As calçadas estão bem vazias a esta hora da manhã, e as ruas estão apinhadas de caminhões e um punhado de entusiastas da saúde saindo para correr. Identifico o carro do Oliver assim que viro a Fifth Avenue em direção à Maryjane.

Vejo os caras em uma cabine próxima ao fundo. Há um conjunto de pôsteres estilizados do Mick Jagger pendurados nas paredes acima deles, e ao lado uma TV ligada em um canal de música.

– Senhoras – digo e deslizo para o banco, perto de Ansel. – Lindo dia lá fora.

– Finn – Ansel diz. Ele pega a caneca à minha frente e enche-a com café quente de um bule deixado pela garçonete. – Nós pedimos pra você. Peguei a coisa mais máscula que havia no cardápio.

Dou risada.

– Obrigado.

Oliver está sentado bem à minha frente.

– Você parece menos ranzinza hoje. Alguém em particular a quem eu deva agradecer?

– Bom dia pra você também, Olls.

Oliver se inclina para frente, empurrando a armação dos óculos nariz acima antes de descansar os braços sobre a mesa.

– Tem razão, onde estão minhas boas maneiras? Bom dia, Finnigan. Como vai você?

Ansel dá uma risadinha perto de mim.

– Estou ótimo, obrigado. E como vai você, Oliver?

– Vou bem, vou bem – ele diz, meneando a cabeça. – Notei que você não voltou pra casa ontem à noite. Na verdade, você não tem passado muito tempo em casa ultimamente. Estou começando a ficar preocupado. Um homem jovem sozinho em uma cidade estranha, vagando pela rua tarde da noite...

– Isso parece uma história que eu adoraria ouvir – Ansel concorda, tomando um gole de café.

Mas Oliver ainda não terminou.

– Você nunca foi um cara de saídas casuais, então não consigo deixar de me perguntar com quem deve estar passando o tempo.

– Estava na casa da Harlow – admito. – Andamos, hã... nos vendo.

Sou salvo do interrogatório quando a garçonete chega com o nosso café da manhã.

– Uau. Isso é realmente... másculo. – Estudo o sanduíche enorme feito de torrada, bacon e ovos fritos com uma poça brilhante de gema amarela escorrendo no prato.

– Seria possível me trazer mais um desse? – Ansel pede à garçonete, levantando um pote cheio de uma mistura de açúcar mascavo. – Eu sou um... – Ele para e coloca um dedo sobre a boca, procurando a palavra. – Um, hã... *comment ce dire*? Quando você gosta das coisas doces?

A garçonete pisca ao menos três vezes, e até oscila um pouco sobre os pés. Estou quase me oferecendo para segurá-la quando ela por fim balança a cabeça e volta a prestar atenção.

– Um "doçólatra"? – ela pergunta.

– Pode ser! É isso, um "doçólatra"! E eu adoraria mais disso.

As bochechas dela ficam vermelhas e ela assente, pegando o pote e se afastando em busca do açúcar mascavo do Ansel.

– Pelo amor de Deus, Ansel – Oliver diz.

– O quê?

– Vou contar pra Mia que você fez isso – digo.

Ansel despeja um pote de amoras na sua tigela de aveia e olha para cada um de nós, piscando inocentemente.

– Que fiz o quê?

– Por que não transou logo com ela em cima da mesa? – pergunto. – Só teria sido um pouquinho mais constrangedor para nós.

– Ela provavelmente está grávida agora. – Oliver aponta a faca na direção da cozinha. – Tente explicar isso pra sua mulher.

Rindo, eu digo:

– Aposto que ela vai trazer todo o açúcar mascavo que tiver neste lugar.

– Vocês dois são muito engraçados – Ansel diz, sem expressão.

– De qualquer modo, como está a Mia? – pergunto.

Ansel olha para mim com o sorriso mais pateta e cheio de covinhas que já vi.

– Perfeita.

– *Ugh* – Oliver diz, abaixando o garfo. – Não deixe ele começar. Lola disse que começou a avisar antes de ir visitá-los. Da última vez, ela podia escutar os dois desde o estacionamento da Julianne.

Ansel dá de ombros, parecendo repugnantemente satisfeito consigo mesmo.

– O que posso dizer? Sou um amante barulhento, e jamais abafaria os gritos de prazer da minha mulher durante aquele que é provavelmente o melhor sexo que alguém já teve. – Ele se inclina e nos ollha nos olhos, repetindo: – *Jamais!*

Oliver e eu explodimos numa gargalhada quando percebemos que, em certo ponto durante esse monólogo, nossa garçonete se materializou ao lado da mesa e colocou um enorme pote de açúcar mascavo na frente de Ansel. Não estou certo sobre o quanto ela ouviu, mas julgando pelo rubor que sobe pelo seu pescoço e queima o seu rosto, aposto que foi bastante.

– *Merci* – Ansel diz, sorrindo abertamente.

A pobre garota murmura:

– De nada. – Antes de se virar e seguir de volta para a cozinha.

– Odeio você – Oliver diz.

– Você não odiaria ninguém se também transasse um pouco.

– Ele tem razão – concordo.

Oliver dá uma mordida em seu café da manhã, dando de ombros.

– Vamos lá. Você é um cara bonito e bem-sucedido – Ansel diz. – Por que não está saindo com ninguém?

– Não dá pra acreditar que estamos dando uma de *Sex and the city*! Caso não tenha notado, *Carrie*, acabei de abrir a loja. Quando teria tempo pra sair com alguém?

– Quem é Carrie? – pergunto.

Ignorando, Ansel diz:

– Está de brincadeira? Só estive lá umas poucas vezes e estava fervendo de garotas estranhas e gostosas.

– Eh... Não estou olhando.

Ansel estreita os olhos.

– *Não está olhando?* Isso não faz sentido. Você tem um pênis.

Oliver ri e diz:

– É, eu tenho.

– Você nunca teve problema nenhum em ir pra cama com alguém e, ainda assim, não tenho visto você com ninguém a não ser a Lola desde que... – Ansel para, sua boca formando a palavra por alguns instantes antes de dizer: – *Aaaah*. Entendi.

– Hã? – repito, olhando para eles. – Entendeu o quê?

– Você gosta da *Lola*.

Oliver já está balançando a cabeça.

– Não, não, eu não gosto. Somos só amigos.

– Amigos – Ansel e eu repetimos em uníssono.

– Sinceramente. Gosto dela. Mas não gosto *gosto*. Ela é inteligente e divertida, mas é só isso.

Jesus, como ele é um mau mentiroso.

– Vocês dois foram *casados* – lembro a ele.

– É, mas diferente de vocês dois, eu nunca nem a beijei.

Ansel já está balançando a cabeça.

– Todos nós as beijamos. Até tenho a foto em algum lugar. Ela é a nerd mais sexy do universo.

– Não é porque você se casou que todos os outros precisam se ajeitar também. Olhe para o Finn.

– Eu?

– Claro. Só posso supor... e não tente negar... que você esteve transando com ela o tempo inteiro desde que chegou aqui e não está pronto para pedi-la em casamento.

– Hum – digo, pegando a faca e cavando minha comida com interesse renovado. – Quero dizer, nós... Podemos não ser exatamente *só amigos* agora.

Ansel levanta a mão e faz uma concha em torno da orelha, como se não tivesse me entendido direito.

– *Comment?* – ele diz em francês. *O quê?*

– Gosto dela. – Levo o garfo até a boca e o mantenho ali, acrescentando. – *Mais* do que gosto.

– Não vá se machucar – Ansel diz, e eu fungo, dando a mordida.

– Cacete, Finn – Oliver diz. – É sério?

– Sério.

– Mas espere. Você está indo embora – ele acrescenta. – Não está? Quero dizer, você não me disse o que veio fazer aqui, mas nunca pensei que fosse alguma coisa permanente.

– Não é. Estive cuidando de uns negócios, mas preciso voltar logo. Não sei bem o que eu e a Harlow vamos fazer.

A mesa está em silêncio e cada um finge estar interessado na comida, todos tentando processar a confissão gigante que acabo de soltar como uma bomba.

– Mas vocês estão bem, certo? – pergunto a Ansel. – Você e a Mia? Quando ficam distantes.

Mia e Ansel têm levado o relacionamento a distância nos últimos meses, e parecem ainda mais apaixonados um pelo outro do que pareciam em Las Vegas.

Ansel se recosta no banco e solta o ar demorada e profundamente. É o tipo de expiração que você solta quando está tão completamente preenchido que sente que pode explodir se não deixar escapar.

– As coisas estão... – Ele passa a mão pelo rosto. – Estou tão *feliz*. Os dias em que estamos longe são difíceis, claro. Mas, quando estamos juntos, é como se eu nem me lembrasse. Nada daquilo importa.

Oliver engole e aponta o garfo para mim.

– Vocês dois estão pensando em manter o relacionamento a distância?

– Não sei – admito. – Ainda não sei que diabos estamos fazendo.

– Você gosta daqui, não é? – Oliver pergunta. – De San Diego?

– Sim, claro. Mas em algum momento terei que voltar. – Minha comida jaz praticamente intocada diante de mim, e reviro-a com o garfo. Subitamente, estou sem vontade de comer. – Quero dizer, não *em algum momento*. Provavelmente dentro de um dia ou dois.

– Vocês vão fazer dar certo – Ansel diz. – A Harlow não vai deixar a mãe dela agora, mas...

Minha cabeça se move num solavanco e pisco para ele. Sinto no peito a mesma sensação de desconforto de ontem à noite, na cama.

– Por que ela não deixaria a mãe dela?

– Bem, como ela está... – As palavras de Ansel vacilam e ele olha nervosamente para o Oliver. – Merda.

Oliver parece uma rocha. Normalmente ele é ilegível, mas o conheço muito melhor do que quase todo mundo. O modo como ele se endireita na cadeira me diz que está desconfortável. Então tudo se encaixa, e antes que qualquer um deles diga alguma coisa, eu já sei.

Harlow mencionando que a mãe dela não estava se sentindo bem. O senhor Furley perguntando por Madeline. Os momentos em que Harlow parecia desesperada e querendo fugir.

A mãe de Harlow está *doente.* E não é uma gripe ou um resfriado.

– Meu Deus – gemo, apertando as mãos contra o rosto.

– Câncer de mama – Oliver diz baixinho. – Acho que... em estágio avançado. Ela fez uma cirurgia duas semanas atrás, e está fazendo sessões de quimioterapia.

– Estágio três? – tento adivinhar.

Ele confirma.

– Parece que sim. Até onde sei, ela está indo bem, por enquanto.

Não posso fazer nada além de encarar o meu prato, uma dor bem conhecida despontando novamente no peito. Não sei com quem estou mais furioso: Harlow, por guardar segredo de mim, por contar a todos *menos* a mim, ou com todos os outros que mantiveram o segredo. Eu contei *tudo* a ela, e ela não pôde nem me contar isso? A coisa que eu mais teria compreendido. A única coisa que eu poderia oferecer a ela.

Largo o garfo e o barulho ecoa pelo restaurante, mais alto que a merda de rock que está tocando na TV acima de nós, mais alto que todos os outros clientes. O pouco que comi me desce pesado, como chumbo no estômago, e não tenho certeza se quero vomitar ou dar o fora daqui.

– Finn – Oliver diz, segurando meu braço. – Olhe, não sei por que ela não te contou, tá bem? Mas o segredo não era meu pra eu sair contando assim. Juro por Deus.

– Eu sei.

– Ela deve ter suas razões – Ansel diz baixinho.

– Sim, obrigado. É super-reconfortante.

– Pense nisso antes de fazer qualquer loucura, tá bem? Eu me dei tão mal quando fiz isso com a Mia... Apenas escute o que ela tem a dizer.

Levanto, puxando minha carteira e jogando uma nota de vinte na mesa.

– Onde você vai? – Oliver diz.

Balanço a cabeça. Posso sentir minha pulsação martelando minhas costelas, posso ouvir o sangue acelerado na minha cabeça. Meu coração dói por ela, mas estou decepcionado e confuso sobre o porquê de ela não ter simplesmente me contado. Meu rosto está quente e não tenho certeza se quero encontrá-la e perguntar que merda está acontecendo... ou se quero só cair na estrada e dirigir.

– Tenho umas ligações a fazer – digo. – Não tenho sido o melhor capitão nem irmão ultimamente. Preciso compensar. Eles estão fazendo uns consertos e preciso verificar algumas coisas. Falo com vocês depois.

Capítulo 13

Harlow

Fazia apenas uma hora que tinha entrado no meu turno de cinco horas na NBC quando recebo uma ligação do Salvatore, dizendo que concordava com a minha proposta. Tinha adorado a minha ideia, e sabe o que mais? Ia encontrar um lugar para mim na equipe da sua nova produtora.

– De jeito nenhum você vai continuar empilhando papéis nesse lugar – ele disse. – Tem lugares melhores esperando por você, garota. – E, pela primeira vez, concordei.

Estou pronta.

Mal consigo me concentrar nas pilhas gigantescas de pastas que preciso arquivar, cópias para fazer e pessoas para quem servir o café. Finalmente, creio que temos uma solução que funcionará para todos, que pode salvar o negócio familiar do Finn... e me permitiria ficar perto dele por muito mais tempo.

A primeira coisa que faço ao sair do trabalho na tarde da segunda-feira é mandar uma mensagem para o Finn.

`Você está no Oliver?`

Visualizo-o começando a digitar e depois parar. E então estou no elevador, saindo do prédio, andando até o meu carro, olhando para o celular e quase trombando com um orelhão na rua e sendo atropelada por uma bicicleta. Não estou prestando a menor atenção por onde caminho.

Já estou quase em casa no momento em que a mensagem chega:

`Sim.`

`Certo, estou indo aí.`

Envio a resposta e rio do tempo que ele levou para digitar uma palavra.

A caminhonete está parada logo em frente à casa, mas ele demora uma eternidade para abrir a porta. E quando abre, ele parece... mal.

Amargo, até.

– Oi – digo, aproximando-me e esticando-me para dar um beijo nele. Reparo que ele tomou banho, mas não fez a barba. Seu rosto está arranhando e cheira a sabonete e café. Mas ele não se curva para mim; em vez disso, oferece o lado do rosto.

– Oi. – Ele dá um passo para trás, evitando contato visual, e me deixa passar por ele, entrando na casa.

– Você está tão... ranzinza – murmuro, sentando no sofá do Oliver. Sinto bolhas de desconforto no estômago e examino a expressão dele, repassando mentalmente tudo o que fiz nas últimas 24 horas que poderia fazê-lo agir desse jeito. – Eu fiz alguma coisa?

Ele faz "hum", dando de ombros, então me pergunta:

– Então, e aí?

Paro por um momento. Ele não respondeu à minha pergunta. Mas a boa notícia é que minha mente está me encorajando. Qualquer que seja o motivo desse humor horroroso, tenho o poder de animá-lo.

– Vim aqui porque queria contar uma coisa. Uma coisa muito boa, de verdade.

– Uma coisa boa? – ele diz, olhando-me no rosto. O semblante dele muda de obscuro para esperançoso. – São boas notícias a respeito da sua mãe?

Congelo, sem ter certeza se escutei direito.

– O que você disse?

– Sua mãe – ele repete. – São boas notícias sobre ela?

– Como...? – Paro, fechando os olhos, meu coração afundando no peito. Não contei ao Finn ainda, o que significa que ele soube por meio de alguém. – Não. Eu... como foi que...? – Tropeço, tentando encontrar o chão. Quem contou a ele? Meu estômago murcha. Agora entendo esse humor. – Finn, eu ia te contar tudo, mas não era isso que...

O rosto dele está duro novamente, o maxilar tenso.

– Você percebe que sua mãe tem a mesma coisa que matou a minha? Pensei que você podia querer se abrir comigo, já que, de todas as pessoas na sua vida agora, sou eu quem entende o que você provavelmente está sentindo. E também, sabe, porque você me ama.

Dou um passo para trás, a raiva esguichando do meu peito como vapor.

– Você está me dando um esporro porque não contei tudo *imediatamente*?

Ele fecha os olhos, apertando os dedos na testa.

– Pensei nisso o dia inteiro, Traquinas. Entendi por que você poderia não querer me contar logo de início, entendi mesmo. Mas depois... – Ele balança a cabeça. – Eu senti que tudo estava saindo do controle e ajudou muito ter vocês aqui. *Você*, em particular. Isso me ajudou a ver o que existe entre nós como algo mais do que só tesão. Mas, aparentemente, você não precisa de mim da mesma forma.

Começo a interrompê-lo, mas ele levanta a mão para me impedir.

– E mesmo depois que ficou claro que era algo maior... *antes* mesmo que disséssemos algo, nós *sabíamos*... você não me contou sobre isso. Sei o que sua família significa pra você, Harlow. Sei como vocês são próximos. Entendo porque você estava tão desesperada desde o começo e provavelmente não queria pensar nisso enquanto estávamos juntos. Entendo isso. O que não entendo é por que, ontem à noite, ou todas as outras vezes em que era só você e eu nos entendendo perfeitamente, você não pôde... – Ele vacila, passando a mão pelo rosto e se abaixando na cadeira à minha frente.

– Eu só não estava conversando sobre...

– Não diga isso – ele interrompe, agora bravo. – Todos os outros sabiam. Ansel, Oliver, Lola, Mia. Todos eles sabiam! Sou eu quem vai pra sua cama, sou eu quem você olha como se fosse alguém na sua vida, e sou eu a única pessoa que não sabia o que estava te roendo por dentro de tal forma que a fez vir até mim, em primeiro lugar.

Quer me levantar e correr para ele, mas sua expressão corporal é estranha: ombros curvados, cotovelos nos joelhos, boné tão afundado na cabeça que não posso nem ver seus olhos. É como ver o Finn de semanas atrás. Quando ele era só um estranho com quem me casei.

– Finn, sinto muito. Não é que não contei a você por sua causa. Eu apenas...

Ele agita a cabeça, suspirando. Por fim, depois do que parece uma eternidade, diz:

– Eu... entendo o que você sente... Como é difícil passar por isso. Como é o instinto de proteger a sua família. E... não sei. Pensando melhor, talvez eu tivesse feito a mesma coisa se tudo isso estivesse acontecendo comigo agora. Fui pego de surpresa, é só.

– Tenho certeza.

– Quer dizer... – ele recomeça, levantando o olhar para mim, sua expressão ansiosa: – Você está *bem*?

– Sim e não.

O silêncio preenche o recinto por um longo, doloroso minuto. Não sei mais o que dizer. Parece que é um bom momento para finalmente conversar sobre o que *está acontecendo* com a minha mãe, para atualizá-lo sobre tudo, mas o clima está todo errado. Não quero forçá-lo a ser carinhoso comigo agora, e com certeza não estou com vontade de conversar sobre isso se ele continuar distante e calado.

Deslizo do sofá e engatinho sobre o chão na direção dele, deixando um sorriso inseguro aparecer nos meus lábios.

– Ei – digo, colocando minhas mãos nos joelhos dele.

Ele me observa por um momento, engolindo pesarosamente.

– Ei, docinho – ele sussurra, por fim, abrindo as pernas para dar espaço para mim. Deslizo as mãos pelas suas coxas, barriga e peito, trazendo o meu corpo para cima dele até pousar um beijo de leve em sua boca intrigada.

– Não gosto que isso seja um problema entre nós – digo e completo com outro beijo. – Eu estava planejando conversar com você logo, possivelmente hoje mesmo, mas ontem eu quis que fosse só nós dois.

Ele meneia a cabeça.

– Eu sei.

Devagar, debaixo dos meus pequenos e sugadores beijos, ele começa a relaxar, e sinto suas mãos se movendo ao meu redor, descendo pelas minhas costas.

– Só foi um incômodo pra mim, está bem? O que você está passando com a sua mãe é importante na minha vida. Talvez a coisa mais importante. Se estamos fazendo isso...

Ao perceber que ele não ia completar a frase, digo:

– Prometo que vou conversar com você. Preciso de alguém com quem me abrir.

– Certo.

Nossos beijos são curtos e suaves. Finn me oferece apenas a pontinha da língua para umedecer meus lábios de encontro aos dele. Suas mãos deslizam para a frente do meu corpo e em direção às minhas pernas, pousando sobre meus shorts jeans.

Estremeço um pouco, afastando-me do seu aperto firme.

– Machuquei você? – ele pergunta, olhando para mim.

– Só estou um pouco dolorida. Você me usou como cavalo de rodeio.

Rindo em uma nova série de beijinhos suaves, ele sussurra:

– Quer que eu beije para aliviar?

A visão da cabeça de Finn entre as minhas pernas e a lembrança de suas chupadas quentes, da vibração dos seus grunhidos e das coisas que ele fez comigo na noite passada me deixam faminta por beijos diferentes, mais profundos, com toda a sua língua e todos os seus sons.

A outra mão sobe para segurar minha nuca e ele me dá exatamente o que desejo: beijos exigentes e profundos de um homem prestes a me deitar e me satisfazer.

O pau dele está duro contra a minha barriga e não consigo ignorá-lo. Beijando o seu pescoço, puxo sua camisa para cima, mordiscando e chupando seu peito quente, a barriga, o quadril. Ele se ergue quando desabotoo a braguilha da calça, e me ajuda a descer o jeans pelos seus quadris.

Adoro a nossa franqueza, como ele me observa, olhos fixos e pálpebras pesando enquanto passeio a língua por todo o seu comprimento, da base até a ponta, chupando toda a doçura.

– Porra, isso é bom demais – ele sussurra.

Brincando, lambo ao redor e por todo o seu pau, deixando-o todo molhado, e então enfio dentro da boca o mais fundo que consigo, chupando para cima e para baixo enquanto ele me observa, os olhos sombrios e os lábios entreabertos.

Deslizando para trás, eu o liberto com um sorriso.

– Adoro como você fica sério quando te faço um boquete.

– É algo que levo muito a sério. – O polegar dele vem esfregar o meu lábio.

Lambo o polegar, lambo a cabeça do pau, trazendo ambos para os meus lábios, brincando com a língua. Embaixo da palma da minha mão, sinto os músculos da sua barriga se contraírem em espasmos.

– Vamos pra cama – ele diz, a voz esganiçada. – Quero te lamber enquanto você me chupa.

Afasto-me e levanto, e quando ele fica em pé, puxa os jeans de volta e se inclina para mim.

– Vem cá.

O beijo dele é tão doce e tão provocante que literalmente deixa minhas pernas bambas. O calibre dos seus braços em volta da minha cintura, a curvatura de seu corpo sobre o meu... Sinto como se o estivesse escalando, agarrando-me para poder me enrolar toda nele.

– Essa foi a nossa primeira briga? – ele pergunta nos meus lábios, sorrindo.

– Parece que sim – digo. – Nada mau.

– Ei – ele diz, afastando-se para olhar para mim. – Me conte as boas notícias antes que fiquemos pelados e esqueçamos de tudo.

Ah, certo.

Engulo, respirando fundo. Não sei por que estou tão nervosa – é uma coisa muito boa –, mas é importante demais para nós dois, e eu quero tanto que dê certo que posso até sentir o gosto.

– Acho que encontrei um jeito de salvar o seu negócio.

Uma risadinha escapa dos lábios dele e ele se afasta um pouco mais antes de perguntar:

– Ah, é mesmo? Quero ver.

Deus, é difícil dizer com esse jeito áspero de volta. Indo em frente, digo:

– Tive uma ideia na festa do Salvatore, mas não queria contar a você até ter um retorno dele sobre isso.

Os olhos de Finn se estreitam.

– Sabe, a nova produtora do Salvatore, junto com o meu pai, vai começar a filmar um longa-metragem enorme em abril. Uma boa parte se passa em alto-mar, num grande barco.

Ele continua a me observar, sem reação. Meu estômago aperta.

– Pensei que ele talvez pudesse consertar os barcos como pagamento por usá-los como cenário na primavera. E eu aceitei trabalhar com ele na produtora, então eu poderia ficar bastante tempo lá com você.

Ele move a cabeça, avaliando-me:

– Não tenho certeza se entendi o que você está dizendo.

– Estou dizendo que contatei o Salvatore e ele quer pagar para usar os seus barcos por alguns meses. Mas a melhor coisa é que vão precisar deles em horários estranhos, como no meio da noite, então imagino que você ainda possa pescar pela manhã e...

– Você ofereceu os barcos da minha família para uma equipe de filmagem sem falar comigo?

Minha pele fica fria, o pânico despontando no peito.

– Não *ofereci*. Apenas quis verificar se essa poderia ser uma opção...

– Mas obviamente isso teve que passar por várias pessoas dentro da produtora até que o Salvatore ligasse pra você dando a aprovação. E tudo isso aconteceu sem você falar comigo. – Ele abotoa as calças. – Só pra entender.

– Finn, eu...

Ele solta uma risada furiosa.

– Por acaso eles sabem quanto vai custar consertar aqueles barcos?

– Bem, primeiro eles vão consertar o *Linda* para filmar, mas aí, pelo menos, já é uma vantagem pra você, certo? Quero dizer, são algumas centenas de dólares a mais que você pode usar para se restabelecer.

– Você até já decidiu o barco? E *dinheiro*? – Os olhos do Finn estão tão escancarados que, pela primeira vez, consigo ver quão verdes eles são. – Harlow, você nunca viu os malditos barcos. Está falando sério?

Essa conversa me parece uma surra de chicote. Ainda sinto o calor e as formas dele na minha boca. Minhas mãos estão tremendo, os olhos ardidos com a ameaça das lágrimas.

– Finn, só conversamos algumas vezes até agora. Eles sabem que você precisa consertar seus barcos. – O rosto dele fica vermelho, o maxilar tenso, e me apresso para acrescentar: – Estão entusiasmados para trabalhar com você.

– Várias decisões importantes podem ser tomadas em apenas algumas conversas. Eles já estão contando com isso?

Sinto meu estômago revirar.

– Acho que estão prontos para seguir adiante, sim.

Ele agora parece um trovão.

– Você não podia ter conversado comigo antes de falar com o Salvatore? – ele pergunta, virando-se e caminhando pela sala. – O que fez você pensar que era uma ótima ideia se meter nisso? É o *meu* negócio, Harlow, é a minha vida. Minha família. Como você poderia sequer saber se isso vai funcionar para nós? Você está aí juntando papéis e indo buscar doces para os executivos da NBC enquanto eu estou tentando salvar o negócio que meu avô começou quando tinha *dezoito anos*, puta que o pariu. Meu pai, meus irmãos e eu dependemos disso! E nem sei o que você disse a esses caras!

– Posso te dizer tudo – digo, indo atrás dele e colocando uma mão em seu braço. – Quando falei com Salvatore na casa dele...

– Ah, dane-se – ele interrompe, sem me ouvir e começando a andar de novo. Ele tira o boné, passa as mãos pelo cabelo e rosto. – Que maldita *bagunça*.

Essa conversa toda me deixou tremendo sobre os meus pés, e estou me esforçando para encontrar o que dizer e deixar claro que é uma *coisa boa*.

– Isso é dinheiro pra você consertar o seu barco principal – lembro a ele, tentando manter a voz firme. – E para continuar a usá-lo exatamente da mesma forma como você fazia antes de quebrar. Você não vai precisar do *reality show* para consertar os barcos. Isso vai permitir que seu negócio continue prosperando, que você trabalhe com seus irmãos e esteja à frente do...

– Você faz ideia de como está soando ingênua?

Estou pasma. Posso sentir minha pulsação no meu pescoço, de tão forte que meu coração martela.

– Quer saber de uma coisa? Por que não me liga mais tarde e a gente fala sobre isso? Você está sendo um *tremendo cuzão.*

Ele se vira para me olhar, boquiaberto.

– *Eu* estou sendo um...? – Fechando os olhos, ele respira fundo e depois solta o ar, abrindo os olhos de novo. – Certo. Talvez seja melhor você ir embora.

~

Mia tira a terceira caneca de café das minhas mãos trêmulas.

– Não acho que você precise de mais cafeína, querida.

Ela está tirando um momento do seu tempo precioso com Ansel para vir me ver no meu modo crise. Desmorono, apoiando a cabeça nos braços sobre a mesa, gemendo.

– Sou uma tonta? *Ele* é um tonto?

Lola mordisca um *muffin* de mirtilo.

– Os dois, acho.

– Alguém poderia, por favor, me explicar como funciona o cérebro masculino? Primeiro, ele estava puto por causa da mamãe, depois eu estava a ponto de fazer o melhor boquete da vida dele, depois estava tentando salvar o negócio dele, e então ele me dá um tremendo esporro. – Sinto as lágrimas ameaçarem. – Que *merda* aconteceu?

– Bem... – Lola começa. – Você basicamente mostrou a roupa suja dele para um parceiro de negócios em potencial e ofereceu algo que ele não sabe se pode entregar.

Gemo.

– Céus, quando você coloca assim eu fico parecendo uma idiota.

Lola faz uma cara de "então...?" e se encolhe solidariamente.

– Esse negócio com o Salvatore podia ser fantástico, Lola. Sim, era arriscado, mas podia funcionar se ele parasse de bater no peito como um homem das cavernas e se pusesse a pensar nisso! – Olhando para cada uma delas, digo: – Mudando de assunto, vocês não podem contar nada disso ao Oliver e ao Ansel. Finn ainda não contou pra eles.

Lola concorda imediatamente, mas Mia se contorce um pouco na cadeira. Por fim, diz:

– Tá bom. Mas espero que ele conte pra eles logo, porque... segredos entre mim e Ansel? Nosso histórico não é bom.

– Eu sei, doce de coco, e sinto muito ter colocado você nessa situação. – Inclino-me sobre a mesa e coloco a mão no braço dela: – Mas não vamos esquecer que foi o tagarela do seu marido quem vazou os detalhes sobre o câncer da mamãe pro Finn antes que eu tivesse a chance de contar, então vocês me devem essa.

– Para puni-lo, esta noite vamos transar só uma vez – ela brinca.

Dou risada.

– Sua ogra.

– Falando sério. Ansel é meio Adônis, meio cachorrinho. Você quer que eu me irrite com ele por se preocupar com você e esquecer que não deveria comentar nada sobre sua mãe? – A sobrancelha ligeiramente levantada entrega que Mia já sabe a resposta.

Desmorono a cabeça em cima dos braços de novo.

– Não. Ele é adorável e doce, e eu sou uma idiota por me meter no negócio dos outros, como sempre – digo com um suspiro. – Costumava funcionar tão bem.

– O que eu não entendo totalmente é: o que está rolando entre vocês dois? – Mia pergunta. – Achei que estivessem só dormindo juntos, mas não estavam, e agora você está assim? Odeio apontar o óbvio,

Harlow, mas você nunca convocou uma reunião de emergência por causa de nenhum cara antes.

Lola concorda.

– Eu tinha certeza de que você era a primeira mulher na história a chegar aos vinte e dois sem ter uma crise.

– Nós dissemos "eu amo você" ontem à noite – admito num murmúrio.

– *O quê*? – elas gritam em uníssono. Alguns clientes da cafeteria viram para nos olhar.

– Meu Deus, abaixem o volume, suas loucas! – digo, rindo, apesar de tudo. Elas estão curtindo isso mais do que deveriam. – No começo, ele era uma distração de tudo o que estava acontecendo com a mamãe e da falta de um emprego bom e dessa crise dos vinte anos que nenhuma pessoa com mais de trinta leva a sério.

Pego um guardanapo e começo a rasgá-lo em tirinhas.

– Então eu comecei a pensar no Finn mais do que em qualquer outra coisa, e ele estava com esse problema do barco... Apesar de eu não saber dos detalhes até há pouco tempo... Depois meio que concordamos em deixar esfriar.

– E? – Mia pergunta.

– Então eu estava me divertindo tentando descobrir como consertar esse problema, e nós passamos um tempão juntos, porque vocês, suas cuzonas, estavam ocupadas demais com trabalho ou marido, ou distraídas com homens que estão descaradamente apaixonados por vocês!

– Espere. O quê? – Lola pergunta.

Ignorando-a, continuo a falar, baixinho:

– Finn é doce, é engraçado e sério de um jeito totalmente estranho pra mim, mas eu gosto disso, vinda da Família Que Discute Tudo. E ele é um *tesão*. Meu Deus, vou contar pra vocês. O Finn na cama não é brincadeira. E ele não é um filhinho da mamãe de La Jolla; ele é um homem criado para arregaçar as mangas e não ficar chorando pitangas. Finn pode destroçar uma vagina, e é habilidoso o bastante para consertar depois. – Agarro as mangas da minha blusa, abaixando a voz mais ainda. – Ele me olha como quem me adora, mas depois zomba de mim... coisa que eu gosto... E comecei a sentir que ele é *meu* homem, sabe? – Nem me importo de estar falando demais, estou deixando tudo sair. – Ele me olha como se tivéssemos um pequeno segredo, e *temos*. Meu segredo é que eu *amo* esse cara. E hoje ele foi um babaca.

Mia desliza a mão pelo meu braço, enlaçando os dedos nos meus.

– Harlow?

Levanto o olhar para ela. Mia e Ansel estão casados desde junho, mas só há pouco mais de dois meses eles tiveram uma briga das grandes, tão grande e dolorosa que pude ver no rosto dela o quanto estava preocupada pensando que tinha perdido o que havia de mais importante no mundo... mais importante do que o acidente que estraçalhou seu sonho de ser dançarina profissional: seu casamento.

Por isso, sei o que ela vai dizer antes mesmo de abrir a boca.

– Você só tem que consertar isso – ela diz, simplesmente. – Ele está furioso, você está machucada. E por mais clichê que soe, nada disso vai importar no longo prazo. Apenas vá falar com ele.

~

Levanto a aldrava do R2-D2 e deixo-a cair contra a porta da frente da casa do Oliver, mas meu estômago já era, foi dissolvido e deixou em seu lugar um buraco vazio e dolorido.

A caminhonete do Finn não está ali.

Oliver abre a porta sem camisa, em calças de pijama que, muito baixas nos quadris, expõem musculatura demais em um cara que eu certamente quero manter para sempre na *friendzone*. Parece que acabou de sair do banho, está com o cabelo molhado e bagunçado, os óculos meio embaçados. Mesmo com o pânico subindo na minha garganta, ainda tiro um segundo para reparar em como seria bonitinho se ele tomasse uma atitude de homem e pedisse para sair com a Lola pra valer.

– Esperando um chamado especial? – pergunto, encarando o rosto dele.

Ele dá uma mordida enorme em uma maçã e a mastiga com um sorriso irônico. Engolindo, diz:

– Acho que nós dois sabemos que não. – Ele leva a maçã à boca e diz, mordendo: – Só estou vestido como se estivesse sozinho em casa, assim como você faz.

– Sozinho – repito. – Porque Finn foi embora?

– Saiu mais ou menos uma hora atrás.

– Saiu pro... – Oliver aponta para o norte. – Canadá. – O sotaque australiano transforma a palavra em "qui-na-dá". Mesmo sabendo o que ele quis dizer, ainda leva um segundo para o meu cérebro teimoso processar que Finn deixou a cidade sem se despedir de mim.

Ele foi embora e não veio me dar um beijo de despedida, nem esperou para ter certeza de que não estou grávida do filho da nossa transa espontânea no carro, nem sequer veio me encontrar. Que canalha.

Subitamente, fico tão furiosa que quero arrancar a maçã do Oliver e atirá-la na parede.

– Ontem à noite eu disse a ele que o amava – conto, como se isso fosse problema dele. Como se ele precisasse saber. Mas sinto uma sensação extremamente boa ao explicar essa tempestade correndo nas minhas veias, a dor e o fogo que me fazem querer gritar. Quero uma confirmação de que o Finn é um tremendo canalha, assim como me parece agora. – E sabe o melhor? Ele disse primeiro! E agora ele se manda sem nem *me dizer tchau*?

Se isso o surpreende, Oliver oculta muito bem. É o superpoder dele, acho. Cada nerd dos quadrinhos sempre tem um, e o do Oliver é fazer uma cara de paisagem que deixaria até o Espírito Santo tentando adivinhar o que ele está pensando. Que pena que o superpoder da Lola seja nunca precisar procurar por informações que não são oferecidas. Eles vão ficar nesse chove-e-não-molha até o fim dos tempos.

– Você quer entrar? – ele pergunta.

Balanço a cabeça, com os braços cruzados em meu peito. Faz quase vinte graus, mas estou congelando. Será que essa é a sensação de ter o coração partido? Como ter um espeto em brasa atravessando o peito e sentir muito frio e não conseguir respirar e querer chorar em cima dos ombros nus do Oliver?

Coração partido é uma merda. Queria poder dar um chute no saco de alguém.

– Olhe, Harlow – ele começa, antes de me puxar para um abraço. – Ah, querida, você está tremendo.

– Estou tendo um troço – confesso, inclinando-me para ele. Como o Finn pode ter ido embora? – Oliver... que porra é essa?

Oliver se afasta e olha para baixo, na minha direção. *Bem* para baixo. Santo Deus, Oliver é alto.

– Conheço o Finn há bastante tempo – ele diz devagar. – É difícil deixá-lo chateado, e mais difícil ainda fazer ele demonstrar que está chateado. – Ele estremece um pouco e depois diz: – Tenho certeza de que está chateada também, mas ele simplesmente resmungou algumas palavras, disse que logo conversaríamos e depois saiu e foi pra caminhonete. Não sei o que está acontecendo com ele, ou por que ele foi embora, ou... Não sei de nada que possa ajudar você a se sentir melhor. Tem certeza de que não quer entrar?

Balanço a cabeça de novo.

– Ele não contou a você o que aconteceu?

Oliver ri um pouco.

– O Finn raramente nos conta qualquer coisa. Ele normalmente fala só depois que já resolveu tudo. Se estiver acontecendo alguma coisa com ele e ele confiou a você, então não estava mentindo quando te disse em primeiro lugar.

– Disse o quê... ah – digo. Ele está falando sobre o "eu amo você". Ugh. Soco no estômago.

Ele se curva, capturando meus olhos.

– Ligue pra ele, sim?

Capítulo 14

Finn

Fiz um monte de coisas em San Diego que não são típicas de Finn Roberts: dormir até tarde, assistir TV, comprar café na Starbucks, não trabalhar quinze horas por dia. Mas dirigir enquanto o sol se põe sobre o mar é o primeiro sentimento familiar que sinto em muito tempo.

Oliver voltou para casa enquanto eu fazia as malas e ficou me observando cautelosamente no batente da porta.

– Quer um pouco de café pra levar? – ele me perguntou.

– Sim. Seria bom.

As coisas andaram um pouquinho tensas entre nós dois, e sei que provavelmente havia uma centena de perguntas que Oliver faria se tivesse oportunidade. Em contrapartida, ele sabia que havia uma centena de razões pelas quais eu não responderia a nenhuma delas. Assim que minha mala estava pronta, andamos até a cozinha e ficamos em cima da cafeteira em silêncio; ambos observando o pinga-pinga do café na caneca logo abaixo.

– Você não pode pegar este – ele disse, virando para colocar mais açúcar do que qualquer ser humano conseguiria consumir em uma sentada.

– É claro que não. Essa é a sua caneca do Aquaman. Acha que estou querendo perder um olho?

Ele levantou o olhar para mim, sorrindo.

– Não, você não pode pegar este porque o seu vai demorar alguns minutos pra passar e eu quero aproveitar a oportunidade para conversar antes de você sair.

– Ah.

– Sei que tem umas coisas rolando. – Ele deixou a frase suspensa no ar por um momento e andou até a geladeira para pegar uma caixa de leite semidesnatado.

Senti uma faísca de pânico, preocupado que Harlow tivesse resolvido se vingar de mim e contado tudo ao Oliver. Mas ela não fez isso, e sei sem precisar ouvir nada do que ele tinha a dizer. Harlow pode ser um monte de coisas – intrometida, ingênua, impulsiva –, mas desleal não é uma delas.

Ele voltou para o balcão e abriu a embalagem, verificando a data de validade antes de prosseguir, sem titubear. Como se estivéssemos tendo um papo descontraído depois do trabalho. Como se ele não estivesse me dando outra chance de me abrir. Algo que, claro, eu não fiz.

– Apenas saiba que pode falar comigo.

– Eu sei – disse, agradecido que Oliver jamais tenha me pressionado. – Obrigado.

E foi isso. Ele me passou o café e deu um longo abraço que teria beirado o estranho mesmo para o Ansel, e eu saí.

Saí do bairro e me dirigi direto para a Interestadual-5, sem dar sequer uma olhada para trás.

~

Depois de 33 horas e uma noite horrível e insone em um hotel, chego em casa. Estaciono – o som do cascalho esmagado sob os pneus é como uma canção de ninar – e vejo minha casa pela primeira vez em semanas. É esquisito estar em casa e ver como tudo que era familiar agora parece pequeno e alienígena, depois de ter estado no mundo lá fora pelo tempo que pareceu uma eternidade.

É nesses momentos que percebo como meu mundo é diferente do de Harlow. Muito mais silencioso. Em vez de um enxame de prédios acima da cabeça, minha vista é de pinheiros imponentes, céu e águas azuis cristalinas; cores que parecem durar para sempre. Estou quase completamente cercado por floresta, tanto que mesmo o cheiro da água, na parte dos fundos da casa, é eclipsado pelo aroma das folhas das árvores em decomposição, na frente. Não há trânsito, não há barulho, e é possível caminhar por dias sem encontrar outra pessoa.

O ar está úmido – *tudo* está úmido – e minhas botas chapinham no gramado, que precisa de corte. Depois de semanas sob o sol da Califórnia, a temperatura me pega de surpresa. Mês que vem será a estação das tempestades e, nas poucas semanas em que estive fora, a folhagem já começou a mudar, o chão está cheio de pontos laranja, vermelhos e castanhos. Subo a varanda e pesco minhas chaves, chutando para longe mais folhas que formaram montinhos sobre o tapete. A tranca se abre fácil e a porta escancara, a porta de tela se fechando com um rangido às minhas costas.

É uma casa minúscula de dois dormitórios, mas é limpa e confortável, e poucos passos a partir da porta dos fundos te colocam direto na água. Consegui comprá-la em um dos nossos melhores anos, e hoje sou grato ao previdente Finn que pensou no futuro e comprou esse imóvel; já o idiota do Colton comprou um Mustang beberrão de gasolina e uma casa de condomínio lá nos quintos de Victoria.

O interior da casa está com um cheiro velho e mofado. Descarrego a mala e ando de quarto em quarto, abrindo as janelas para renovar o ar. Isso traz a friagem para dentro, mas compensa, pois quase de imediato a casa se enche com um aroma de sal e pinhas. Um conjunto de portas de vidro nas paredes dos fundos leva a um deque onde a única vista são quilômetros de verde e azul, a linha das árvores é tão densa em alguns trechos que se estende da escarpa até a beira da água.

Deixo as portas abertas e me forço para dentro da cozinha buscando algo para comer, e logo percebo a besteira que fiz por não comprar nada enquanto passava pela cidade. A geladeira está praticamente vazia, mas arranjo uma lata de sopa e alguns pêssegos que encontrei na despensa e consigo adiar a fome até poder ir à venda amanhã.

As horas de estrada, a cabeça cheia de pensamentos embaralhados e a falta de sono cobram o seu preço, e tudo o que consigo fazer é ir para o meu quarto. Sem fechar as janelas, arranco minhas roupas, puxo os cobertores e, pela primeira vez em eras, subo agradecido na minha própria cama.

~

Quando acordo, a casa está congelante. Mas isso é bom, é a vida aqui, e o ar cortante é exatamente o que preciso para voltar a sintonizar a mente, como nos dias a bordo do barco.

Uma noite inteira de sono deu ao meu cérebro tempo para reiniciar depois de todos os pensamentos da estrada. Saio da cama e me apronto, sentindo-me bem com minhas conclusões sobre o negócio. É um alívio ter chegado a uma decisão, mesmo que meu estômago esteja azedo de nervosismo. Confio em mim e nos meus irmãos o suficiente para saber que nos manteremos de pé, não importa o que acontecer.

Só espero que não estejamos prestes a arruinar nossas vidas.

Estou nas docas antes das cinco. O ar salgado preenche os meus pulmões, meu corpo está no piloto automático, meus músculos lembram-se do que fazer.

Os garotos têm estado ocupados. Novas tábuas tinham sido colocadas no convés onde trocaram a fiação, e os controles na sala de máquinas parecem estar funcionando como devem. Nenhum equipamento foi deixado de fora, as redes foram consertadas e me sinto cheio de orgulho dos meus irmãos.

– Finn? – Escuto e me viro para ver meu irmão mais novo, Levi, subindo a bordo.

– Aqui! – grito.

Ele segue minha voz e sobe no barco, aninhando uma caneca de café fumegante entre as mãos. Está vestindo uma jaqueta xadrez pesada e um gorro enfiado sobre o cabelo cacheado.

– Ah, merda – ele diz, abaixando a caneca e me puxando para um abraço gigante. – Bom ter você de volta, estranho.

Aparentemente, virei um molenga sentimental em San Diego porque, quando ele tenta se afastar, puxo-o para perto e abraço-o mais forte.

– Obrigado – digo a ele. – Obrigado por cuidar dos barcos. Vocês fizeram um bom trabalho. – Afasto-me, não antes de roubar o gorro da cabeça dele e bagunçar seu cabelo loiro de rapaz bonito.

Seu sorriso característico está no lugar. Levi sempre foi o irmão sorridente, o piadista, e ele não me decepciona.

– Colt está atrás de mim, mas com certeza podemos fugir pra pintar as unhas um do outro, se você está carente.

– Vá se foder. – Dou risada e lanço o gorro para trás, na direção dele.

Colton é o próximo. Ele tem um enorme saco de papel com o almoço embrulhado em uma mão e uma maçã na outra.

– Veja só quem está aí – diz. Ele me abraça com a mesma força que Levi e é como sempre foi: os Roberts no barco, prontos para um novo dia. Exceto que este dia vai começar muito diferente.

– Então, oi – começo, tirando meu boné de beisebol e coçando a testa. – Acho que deveríamos ficar nas docas hoje.

Colton me estuda por um momento.

– Por quê?

Olhando para a doca, ainda não vejo papai vindo para o barco.

– Papai ainda está em casa?

– Acho que vem mais tarde – Colton diz. – Principalmente porque soube que você voltou.

– O que foi, Finn? – Levi pergunta. – Não vamos espalhar as redes hoje?

Decido ir em frente e contar a eles, com ou sem nosso pai aqui. Coloco de volta o boné e olho para cada um dos meus irmãos.

– Acho que mudei de ideia.

Levi dá um passo para a frente.

– E isso significa...?

– Significa que acho que devemos assinar – observo Levi e rio de sua expressão esperançosa – com o programa.

Meus dois irmãos deixam escapar *uhuuus* entusiasmados e fazem um *highfive* antes de me abraçarem de novo.

– Porra! – Colton grita, a voz ecoando pela água. – Isso é ótimo, Finn! Estou maravilhado.

– Você pode imaginar o que as pessoas vão dizer? – Levi pergunta, mas seu sorriso me diz que ele não está preocupado.

– Elas vão nos dar esporros enormes, tenho certeza.

– É, certo, elas podem nos dar todo o esporro que quiserem – digo a eles. – E vocês podem dar tchauzinho pra elas da água porque os motores estarão funcionando.

– Vou mandar um beijinho pra elas, vestido só com o meu extrato bancário – Colton acrescenta.

Levi ri.

– Faça isso, com certeza.

Por um momento, só observo esses dois, comparando este Levi e este Colton com aqueles que deixei aqui, no dia em que parti para a casa do Oliver. As coisas pareciam *ruins*, e talvez eu não tivesse percebido quão ruins estavam até agora, percebendo a diferença neles. Estão sorrindo, felizes, jovens. Esperançosos pela primeira vez em anos. Dinheiro não compra felicidade, mas é muito mais fácil encontrar a felicidade quando você não está preocupado em garantir sua próxima refeição.

– Vamos lá – digo, alcançando uma prancheta pendurada por um prego perto da porta e folheando os registros diários. – Preciso fazer um balanço de tudo isso e então, quando ligarem, poderei dizer o que precisa de conserto.

Levi me segue até a cabine do leme.

– Então, nos conte sobre a Califórnia.

– O que ele quer é que você conte sobre a gatinha – Colton interrompe.

– Fica na sua, Colt – eu o reprovo em voz baixa.

Colton me dá o olhar de inocência fingida mais cômico que já vi.

– Foi bom. Ótimo ver o Oliver e o Ansel. Ver a loja nova. – Rabisco algumas notas sobre os gráficos, acrescento a data de hoje e começo uma lista do que é preciso consertar em ordem de prioridade. – Vi a Harlow – conto e me arrependo quase imediatamente.

– Harlow – Levi repete com evidente alegria na voz. – A Harlow do sobretudo? – Claro que Levi iria lembrar disso. Ele estava chegando na minha casa exatamente no momento em que Harlow entrava no táxi, e com certeza adorou compartilhar essa informação com a família inteira.

Olho para ele por cima da prancheta.

– Sim, essa Harlow.

– Caralho. Eu também não teria respondido minhas ligações.

– Sim, sobre isso... – digo, mas Levi já está balançando a cabeça.

– Somos crescidinhos, Finn, podemos levar as coisas por um tempo. Você merece um descanso, cara.

– Isso mesmo – Colton ecoa.

– Certo, tudo bem – digo, um pouco impressionado, sem ter certeza de como responder. – Temos um motor para desmontar antes de fazer a grande ligação, então mãos à obra.

~

É como se eu nunca tivesse partido. Trabalho do nascer até o pôr do sol – fazendo uma pausa durante o almoço para ligar para os produtores do programa com meus irmãos e meu pai e dizer que, por fim, estamos dentro – e a sensação é tão boa que trabalho até mal me aguentar em pé, cansado demais para me preocupar ou sequer *pensar*.

É no meio da madrugada que minha clareza mental vai às favas. Acordo de um sonho muito real. Era Harlow, em cima de mim, rindo de algo que eu disse. Sua pele nua estava só um pouco visível sob a luz do luar, e acordar sem essa visão é como ser atingido nas vísceras por um arpão.

É mais fácil ficar deitado na cama olhando para o teto do que correr o risco de dormir e sonhar com ela de novo. Não tenho certeza se Harlow consolidou a impossibilidade de um relacionamento quando foi conversar com Salvatore Marìn pelas minhas costas, ou se eu mesmo fiz isso hoje ao concordar em participar do programa, mas, independentemente de como aconteceu, preciso aceitar o fato de que não há futuro para nós.

Apesar disso, agora sei que nunca amei alguém antes, e estou começando a perceber que não faço ideia de como superar. É terrível imaginar se esse sentimento ficará impregnado debaixo das minhas costelas para sempre, como se eu tivesse deixado algo vital para trás, na Califórnia.

~

Faz quatro dias que não a vejo, e quem disser que fica mais fácil com o tempo pode ir se foder. Não estou dormindo bem, não estou comendo o suficiente e estou me acabando de trabalhar.

Enterrando de vez a possibilidade do Salvatore, coloquei nosso barco menor à venda, para então podermos focar nos barcos maiores. O programa mandará uma equipe de mecânicos para trabalhar no *Linda* em uma semana ou mais, mas é impossível ficar parado e não tentar resolver algumas coisas enquanto puder. Todo dia, sou o primeiro a chegar nas docas e o último a sair. Na quarta-feira, desmontamos o motor inteiro e, por fim, chegamos à conclusão de que esse problema em especial é grande demais para resolvermos sozinhos.

Colton passa a tarde no telefone com os produtores agendando os consertos, enquanto ajudo Levi a verificar o desgaste das polias. Papai está avaliando as redes, comentando sobre cada conserto, quando escuto uma voz familiar:

– Permissão para embarcar, Capitão Punheteiro?

Olho para o lado para encontrar Oliver sorrindo para mim.

– Puta merda – digo. Aceno para ele, indicando o barco, e observo enquanto ele sobe a bordo. – Que raios está fazendo aqui?

Minha primeira reação é alegria, fico eufórico por ver meu amigo, por saber que ele veio até aqui me ver.

A segunda reação, mais física, é medo. Eu tinha chegado e partido sem lhe dizer meus motivos, e não me dei ao trabalho de ligar desde que voltei para casa. E agora tomei uma decisão monumental sobre os negócios da família sem contar nada aos meus dois melhores amigos.

– Alguma coisa errada? Com o Ansel? A Harlow?

Ele já está balançando a cabeça.

– Eles estão bem – diz. – Eu só queria conversar com você. – Ele me puxa para um abraço antes de se afastar e olhar os arredores por um momento. – Nunca pensei que colocaria os pés em um destes de novo. Cheira a peixe.

– Então sou um fodido.

Nós dois nos viramos para ver um Colton sorridente vindo em nossa direção.

– Colton – Oliver diz, apertando a mão do meu irmão. Oliver olha para ele, depois para mim, depois para ele de novo. – Parece que você vai ficar feio como este outro aqui, pobre rapaz. Como vai?

– Bem. Ótimo, na verdade. Você já sabe do programa?

Merda.

– O... programa.

– É, do Adventure Channel – Colton entrega sem hesitar. – Duas temporadas, Olls. Você acredita...

– Colt – eu o interrompo, levantando uma mão. – Esperava contar pro Oliver eu mesmo.

Oliver vira o sorriso para mim; conheço-o há tempo o bastante para saber que esse não é um sorriso do tipo estou-tão-contente-por-você. Esse é o sorriso condescendente que ele dá para as pessoas que confundem *Star Trek* com *Buck Rogers*, ou que não entendem a dinâmica do triângulo amoroso entre o Wolverine, a Jean Grey e o Ciclope.

– Bom plano, Finn. Adoro ouvir as coisas direto da fonte.

Coço a nuca e espero enquanto os dois conversam. Só volto a sintonizar quando escuto Colton perguntar quanto tempo Oliver vai ficar aqui.

– Volto amanhã cedo.

Colton geme.

– Por que uma viagem tão curta? Você pode nos ajudar na semana que vem, quando os mecânicos vierem e o Finn for expulso dos barcos.

– Muito engraçado.

– Escute, preciso voltar pra casa de máquinas, mas reserve um tempo pra uma cerveja hoje à noite, tá bem? – Colton pede, andando para trás.

Oliver concorda.

– Com certeza.

– Legal. Bom te ver, cara, a gente se fala hoje à noite.

Assistimos enquanto Colton desaparece de vista. Oliver é o primeiro a falar:

– Gosto dos seus irmãos.

– São bons garotos. Seguraram a barra enquanto eu estava fora.

– Sabe de quem eu não gosto agora?

– Ansel? – adivinho.

Ele ri.

– Vamos dar uma volta, Finn.

Oliver desce de novo para a doca e, depois de um momento de hesitação quando fico imaginando se eu não poderia nadar de volta para a minha casa, eu o sigo. À primeira vista, Oliver é uma das pessoas mais tranquilas que já conheci. Ele é daqueles que guardam tudo, revelando suas emoções apenas em pequenas e calculadas doses. O fato de ele ter vindo até aqui para me ver sem nem saber do programa... Acho que posso esperar uma desgraça.

Apesar do sol alto sobre nossas cabeças, o ar está cortante. O vento chicoteia os barcos e fica ainda mais frio conforme caminhamos para longe. O apito de um navio corta o silêncio e Oliver se vira para mim.

– Presumo que esse programa tenha alguma coisa a ver com o motivo de você ter ido embora? E por que você estava se aborrecendo o tempo todo?

Tiro o boné e passo a mão pelos cabelos.

– A Harlow contou alguma coisa? – Uma parte minha até torce para que ela tenha contado. Se Harlow já contou, então não tenho a necessidade de fazê-lo, nenhuma razão para me abrir e deixar meus problemas todos se esparramarem pelo convés.

Não tenho tanta sorte.

– Não. Na verdade, ela disse que essa história era sua. E concordo.

O som do mar e o barulho de pequenas ondas quebrando contra o píer vêm a nós, amplificando meu silêncio. Eu deveria ter contado a ele. Deveria ter contado ao Ansel.

– Finn, sei que você não é de dividir as coisas. Entendo isso. E, que inferno, depois de passar um tempo com o tagarela do Ansel, até gosto disso às vezes. Mas você é meu melhor amigo, eu te amo e não teria te dado tantas malditas oportunidades de se abrir comigo se não me importasse de verdade com o que está acontecendo na sua vida. Fale comigo.

– Não gosto de discutir as coisas até saber o que vou fazer.

– Entendo – Oliver diz, concordando. – Mas vim até aqui checar se você estava bem e só agora acabo descobrindo por meio do seu *irmão* que você *já* assinou contrato com um programa de televisão... – Ele agita a mão em sinal de continuidade, indicando que não precisa terminar de falar.

Aponto um banco no final da doca e caminhamos até ele em um silêncio tenso. Sentamos e Oliver estica os braços por trás do encosto, enquanto me curvo para a frente, cotovelos nos joelhos e olhar baixo. A doca é antiga e desgastada pelas interpéries, mas juro que poderia desenhar cada ranhura de cada tábua só de memória.

– Nos últimos meses, as coisas não têm sido boas – digo a ele. – A contagem dos peixes está baixa, o preço do combustível está nas alturas. Em todos os lugares, as pessoas estão perdendo tudo. Papai ia colocar a casa como garantia de um empréstimo. E tenho quase certeza de que eu teria que fazer o mesmo. E você viu minha casa, Olls. Sabe que não estamos falando de um grande patrimônio, certo? Estamos com a corda no pescoço.

– Que merda – Oliver murmura.

– Então – continuo –, um mês atrás, recebemos a visita de uns engravatados do Adventure Channel. Eles querem filmar o barco, documentar as nossas vidas e as coisas que passamos. *Nos* documentar. Minha primeira reação foi pensar que eles iam foder com a gente. Minha segunda reação, quando percebi que era sério, foi dizer não, porque está claro que o programa não é sobre pescaria, é para nos mostrar. Mostrar nossas vidas.

– A vida de quatro caras gostosos e solteiros no Canadá, você quis dizer.

– Exatamente – digo, esfregando o rosto. – Mas meus irmãos e meu pai acharam que eu deveria ouvir os produtores. Eles estão cansados de lutar tanto, sabe?

Ao meu lado, Oliver meneia a cabeça.

– Conversamos e combinamos que, uma vez que eu era o único que não tinha decidido... E, acredite em mim, eu era totalmente contra isso... Seria eu quem iria a Los Angeles para conversar com a produtora, acertar todos os detalhes e voltar. Nós decidiríamos juntos.

– Certo – Oliver diz. – Daí a visita.

– Quanto mais pensava sobre isso, mais sabia que não queria esse programa. Mesmo quando estava indo pra San Diego, eu já sabia. Não queria que as pessoas soubessem o que está acontecendo por aqui, nem que fôssemos motivo de piada. Mas aí fui pra Califórnia e... Um dos motores pifou de vez e aconteceu uma coisa atrás da outra e, não muito tempo depois, era ou aceitar essa opção ou perder tudo. Nenhum empréstimo iria nos salvar desse naufrágio.

– E você não me contou. Não contou ao Ansel.

Sacudi a cabeça.

– Não contei.

– E contou à Harlow.

Respiro fundo e observo o horizonte. Uma gaivota voa em círculos acima das nossas cabeças antes de descer em uma curva, enfiando o bico no mar.

– Sim – digo, por fim.

– Deveria estar puto com você por ter contado a ela e não a mim? Você esteve em um relacionamento com ela por quanto tempo, doze horas? – Oliver diz. – Somos amigos há mais de seis anos.

– Você está certo. Mas você e o Ansel são parte permanente da minha vida. Harlow era temporária. – Oliver levanta uma sobrancelha e eu rapidamente acrescento: – No começo.

– E isso fez com que fosse mais fácil conversar com ela? Alguém que você mal conhecia, em vez de alguém que você conhece a maior parte da sua vida adulta?

– Isso não faz sentido pra você? Eu não quis que vocês soubessem o que estava acontecendo até que *eu* soubesse o que estava acontecendo. Não queria que isso mudasse como vocês me veem.

– Você é um idiota muito teimoso e orgulhoso, Finn Roberts.

Ajusto o boné na cabeça.

– Já ouvi isso antes.

– Então o que estou ouvindo é: você foi embora quando descobriu que a Harlow estava fazendo basicamente a mesma coisa.

Junto as sobrancelhas, sem entender.

– Ela não quis falar sobre a mãe dela com você, você não quis conversar sobre os seus problemas conosco. Vocês dois quiseram manter essas coisas em confidencial.

– Não – digo, balançando a cabeça. De repente, entendo. Ele pensa que deixei a cidade porque Harlow não tinha me contado sobre a mãe dela. *Jesus.* Será que realmente me passei por alguém tão insensível? – Não fui embora porque Harlow não me contou sobre a *mãe*, Oliver. Por Deus. Aquilo doeu por causa da *minha* mãe, e porque eu contei a ela todos os meus problemas, e na noite anterior basicamente confessamos um ao outro amor eterno. Mas se essa tivesse sido a única coisa que aconteceu, eu não teria simplesmente fugido.

– Certo. Claramente estão acontecendo muito mais coisas, e a Harlow só é tão fechada quanto você.

Esfrego os olhos com a mão.

– Fui embora porque precisava voltar pra cá. E... – Paro, olhando para ele. – Fui embora porque fiquei puto por ela tentar encontrar um jeito de salvar o meu negócio sem falar comigo.

Oliver recua, sacudindo a cabeça para indicar que não está entendendo.

– O quê?

Explico a ele como Harlow abordou Salvatore Marìn sem conversar primeiro comigo. Como discutiu detalhes sobre a minha vida – vida que não era dela para compartilhar. Como ofereceu coisas – acesso aos meus barcos por meses – sem sequer ter certeza se eu poderia dispor.

– Então ela não te contou porque não tinha certeza de que poderia funcionar? – Oliver pergunta, a voz gentil e curiosa como se ele simplesmente quisesse saber, mas posso sentir sua pontada de raio laser me espreitando logo atrás. – Ela não queria dividir isso com você antes que fosse uma possibilidade real, certo?

– Isso mesmo – digo, cansado. – É o que provavelmente ela diria.

– Assim como você não quis nos contar sobre o programa de televisão antes que fosse uma possibilidade real?

Vejo o que ele está tentando me mostrar, mas a conta simplesmente não fecha.

– Oliver, a situação toda é confusa. Sim, eu devia ter contado a você, porque você é meu amigo. Mas Harlow deveria ter necessariamente me contado porque esse é o meu maldito ganha-pão. Não é a mesma coisa.

Ele observa o mar e parece ponderar por um longo e calado momento.

– É, eu saquei.

Não há nada mais para eu dizer.

– Vamos tomar uma cerveja. Posso te contar todos os detalhes do programa.

Ele meneia a cabeça, levanta-se e me segue, conforme ando pela doca em direção à minha caminhonente.

– Você está feliz aqui sem ela? – ele pergunta. – Você se sente bem indo pra casa sozinho todas as noites?

Rindo sem humor, respondo:

– Não muito.

– Você deve achá-la uma tremenda idiota pela tentativa de arruinar seu negócio. Que *escrota*.

– Céus, Olls, ela não estava tentando arruiná-lo – digo, com um instinto protetor. – Ela provavelmente só estava tentando achar um jeito de ficarmos...

Paro, virando-me para ver o sorriso bobo e gigante do Oliver.

Gemendo, digo:

– Vá se foder, Aussie.

Capítulo 15

Harlow

Acordo na terça-feira e imediatamente descubro que estou menstruada, o que obviamente me traz uma onda de alívio enorme... e, claro, fico furiosa de novo porque o Finn simplesmente entrou na caminhonete e se mandou para o norte, deixando a confusão entre nós para trás.

Uma das coisas que eu mais gostava no Finn era essa noção de que ele sempre parecia ver as coisas através de seu trabalho, amigos e família. Aparentemente, isso não se aplicou à briga que ele teve com a garota com quem foi casado por doze horas, amou por um dia e que poderia ter engravidado.

Mas, relembrando o motivo de eu gostar daquilo nele: é porque esse foi o modo como fui criada. Cuide-se de si mesma. Não deixe pontas soltas. Resolva seus problemas. Como meu pai me disse inúmeras vezes: "Estar preocupado não é estar preparado".

Então dirijo até a casa dos meus pais assim que o dia amanhece para dar uma olhada, me reconectar ou, como papai provavelmente diria, ser uma preocupada intrometida.

Papai já está de pé, comendo cereal e observando janela afora em seu típico estado zumbi-antes-do-café, então corro para o andar de cima e engatinho na cama junto com mamãe. Não quero ficar tão imersa no meu drama interno a ponto de esquecer o que ela está passando e que, ao fim de cada dia, ela ainda é uma mãe precisando de carinho.

Ela ainda não perdeu os cabelos, mas eu já lamento por eles. Herdei a pele cor de oliva do meu pai e os cabelos castanhos-avermelhados da minha mãe, esparramados sobre a fronha, tão compridos e cheios quanto eram quando eu era pequena. A marca registrada de mamãe no ponto alto de sua carreira foi o cabelo. Uma vez ela até fez um comercial de xampu – eu e Bellamy adoramos zombar porque tinha muito brilho e jogadas de cabelo.

– Bom dia, Tulipa – ela murmura sonolenta.

– Bom dia, Pantene.

Ela dá uma risadinha, rolando para esconder a cara no travesseiro.

– Você nunca vai me deixar em paz por isso.

– Não.

– Aquele comercial pagou...

– A câmera que papai usou para filmar *Engaiolado* – termino para ela. – O que fez ele ser contratado pela Universal para *Willow Rush*, pelo qual ele ganhou seu primeiro Oscar. Eu sei, só estou te enchendo o saco.

Mas aí está a ironia. O trabalho da mamãe pagou pelo trabalho do papai, que levou nossa família para frente, e em nenhum momento o orgulho entrou em cena, ainda que papai seja um dos homens mais orgulhosos que conheço. Mamãe vem de uma família rica de Pasadena. Papai vem de uma casa de mãe solteira pobre na Espanha. Ele nunca se importou por sua carreira ter prosperado por causa do dinheiro e dos contatos que Madeline Vega fez primeiro. Desde que ele convenceu o amor de sua vida a se casar com ele, apenas três coisas importaram: que minha mãe adotasse o nome dele, que ele pudesse fazê-la feliz e que os dois vivessem fazendo aquilo que amavam.

– Por que os garotos são tão idiotas? – pergunto.

Ela ri.

– Nunca vi você chateada com um rapaz. Eu estava preocupada.

– Preocupada que eu gostasse de garotas?

– Não – ela diz, rindo mais agora. – Isso estaria bem. Estava preocupada que você fosse uma devoradora de homens a sangue frio.

– O papai é um modelo difícil de copiar – explico, apertando meu rosto no cabelo dela. Debaixo do perfume do xampu e do creme facial, ela tem um cheiro ligeiramente diferente. Não é ruim... é diferente. Resultado da quimioterapia e todas as outras coisas que estão fazendo com o corpo dela. Não é como se eu conseguisse viver uma hora sequer sem pensar nisso, mas, neste momento, isso me atinge em cheio como um lembrete de que minha mãe está doente e o meu mundo é diferente do que era apenas dois meses atrás. Isso me faz sentir saudade do Finn e da força que ele me dava, tanto que por um instante não consigo respirar. – Foi difícil levar alguém a sério até agora.

– Até antes do Finn aparecer, você quer dizer?

– É.

Ela se vira para me encarar.

– O que aconteceu?

Conto a ela, vagamente, sobre nosso caso, sobre minhas necessidades de distração e como ele era ótimo me distraindo. Conto meus reais sentimentos, e os "eu amo você". Ela já está sabendo sobre o potencial negócio com o Salvatore, mas aparentemente não sabe como isso se desdobrou.

– Querida – ela diz, colocando uma mão quente na minha bochecha –, seu coração sempre está no lugar certo. Mas uma parceria sempre começa pelo começo. Fiz o comercial para ajudar o papai, mas decidimos que iríamos fazer aquilo juntos.

– Entendo que o Finn tenha ficado chateado por eu não tê-lo avisado – digo – mas não entendo por que ele não mudou de ideia e percebeu que era um bom negócio ou, pelo menos, por que não discutiu isso comigo. Não é como se eu tivesse feito um contrato com o Sal, ele só estava *interessado*. O Finn perdeu a cabeça.

– O que você acha que papai faria se eu tivesse voltado da filmagem do comercial e dado a ele um cheque, dizendo "Vá comprar sua câmera, docinho"?

Rolo com a cara no travesseiro e gemo.

– Puta merda.

– Quem estamos xingando? – papai pergunta do batente da porta, levando a caneca de café até a boca.

– Sua filha está aprendendo regras de relacionamento – mamãe diz.

Ele funga.

– Finalmente.

– Vocês vão me dar esporro? – pergunto, saindo da cama em um acesso de raiva simulada. – Estou muito ocupada e tenho coisas importantes a fazer.

– Você trabalha hoje? – papai grita enquanto desço as escadas. Posso perceber em seu tom de voz que ele está convencido que não.

Paro no terceiro degrau, virando um olhar feio que ele não pode ver.

– Não! – grito de volta.

– Ligue pro Finn – papai grita na minha direção. – Gosto dele!

~

O problema é: não *quero* ligar para o Finn. Quero dirigir até o Canadá, dar um chute no saco dele e depois dirigir de volta para casa. Ele está agindo como um bebê gigante, e ir embora do jeito que foi só prova como é um cuzão. Estou tentada a mandar para ele, pelo correio, uma cesta de presentes com um linguado de plástico, uma cópia em DVD do último filme do Salvatore e um pacote de absorventes.

Estou deixando oficialmente meu emprego na NBC e juro que ninguém vai notar que saí. Se notarem, o roteiro do filme será *Garota de*

Hollywood não aguenta servir cafezinho. Salvatore arrumou um escritório para mim em seu edifício, o Del Mar, e quando afirmo que sou a melhor garota do café que ele já teve, ele ri e me diz que isso é ótimo, mas eu provavelmente terei que acompanhá-lo nos escritórios de Los Angeles durante três dias por semana, pelo menos, então outra pessoa terá que dar conta de servir o café.

Essa notícia cai como uma bomba cheia de glitter e bichinhos de pelúcia no meu colo: ele não apenas me deu um emprego, mas fez de mim sua primeira assistente. Deixei um cargo de servidora de cafezinho na NBC para ser o braço direito de um dos maiores produtores de Hollywood. Meu pai nem pisca enquanto conto a ele as novidades.

– Sabia que era questão de tempo – ele diz e me dá aquele sorriso que me faz sentir a estrela mais linda e brilhante em todo o céu.

No entanto, mesmo com essa enorme mudança no horizonte e uma semana cheia de telefonemas e contratos e mudanças de móveis de escritório... é esquisito uma semana inteira sem o Finn por perto. Quase ligo para ele uma centena de vezes, apenas para dizer o que fiz durante o dia ou para compartilhar meu entusiasmo pelo trabalho com o Sal.

Mas tão logo tiro o celular da bolsa e noto a completa ausência de mensagens, chamadas ou emails dele, consigo lutar contra o impulso de trazê-lo de volta à minha vida.

Salvatore o menciona durante o almoço, apenas uma semana depois que Finn deixou a cidade:

– Seu namorado tem certeza...

Aponto meu garfo para ele.

– Finn *não* é meu namorado.

Sal levanta as mãos em sinal de derrota.

– Certo, certo, o seu *amigo*, Finn... assim está melhor? Ele é um cavalheiro. Estava preocupado que os reparos do barco poderiam custar mais do que o valor usado para o set, e disse que não poderia trabalhar conosco nesse período, mas sugeriu ótimas opções naquela área e concordou em ser nosso principal consultor para o *Horizonte livre*.

– Hã? – Não sei dizer se o martelar frenético do meu coração indica que estou exultante porque o Finn estará envolvido de algum modo na produção e tomou a iniciativa de contatar Salvatore, ou se estou aterrorizada porque posso perder totalmente o controle quando encontrá-lo de novo em algum momento.

– Vamos lá na semana que vem dar uma olhada em alguns barcos. – Salvatore levanta o olhar quando meu garfo cai ruidosamente no prato.

– *Semana que vem*? Mas as filmagens não começam antes de abril.

– Agora você trabalha pra mim, Tulipa – Salvatore me lembra, usando o nome de estimação que minha família me deu para afiar sua reprimenda. – Preciso de você lá. Ir ao Canadá é um problema pra você?

– É claro que o que acontece entre Finn e eu não tem nada a ver com isso. Desculpe, Sal. Eu só fiquei surpresa. Estou bem.

Ele empurra o queixo de lado, fazendo cara de Don Corleone.

– Você quer que eu quebre a cara dele?

– Não, eu ficaria devastada se você tirasse essa oportunidade de mim.

Dou uma mordida no sanduíche, mastigo e engulo. Deixo de fora o fato de que eu realmente gosto da cara do Finn.

– Céus, espero que você não esteja cometendo um erro me colocando em tudo isso – digo. – Conheço o negócio, mas tem certeza de que você não quer alguém com mais...

– Tenho experiência o suficiente pra nós dois – ele diz, dando de ombros enquanto ataca uma ervilha com o garfo. – Você sabe como essas coisas funcionam, e eu vou treiná-la para ser exatamente o que preciso que seja. Gosto do seu caráter, vou colocar você pra trabalhar a todo vapor. É difícil encontrar gente com a sua combinação de lealdade, inteligência e coragem.

Levo um segundo olhando para Sal com adoração.

– Eu te adoro, você sabe disso?

– Sim, sim. – Ele toma um gole do chá gelado. – Então, o que houve com o Finn?

Suspirando, deixo o guardanapo cair na mesa.

– Não contei pra ele exatamente o que eu estava conversando com você, sobre usar os barcos pra filmagem de uma produção hollywoodiana multimilionária. Ele ficou furioso. Blá-blá-blá...

Os olhos dele se levantam, meio surpresos, meio incrédulos.

– Você está brincando.

– Antes que você diga qualquer coisa, por favor, leve em consideração que já ouvi todo mundo dizer que sou eu a errada. Me sinto como uma idiota, de verdade.

O rosto dele relaxa e ele dá de ombros antes de comer mais um pouco da salada.

– E então ele simplesmente *se mandou* – digo. – É por isso que estou brava. Isso foi...

Ele engole e conclui a frase para mim:

– Uma merda?

– É.

– Bem, você pode contar a ele como se sente, semana que vem. Vamos levá-lo para almoçar. – Sal me olha e pisca inocentemente.

Merda.

~

– Fala sério, Ansel – digo, entrando na cabine do resturante Great Maple para o café da manhã de sábado com a galera. – Quanto você está pagando pra voar pra cá praticamente toda semana?

– Muito – ele admite com uma risada e as obscenas covinhas aparecendo nas bochechas. – Mas, na verdade, estou aqui neste fim de semana porque estamos procurando uma casa.

– Hã? Como? – pergunto, inclinando-me para a frente para olhar a Mia.

– *O quê*? – Lola acrescenta.

– Aquele processo dos infernos foi resolvido essa semana! – Mia dá um gritinho. Ela está sorrindo tão abertamente que posso contar cada um dos seus dentes. – O Ansel está oficialmente livre para procurar empregos e ele já tem uma entrevista marcada na Universidade da Califórnia!

– Puta merda, isso é incrível! – Pulo para fora da cabine e faço o Oliver se levantar para poder abraçar a Mia, do outro lado. – Estou tão feliz por vocês!

Lola se reúne aos nossos gritinhos e escuto o Ansel dizer alguma coisa sobre pegar uma câmera e um pouco de mel.

Saio do emaranhado e dou um tapa no braço do Ansel antes de endireitar minha camisa.

– Não acredito. Vamos todos ficar juntos!

– Bem, quase – Lola diz, fazendo uma cara de isso-é-constrangedor.

– Certo. Exceto pelo Finn – digo, e todos olham para mim como se eu fosse um copo de cristal rolando para a borda da mesa. Dou uma risada alta demais, soando completamente maluca. O intuito é que fique ainda mais constrangedor. – Óbvio que eu reparei que ele não está mais aqui. – E acrescento, por motivo nenhum senão porque minha boca ainda está se movendo e ninguém vem me salvar: – Ele foi embora sem se despedir.

Lola bufa, segurando meu ombro:

– *Shhh*, sua doida.

Respondo com uma risada:

– Isso soou meio Glenn Close, não foi?

– Um pouco – Ansel concorda, rindo.

– Eu fui vê-lo no fim de semana passado – Oliver diz, e juro que ouvi o som estridente dos freios das lágrimas na minha cabeça.

– Você viu o *Finn*?

– Sim. Eu voei até lá pra ver que merda estava acontecendo com ele, uma vez que ninguém aqui me contou nada. – Ele me dá um olhar afiado, mas depois pisca.

Viu? É isso o que quero dizer quando me refiro à cara de paisagem do Oliver. Eu nunca teria adivinhado, pela sua reação cerca de duas semanas atrás, que ele estava tão preocupado com o Finn a ponto de deixar a loja nova nas mãos duvidosamente capazes do Não-Joe e voar para o Canadá só para dar uma olhada nele.

Quero dizer alguma coisa para mostrar que não estou completamente dominada pela dor diante do pensamento de outra pessoa viajando para dar uma olhada no Finn. E, pelo modo como todos estão me olhando, posso dizer que estão esperando que eu faça uma piada para aliviar o clima... Mas não consigo.

Cansei de ser maluca. Tentar me manter maluca é extenuante e nunca fui boa nisso. Sinto falta do Finn para caralho, sinto falta de mim mesma, e posso sentir o ciúme por Oliver ter ido vê-lo subindo com uma vermelhidão quente no meu pescoço.

– Tudo bem aí? – Lola pergunta com gentileza.

– Não muito – admito. – Tenho que ir lá na semana que vem para ver barcos junto com o Sal, e vamos levar o Finn pra almoçar e agradecer por ele ter se oferecido como consultor. Já sei que vai ser difícil e esquisito, porque ele é tão bom em ser distante e profissional. Tudo isso está me deixando triste.

Deus, eu odeio ser tão honesta quando me sinto devastada. É como se eu tivesse sido condicionada pelos meus pais a falar tudo o que sinto tão logo tenho sentimentos suficientes para rechear uma panqueca.

– Se for de alguma ajuda – Oliver diz –, ele ficou do mesmo jeito como você está agora quando contei que você foi até lá em casa, procurando por ele no dia em que ele foi embora.

– Você contou a ele a parte sobre eu estar brava ou a parte sobre eu estar triste? – pergunto. – Porque quero que ele me imagine com uma motosserra e coturno de chutar bundas.

Oliver ri, balançando a cabeça e voltando para seu waffle.

– Ele contou por que ele ficou furioso?

– Um pouco – Oliver diz, mastigando.

– Então? Foi uma reação meio exagerada, certo? – Posso ouvir na minha própria voz que nem eu mesma estou convencida disso.

Ansel cutuca o seu café da manhã e pergunta:

– Alguma vez ele contou a você por que deixou a faculdade?

– Sim, por alto. Quer dizer, nós nunca conversamos sobre isso de verdade, mas sei que ele saiu pra começar a pescar no negócio da família.

– Não exatamente – ele diz, abaixando o garfo. – Ele saiu para *assumir* a dianteira do negócio da família.

– Espere – digo, levantando a mão. – Na faculdade? Pensei que ele tivesse assumido logo depois do Pedalar e Construir, não?

– Não – Oliver diz. – Quando ele tinha dezenove anos, o pai dele teve um ataque cardíaco e, um ano depois, um derrame. Colton tinha dezesseis. E Levi tinha o quê, onze? Não havia outra escolha para o Finn, literalmente, a não ser assumir o negócio.

– O pai dele está melhor agora – Ansel continua. – Mas tem muita coisa que ele ainda não pode fazer, e o Finn basicamente teve que conduzir tudo desde criança. Ele saiu de férias no verão para o Pedalar e Construir só quando Colton tinha idade suficiente para deixar o irmão tirar uma folga, e só assim ele foi a Las Vegas. Fora isso, a viagem para San Diego foi sua única outra vez longe da água.

Meneio a cabeça, levantando o copo de água com a mão trêmula. Quero vê-lo agora, quero beijá-lo e ajudá-lo a consertar tudo isso.

– Gostei do que você tentou fazer – Ansel diz. – Quando conversei com ele, duas noites atrás, ele me contou.

– E ele usou palavras de duas sílabas?

– Nenhuma, na verdade.

Levanto as sobrancelhas, impressionada.

Examino o Oliver.

– Quando você o viu, no fim de semana passado, ele contou o que vai fazer sobre o negócio?

Oliver inclina a cabeça, piscando.

– *Harlow.*

Então ele não vai me contar. Tudo bem. Apostarei tudo, não tenho mais orgulho próprio.

– Ele por acaso falou de mim?

Oliver dá de ombros.

– Não muito. Mas lembre que estamos falando do Finn. Ele provavelmente vai falar o mínimo daquilo que mais está pensando.

Dou risada. *Boa jogada, Aussie.*

~

Nosso voo para Victoria na segunda-feira aterrissa às quatro horas da tarde. Sal e eu vamos de táxi até o Magnolia Hotel, discutindo os planos para os próximos dois dias: reuniões, visitas a barcos e mais reuniões. O ar aqui tem cheiro de oceano, mas é tão diferente de casa. É mais pesado e, de algum modo, mais salgado, e os ventos são mais fortes, fazendo-me lembrar de San Diego como uma cidade de praia doce e mansa. Este lugar está à beira da fronteira oceânica.

Estou tão nervosa por estar aqui, perto do Finn novamente, que mesmo ao sol de outubro sinto frio. A última vez que vim aqui, sentia bolhas de champanhe de excitação, efervescendo no estômago e me dando um sorriso secreto durante toda a viagem. Mal havia notado como o lugar é deserto, as casas são espaçadas e a enorme quantidade de água em todos os lugares.

Desta vez, noto *tudo*. Mesmo enquanto discutimos trabalho, nomes que preciso saber e que tipo de anotações Sal quer que eu faça durante a viagem, noto tudo.

Finn mora aqui, não consigo parar de pensar. Ele mora aqui, neste outro mundo, nesta vida alternativa cercada de verde e um oceano cor de safira. O bar do Fred, a Starbucks e a Downtown Graffick estão tão distantes. Quando se hospedou na casa do Oliver, Finn deve ter sentido como se tivesse entrado em Tóquio. Como se estivesse dentro de um videogame.

Não consigo nem imaginar como ele deve ter se sentido em Las Vegas.

Fazemos o *check in* e, enquanto esperamos pelo elevador, Sal observa seu celular e faz um som de "hum" no fundo da garganta.

– O que foi?

Ele sorri, passando-me seu iPhone aberto na página da *Variety*, e começo a ler enquanto embarcamos no elevador.

Adventure Channel assina contrato com os irmãos Roberts para "Os pescadores"

O Adventure Channel assinou um contrato sem precedentes para duas temporadas de um novo reality show acompanhando uma família de quatro homens – três irmãos solteiros e o pai – conforme navegam pela indústria pesqueira na costa oeste de Vancouver Island.

O programa, apresentando Stephen, Finn, Colton e Levi Roberts, cobrirá "as responsabilidades familiares e a complexa dinâmica que une esses homens por amor e pelo negócio que conduzem juntos. A história da busca de cada filho para salvar o negócio familiar e tirar o sustento do mar, na brutal indústria pesqueira do nordeste do Pacífico, é o que levou o Adventure Channel a fazer este programa", diz o produtor e coordenador, Matt Stevenson-John.

Junto com Stevenson-John, Giles Manchego também assina a produção. O acordo foi feito na sexta-feira, de acordo com o porta-voz do Adventure Channel. As filmagens de "Os pescadores" deverão começar na primavera, com o início da temporada de pesca do salmão. O episódio de estreia vai ao ar no dia 1º de julho.

– *Uau.* – Sinto cada partícula de ar sair do meu peito em uma rajada com essa única palavra. Devolvendo o celular para o Sal, digo com a voz apertada: – Eles assinaram.

– Aparentemente.

Eu tinha contado ao Sal que essa era uma possibilidade, então nada disso o surpreende, mas não sei o que sentir. Não sei o que *dizer*. Não sei *por que* estou surpresa, mas, vendo deste modo – em letras digitais compridas, acompanhadas por uma das fotos promocionais que o Finn tanto odiou –, não estava preparada para como isso me acertou fisicamente, como um golpe bem no meio do peito.

Não tenho certeza se minhas pernas me manterão de pé, então me encosto na parede do elevador.

– Tudo bem aí?

– Eu só... – Fecho os olhos, respirando fundo algumas vezes do jeito que meu pai sempre me disse para fazer quando estivesse sobrecarregada. Oliver e Ansel provavelmente sabiam e não me contaram. Finn não me ligou. Sinto-me tão... insignificante. – Não esperava que ele fizesse isso.

E como não? Não tinha percebido que ele estava tomando essa direção, sabendo que era o que sua família queria? Se ele não aceitou a oferta do Sal, o que mais poderia ter feito?

– É um grande passo, se você me perguntar – Sal diz, e eu o conheço bem o bastante para saber que ele está fingindo indiferença diante do meu colapso interno. – Pelo que ouvi dizer, o Adventure Channel está colocando uma montanha de dinheiro nesse programa. A família do Finn vai receber um bom adiantamento, claro. Mas também um corte nas vendas.

Concordo, entorpecida. É uma coisa boa. É uma coisa *incrível*. Repito esse pensamento de novo e de novo.

Chegamos ao meu andar e Sal me diz para encontrá-lo às oito horas na manhã seguinte, no lounge executivo do hotel.

– Tenho certeza de que vai encontrar algo pra fazer – ele diz, enquanto saio e ele permanece no elevador. Ele está indo para o andar das Pessoas de Bundas Elegantes.

– Não temos planos pra hoje à noite? – Para ser sincera, com essa informação nova, não quero outra coisa a não ser o humor ácido do Sal e poder me distrair com suas histórias intermináveis sobre a indústria.

– Vou jantar com uns amigos – ele diz, com um aceno casual.

Percebo que ele planejou isso para que eu tivesse a noite livre aqui, e solto as palavras:

– Seu desgraçado! *Você falou com o meu pai?* – digo, antes do Sal sorrir e a porta do elevador fechar. – Eu não vou ver o Finn! – grito para a porta fechada, bem no momento em que um homem dá um passo para a frente e aperta o botão de descer. – Não vou – digo para o estranho antes de olhar para a chave do meu quarto e sair pisando pelo corredor.

~

Deixo as malas no quarto e, depois de uma rápida pesquisa no celular, saio quase imediatamente para encontrá-lo.

O sol se pondo sobre a água chega a ser lindo demais para descrever e me pego desejando que alguém estivesse aqui comigo para concordar que é surreal. O céu está laranja-fogo no horizonte, fenecendo em um tom azul-lavanda com a malha das nuvens. O táxi me leva ao longo da costa a partir de Victoria, passando por Port Renfrew e em direção à casa de Finn em Bamfield, que fica bem no Canal de Barkley.

Minha cabeça ainda gira e, neste momento, quero vê-lo mais do que tudo. Peço ao motorista para me deixar na doca, sabendo que, enquanto houver luz, Finn provavelmente estará no barco. Mas, quando vejo as dezenas de barcos ancorados, percebo que encontrá-lo será como procurar uma agulha em um palheiro. Caminho ao longo das carreiras, procurando pelo *Linda*, procurando alguém que pareça saber onde encontrar Finn Roberts, o astro em potencial do Adventure Channel. Mas o píer está silencioso, e apenas o estalar das cordas nos laços e a água batendo nos cascos de centenas de barcos me rodeiam. O pensamento de que alguns desses barcos estão parados aqui porque seus donos não têm dinheiro para fazê-los funcionar é preocupante.

– Precisa de ajuda?

Viro-me, olhando para o rosto bronzeado do Finn daqui a vinte anos. Conheço o pai dele pelo retrato, mas também porque Finn se parece exatamente com ele: é enorme, ombros largos, olhos castanhos e seguros que não piscam.

– Você deve ser o senhor Roberts.

Ele aperta minha mão, sobrancelhas unidas em curiosidade.

– Sou. E você é?

– Sou Harlow Vega.

O rosto de Stephen Roberts congela, olhos escancarando antes que ele abra um sorriso maravilhado.

– Bem, olhe pra você. – E ele olha. Pega minhas mãos, segura meus braços pelos lados, estudando-me de cima a baixo. – Com certeza é linda. Ele sabe que está aqui?

Balançando a cabeça, digo:

– Não faz ideia.

– Ah, pode apostar que vou gostar de ver isso.

Se alguém mais vai gostar deste encontro? É o que vamos ver.

Ele segura meu braço e me guia pela doca, virando à esquerda para seguir por um cais quase desmoronando. Alcançamos a ponta e paramos em frente a um barco com um *Linda* pintado na popa.

– Ei, Finn – o pai dele chama. – Trouxe uma coisa procê ver.

Uma cabeça loira aparece em um canto e imediatamente reconheço o irmão mais novo do Finn, Levi. Ele é tão alto quanto Finn, mas não chega a ser tão largo, e tem um cabelo loiro bagunçado e um rostinho de bebê que tenho certeza que vai fazer os produtores de televisão pirarem.

Levi me observa por um instante antes de explodir numa risada.

– Ah, droga. Finn! Vem logo.

Passos ecoam nas escadas vindos da cabine superior, e vejo suas botas altas de borracha, o macacão pesado, e depois seu tronco coberto por uma camiseta encharcada e salpicada de manchas de graxa. Ele está segurando algum tipo de peça em um pano gorduroso e a camisa está tão molhada que posso ver cada linha de seu peito. Posso ver seus mamilos. Posso ver o rastro de pelos que vai do umbigo para... meu Deus.

Universo, você está de brincadeira comigo.

O rosto aparece em seguida e meu peito parece desabar sobre si mesmo. Ele tem uma mancha de graxa no queixo também, e seu rosto bronzeado brilha de suor. Ele me vê no mesmo instante, e em um milissegundo sua expressão muda de curiosidade tranquila para confusão tensa.

– Harlow?

– Oi.

Ele olha para o pai e depois para Levi antes de se voltar para mim. Juro que, quando nossos olhares se cruzam, meu coração está batendo tão forte que fico tentada a olhar para o meu peito só para ver se ele está se mexendo sob a camisa. Ele parece dominado por uma dor, e quero saber: *Será que sou eu? Ou você se machucou consertando o barco?*

– O que está fazendo aqui? – ele pergunta, colocando o equipamento sobre uma grade, com cuidado. Ele usa o pano para limpar as mãos, em vão.

– Estou trabalhando com o Sal. Tenho uma noite livre e, desde que você foi embora sem dizer tchau pra mim, pensei em vir fazer isso por você.

Ele fecha os olhos, esfregando o antebraço no rosto enquanto seu pai deixa escapar um assobio, dizendo:

– Você não me contou *essa* parte, Finn.

Os olhos de Finn viram na direção do pai:

– Pai, porra.

O senhor Roberts se inclina, beijando minha têmpora e murmurando:

– Não deixe ele escapar, querida.

Minhas mãos estão tremendo, meu pulso acelerado, e Finn caminha pelo convés em direção à escada estreita que desce para a doca. Virando, ele desce e se aproxima de mim lentamente, como se eu pudesse sair correndo ou então socá-lo.

Ele parece ainda maior com seu macacão pesado e seus músculos inchados por horas de esforço.

– Não esperava ver você aqui.

– Posso imaginar – digo. – E eu não esperava que você fosse embora tão inesperadamente.

– Não foi tão inesperado, foi? Você sabia que eu ia embora logo.

Encolho-me, olhando para longe, e ele se aproxima um passo, antes de parar.

Quero tanto chegar mais perto e colocar minhas mãos em seu rosto, beijá-lo. Sinto saudades e, apesar de toda a minha raiva por ele ter ido embora daquele jeito, eu o *amo*. Sinto-me horrível por tê-lo enganado ao falar com Salvatore sozinha.

– Ouvi falar do programa.

Ele meneia a cabeça, tirando o boné e coçando a nuca.

– Sim.

– Você está bem com isso? – pergunto. Porque, sim, ainda estou brava e, sim, ainda quero golpeá-lo com alguma coisa que vai fazer a voz dele sair duas oitavas mais aguda; mas, droga, eu o amo e quero que ele esteja bem.

Dando de ombros, ele murmura:

– Suponho que sim. Todos os outros estavam muito a favor. Foi o que mais fez sentido. – Ele olha para o barco e depois para mim. – Um pessoal da imprensa apareceu aqui hoje cedo.

– Deve ter sido uma loucura.

Ele deixa um sorriso se insinuar nos lábios.

– É.

Gaivotas grasnam ao longe e o momento me parece tão estranhamente familiar, mesmo sabendo que nunca acontecera. Apenas me sinto calma aqui com ele. Gosto de vê-lo assim: perto do barco, imundo, provavelmente faminto. É insuportável esse sentimento de querer tanto cuidar dele.

– Finn? – começo e ele levanta os olhos de onde estava esfregando uma mancha no dorso da mão para encontrar o meu olhar.

– Hum?

– Vim aqui porque a forma como você foi embora foi muito difícil pra mim. Acho que precisava te contar isso. – Engolindo, digo: – Mas a coisa mais importante que eu queria dizer é que me sinto horrível pelo que fiz.

Suas sobrancelhas sobem, mas ele não diz nada.

– Eu nunca deveria ter ido até o Sal sem falar com você primeiro. Nunca deveria ter oferecido o seu barco a ninguém. Foi errado. Desculpe.

Assentindo devagar, ele diz:

– Tudo bem.

Fecho os olhos, estremecendo com a dor aguda no meu peito. Ele está tão fechado, tão certo de ter *terminado* comigo.

– Só quero que saiba que eu não fiz aquilo por achar que você precisava da minha ajuda. Fiz porque é o que fazemos na minha família quando amamos alguém. Não estava tentando salvar você, estava tentando achar um jeito de salvar *a gente*.

Ele engole pesado, seus olhos fixos nos meus lábios por um momento.

– É?

Confirmo com a cabeça.

– É.

Esperava que ele dissesse mais coisas. Esperava que ele me desse mais do que isso, mais do que um punhado de palavras que me deixam sem ter para onde ir. Ele está parado como uma parede de tijolos em uma rua sem saída, sua postura me dizendo que não existe emoção nenhuma ali.

Enquanto estamos parados em silêncio, ele me examina da cabeça aos pés, e sob o seu olhar, me dou conta de como minhas roupas devem estar parecendo para ele – jeans cor de creme, suéter azul-marinho, lenço vermelho. Devo estar parecendo o retrato da americana branquela em *Vamos Passar um Dia no Barco*. E sei que estou certa quando os lábios dele se curvam em um sorriso afiado e ele diz:

– Você parece tão inadequada aqui, Traquinas.

O fogo se acende na minha barriga e eu respiro fundo, tão ferida pelo seu tom e sua guinada total e sua habilidade de desligar os sentimentos como um interruptor. Meu problema? Um I maiúsculo de "Implicar comigo". Não sei mais onde ir a partir daqui.

– Eu devo ter pensado o mesmo de você, na minha cidade – digo. – Mas eu nunca teria dito. Gostava muito de ver você ali. Gostava do jeito como você sobressaía.

– Harlow...

Cruzo os braços, virando-me para sair. Mas então paro e volto a olhar para ele.

– Antes que eu me esqueça – digo. – Não estou grávida. Obrigada por perguntar.

Capítulo 16

Finn

– Ela não parecia exatamente feliz quando foi embora – Levi nota, recostando-se na parede da cabine do leme e me estudando enquanto subo as escadas.

Solto um grunhido e pulo sobre o corrimão. Parece que meu estômago foi preenchido com ácido de bateria. Que porra acabou de acontecer ali? Eu realmente deixei Harlow ir embora?

Realmente esqueci que ela poderia estar *grávida*? Mesmo naquele momento não pareceu uma possibilidade real, talvez porque o medo foi rapidamente ofuscado por nossas declarações de amor, pela festa e pelas brigas que se seguiram.

Sou o maior – o mais egoísta – canalha de todos os tempos. São só as lembranças daquela noite, de tê-la subindo em cima de mim, minhas mãos puxando para o lado a minúscula tira de renda, como foi fácil deslizar para dentro dela, quão rápido nós revelamos que... isso me deixa balançado. Não estávamos apenas transando dentro do carro. Eu já amava tanto essa garota que fiquei descuidado.

Meu irmão caçula pega o moletom e as chaves do convés.

– Já fizemos tudo que você precisava?

Quase solto uma risada. Parece que a cada dia minha lista de preocupações só aumenta. Ainda estou sofrendo com a aparição de Harlow no meu barco e agora ela já se foi. O barco vai ser consertado; Levi, Colton e papai estão extasiados com nosso plano, mas será que têm alguma ideia de como nossas vidas se transformarão dentro de quatro meses, quando as equipes de filmagem chegarem e começarem a filmar a área, a nos filmar? Quando começarem a nos seguir em nossos lugares favoritos? O que vai acontecer quando me arrumarem encontros com mulheres, quando a única mulher que quero acabou de desaparecer da doca?

Sou o único que não assinou todas as páginas do contrato. Concordei com o programa, claro. Assinei meu nome em cada página, menos uma: não concordei com a cláusula sobre relacionamentos. Devo essa ao Salvatore também. Aparentemente, isso não foi suficiente para romper o acordo porque, depois de falar com ele, a rede de televisão ficou feliz em enviar o release de imprensa para a *Variety* sem isso.

Amanhã, as equipes de reparos iniciam a reforma completa do barco. Poderia deixar a cidade, deixar isso com eles e tomar outro fôlego mental, mas não vou. Estarei aqui todos os dias, conduzindo os trabalhos, deixando a equipe maluca. Um monte de gente que contrataram são homens locais, caras que eu mesmo teria chamado se tivesse dinheiro para consertar o barco.

– Finn?

Olho para Levi enquanto ele alcança a escada.

– Não seja um maldito idiota. Aquela mulher era a coisa mais linda que eu já vi e ela veio aqui procurando *você*.

Esfrego o rosto, acenando para ele ir embora com a outra mão. Ela realmente estava bonita, mas a beleza de Harlow não é a única coisa que me perturba. É sua ferocidade, sua honestidade emocional, é o fato de que ela é dez anos mais nova que eu – mais nova que o Levi – e, embora eu sempre zombe daquilo que ela considera *experiência de vida*, ela ainda é melhor do que eu em resolver seus próprios problemas.

~

Sento-me na cama, a água do chuveiro ainda pingando do meu cabelo no edredom. É quase meia-noite, mas acho que não serei capaz de me acalmar até consertar isso. Um telefone toca em algum lugar em San Diego e, depois de uma eternidade, Lorelei responde:

– Esse é um número canadense – ela diz como saudação.

Se ela está abreviando a conversa, também estou.

– Harlow está ainda mais brava comigo agora, não está?

Depois de uma pequena pausa, ela diz:

– A resposta curta é sim.

A esperança se espalha densa e quente sob as minhas costelas.

– E qual é a resposta comprida?

– A resposta comprida? *Sim, ela está.*

Rindo secamente, digo:

– Obrigado, Lola. Foi de muita ajuda.

– Você quer que *eu* ajude? Foi difícil pra ela ir até você hoje. Harlow não se arrisca por quem ela não ama. Algumas pessoas acham que ela é egoísta, mas é o oposto. Ela vai até o fim do mundo por você, se ela te ama. Tenho certeza de que ela ama você e, pelo que ela contou, você só disse umas cinco palavras.

– Foi bem por aí.

Bufando, ela rosna:

– Você é um canalha.

Eu rio de novo, passando o telefone para a outra orelha para esfregar o peito com a toalha.

– É bem por aí também. É um mau costume meu.

– Acho que ela gosta, às vezes. Mas não quando está se arriscando assim. Nunca vi a Harlow passar mais de cinco minutos pensando em um cara. E também acho que nunca a vi tão triste assim.

Meu estômago se aperta, sinto náuseas.

– Onde ela está hospedada?

– De jeito nenhum. Ela está *dormindo*.

– Não vou esta noite. Vou amanhã. – De algum modo, não acho que nosso almoço de negócios com o Sal seja a ocasião para Harlow e eu fazermos as pazes e nos beijarmos.

– Se você for lá e deixar as coisas ainda piores, saiba que vou cortar suas bolas quando você estiver dormindo.

– Lola.

O silêncio ecoa pela linha por dez segundos. Vinte.

– Lola, juro que não vou piorar as coisas. Eu *amo* ela, porra.

– Magnolia Hotel, em Victoria. Quarto 408.

~

Salvatore e Harlow já estão sentados quando a hostess me conduz até a mesa dos fundos. Eu nunca havia comido no Mark, do Hotel Grand Pacific, mas deveria ter adivinhado que seria exatamente assim: algo saído de um catálogo chique para as lindas paradas turísticas de Victoria.

Imediatamente, percebo que Harlow não vai olhar muito para mim durante o almoço. Quando me vê atrás da hostess, Sal levanta para me cumprimentar e Harlow faz o mesmo, relutante. Aperto a mão dele e nos sentamos. Aparentemente, nem mesmo Sal espera que eu e Harlow nos cumprimentemos.

Ela está com o bloco de notas, pronta para fazer o papel de assistente. Talvez, para qualquer outra pessoa, ela fosse reduzida a parte do cenário... apesar de ser fisicamente estonteante e difícil de ignorar... então, acho que não. Comigo, seria impossível. Ela parece tão inacreditavelmente linda que sinto minha garganta fechada, meu peito apertado com força. Seu cabelo está solto, ela veste um suéter verde-esmeralda e calça preta justa com sensuais saltos de tiras. Maldito seja, quero uma foto dela nessa roupa colada no meu teto.

Entretanto, estou aqui para negócios e realmente quero ser consultor do filme. Minha cláusula de exclusividade com o Adventure

Channel não se aplica à consultoria de filmes, e ainda estou tão aterrorizado com esse futuro desconhecido que me agarro a todo solo seguro, a cada novo contato. Além disso, em nossa primeira conversa, Sal disse que precisava de alguém que pudesse "falar de peixe de A a Z", e não conheço alguém mais indicado para isso do que eu.

– Como está o barco? – Sal diz, abrindo a conversa oficialmente e isso realmente me faz rir. Vendo o barco eu mesmo, estando em casa agora... é deprimente.

– Está estropiado.

Ele ri esse riso genuíno e caloroso que eu não estava esperando. Sal parece meio escorregadio, mas também bem pé no chão, e olho para Harlow de um jeito novo. Esse cara é papo firme, um homem decente de Hollywood, e ele pegou minha garota para ser seu braço direito porque sabe que ela é papo firme também.

– Mas há motivos para se comemorar – ele diz. – O programa parece sensacional, Finn.

– Vamos ver – digo, na defensiva. – Vai ser diferente, com certeza.

Por um momento, meus olhos cruzam com os de Harlow e fico tentando adivinhar se ela sabe o que estou pensando – que não dou a mínima para a cláusula sobre relacionamentos. Já estou compromissado, saibam os produtores disso ou não. Mas ela desvia o olhar, observando a janela, e vejo seu maxilar tensionar. É possível que ontem eu tenha estragado as coisas de tal forma que, mesmo quando a encontrar mais tarde, já não tenha mais importância.

Espero estar errado.

A garçonete enche nossos copos de água e nos dá tempo de olhar o menu. Sal e eu conversamos casualmente sobre a região: o clima, os esportes, porque torço pelo Mariners e não pelo Blue Jays (era o time da minha mãe) e com que frequência vou ver os jogos (sempre que posso, o que é quase nunca).

Harlow continua calada – tomando notas das informações relevantes, mas também absorta – e Sal não a estimula a interagir. Fico me perguntando o quanto ele sabe sobre o que aconteceu entre nós. Quero olhar nos olhos dela e dizer, com minha expressão, que ainda não estamos terminados, que estou no controle e minhas palavras querem sair, mas ela nem me olha.

A garçonete volta para anotar o nosso pedido, parando tão próxima a mim que sinto sua saia encostar no meu braço. Deslizo um pouco na cadeira para dar mais espaço a ela, e Sal faz um gesto para Harlow começar.

– Vou fazer o pedido pela mesa – ela diz. Do canto do meu olho, posso ver a surpresa e o prazer de Sal. Apontando para ele, Harlow diz: – Ele vai começar com uma salada Caesar, frango caprese como prato principal e chá gelado, sem açúcar.

Os olhos dele piscam.

– Eu ia pedir bife, querida.

– Não. – Ela olha para ele. – A Mila me disse que nada de carne vermelha.

– Ah, merda.

Apontando para mim, ela diz:

– Ele vai querer sopa de mariscos como entrada...

Como é? Ela não vai nem me perguntar?

– Na verdade... – começo.

– E linguado como prato principal. – Ela me dá um olhar sabedor e meu coração dói ao lembrar daquele maldito e perfeito dia no mar com ela. – E uma taça de Chardonnay.

Eu pisco. *Chardonnay?*

Ao lado dela, Sal rufa uma risada.

Harlow passa o cardápio para a garçonete, dizendo:

– Vou querer um contrafilé bem sangrento e uma enorme travessa de fritas. – Olhando para mim, ela diz: – E uma cerveja Stone para acompanhar.

A garçonete sorri, os olhos deslizando sobre mim de novo enquanto pega os cardápios e sai.

Harlow levanta o olhar, os lábios se torcendo diante da minha expressão.

– Chardonnay? – pergunto.

Ela lambe os lábios, lançando-me um sorriso doce e molhado.

– Você parece com sede.

– Eu ia pedir contrafilé também – conto a ela, lutando contra um sorriso.

– Bem, você pode cobiçar o meu enquanto aprecia o seu fresquíssimo linguado.

Sal nos observa com evidente divertimento, seu queixo empoleirado no pulso.

– A audiência vai amar assistir a vocês dois.

– Não vai acontecer, Salvatore – Harlow diz, ainda olhando diretamente para mim.

– *Pode* acontecer – digo de volta, incapaz de conter meu sorriso. – Levando em consideração a única página do contrato que não assinei.

O rosto dela demonstra surpresa, mas ela logo a esconde. Então, certo, acho que Salvatore deixou escapar alguns detalhes da nossa conversa – por exemplo, como banquei um bobo contando a ele que eu não conseguia me imaginar com mais ninguém. Jamais. Harlow é a única mulher para mim. Vou gritar isso do topo do Monte Fairweather se precisar.

– Bem, com cláusula de relacionamento ou não, não iremos interagir muito até você admitir que foi um completo escroto ontem.

Sal dá uma risadinha e toma um gole de água. Se Harlow está confortável fazendo isso aqui, bem, dane-se.

Coloco os cotovelos na mesa, dizendo:

– Fui um completo escroto ontem.

Harlow examina meu rosto por um momento, observando minha boca, minha testa, meus olhos. Ela pisca para a mesa, passeando o dedo sobre a borda do copo de água enquanto parece pensativa. E depois, com um dar de ombros leve, ela encerra esse momento perfeito.

– Acho que você e o Sal deveriam começar.

Em termos de carreira, o almoço foi um enorme sucesso. Sal tinha um milhão de perguntas e fui capaz de respondê-las e dar algumas informações que ele nem pensou em pedir. Assinei um acordo oficial de consultor – com uma taxa de consultoria que é uma bolada de cinco dígitos –, estabelecendo que eu ajudaria imediatamente na cenografia e alguns aspectos do filme. Estou completamente embasbacado com a guinada radical que minha vida deu nas últimas três semanas.

Em termos de Harlow, o almoço foi um fracasso. Ela fez várias anotações, pareceu acompanhar tudo que eu disse, e até fez umas boas perguntas por sua própria conta, mas depois de um vaivém com o assunto da reunião, ela não voltou a olhar para mim.

No entanto, foi mais do que eu esperava. Para ser honesto, esperava que ela me ignorasse completamente e, no mínimo, que a conversa jamais entrasse em território pessoal na frente do Sal. O fato de que ela não conseguiu evitar flertar comigo me dá confiança para ir até o seu hotel depois da janta.

Quando a porta do quarto se abre, penso ter batido na porta errada – talvez Lola tivesse me pregado uma peça. Mas então percebo que a mulher misteriosa que atendeu a porta vestindo um enorme roupão e toalha na cabeça é Harlow, com o rosto coberto por uma crosta branca, rachando...

– Esse é aquele tipo de máscara que termina com "cara"? – pergunto.

Ela inclina a cabeça, os olhos se estreitando. Isso faz a mistura facial rachar.

– O que você quer, Finn?

O que eu *quero*? Quero ela. Quero que abra mais a porta e me deixe entrar. Quero abrir a faixa na sua cintura, tirar seu roupão, beijá-la. Quero que fiquemos juntos de novo e que dure mais do que doze horas.

Mas primeiro...

– Quero que você lave o rosto, pra não parecer que ele está rachando inteiro.

Com um suspiro, ela bate a porta na minha cara.

O corredor parece se estender por um quilômetro e me pergunto quantos homens já receberam uma portada na cara por aqui. É um hotel desgraçadamente chique. Aposto que foram muitos.

Levanto o pulso, batendo de novo.

Demora um bom tempo para ela responder, como se tivesse se afastado e pensasse em deixar a porta fechada.

Então a porta abre e Harlow imediatamente anda na direção do banheiro.

– Entre. Sente em qualquer lugar, menos na cama. Não tente ser fofo, não tire a roupa e deixe suas mãos longe da minha calcinha.

Vou para a cadeira no canto, segurando uma risada.

– Estou lavando o rosto porque está na hora, não porque você mandou. Se eu não tivesse a sensação de meu rosto despedaçando, deixaria por toda a duração da sua curtíssima visita só pra te irritar, seu calhorda. – Ela anda em direção ao banheiro, fecha a porta e escuto o som da água corrente quando ela liga o chuveiro.

Puta merda.

Acho que ela vai me perdoar.

Harlow aparece depois de dez minutos, de novo dentro do roupão, mas com o cabelo solto e molhado, o rosto limpo da máscara. Sinto como se não conseguisse respirar direito, como se a visão dela provocasse um curto-circuito nos meus instintos básicos: respirar, piscar, engolir. É uma visão inacreditável.

– Você tocou na minha calcinha? – ela pergunta, indo na direção da mala.

Com esforço, fecho a boca, inspiro e engulo, então consigo falar:

– Sim. Esfreguei por todo o meu peito suado.

Ela bufa e me dá um olhar feio.

– Não seja engraçadinho. Estou furiosa com você.

Meu sorriso desaparece sem nenhum esforço.

– Eu sei.

Ela alcança uma escova na bolsa e começa a escovar os cabelos, observando-me.

– Mas é difícil ficar brava com você quando você vem até aqui desse jeito.

– Isso é... bom, certo? – Olho para minha camiseta desbotada, meu jeans velho, meu tênis de lona vermelho favorito. Não vejo nada especial, mas o modo como ela olha para mim me fez sentir como se eu estivesse de smoking. O nó no meu peito se afrouxa.

– Isso é mais fácil? – ela pergunta baixinho, acrescentando: – Me encontrar aqui, em um restaurante chique, ou um hotel chique, com o rosto cheio de máscara, em vez de tentar me encaixar ali, perto do barco?

O nó aperta de novo.

– Eu estava bravo, Harlow. Por isso agi como idiota.

– Eu sei. Sou uma perdoadora instantânea. Se uma pessoa com quem me importo diz que está arrependida, está feito.

– Eu não sou assim – admito. – Você já tinha ido embora no momento que decidi que estava perdoada.

Ela chupa o lábio inferior, olhos abertos e frágeis. Sei que ela não faz ideia que está olhando para mim desse jeito, e isso me deixa querendo abrir meu peito para que ela veja como meu coração está batendo rápido.

Inclino-me para a frente, olhando ao redor da suíte.

– Sabe que nunca dormi em um hotel a não ser naquela viagem a Las Vegas?

Ela fica parada, prendendo a respiração.

– Nem mesmo durante o Pedalar e Construir?

– Não. Algumas pessoas sim, mas nós ficávamos em casas de família ou acampando.

– Uau... isso é...

– Tem sido a *minha vida*. Tirando os dois anos que passei na faculdade, sempre estive aqui. Soei como um canalha quando disse que você parecia inadequada ali, mas não quis dizer que *não gosto* de ver você ali. Só queria dizer que meu mundo não se parece assim. Não se parece com *você*.

Ela abaixa a escova e descansa, apoiando as costas contra a escrivaninha.

– Não saio pra beber toda quinta à noite, nem compro café na Starbucks toda manhã – digo a ela. – Não saio de férias nem podia chamar um amigo produtor para vir despejar uma tonelada de dinheiro para consertar meu barco.

– Você pode agora, provavelmente – ela diz. – Sua vida vai mudar completamente.

– Eu sei – digo, descansando os cotovelos sobre os joelhos. – Acho que é o que estou dizendo.

– Que está com medo?

Dou risada, voltando minha atenção para o carpete.

– Talvez não com medo, apenas dando um passo rumo ao desconhecido. Isso demanda confiança.

– Você não precisa passar por tudo isso sozinho. Sei que atrapalhei as coisas com você e o Sal, mas você confia em *mim*?

Levanto o olhar para ela e sinalizo que sim.

– Confio. – Ela me observa, o olhar mais suave. – Totalmente.

– Certo. Então vou me vestir e você vai me levar a um bar de lenhadores.

Meu coração para, depois volta a acelerar conforme eu me sento.

– Consertamos isso assim tão fácil?

Ela acena que sim.

– Assim tão fácil. – Engolindo, acrescenta: – Eu amo você. Não precisamos repassar isso. Eu pisei na bola. Você pisou na bola. E tenho certeza de que pisaremos na bola de novo, só vai ser diferente da próxima vez.

Ela tira um jeans da mala, um suéter, calcinha e sutiã, e se vira como se estivesse indo se trocar no banheiro. Antes que eu me dê conta, estou de pé, caminhando para o seu canto do quarto.

– Não se vista.

Harlow para, encostando-se na parede. Desacelero e dou os últimos passos na direção dela por um intervalo de tempo que parece abranger um milhão de batidas do meu coração. Posso ver a pulsação dela em sua garganta.

– Finn. – Ela encosta a cabeça contra a parede, olhando para mim enquanto me aproximo até estar a poucos centímetros dela.

– Você me ama? – Minha mão toca a faixa em sua cintura.

– Claro, seu idiota. – Ela lambe os lábios e morde o inferior porque, *droga*, ela sabe que isso me deixa excitado. – Já te disse isso. Você pensa que o sentimento vai embora depois de alguns dias, como uma tatuagem temporária?

Rindo, me curvo, puxando o pano do roupão de lado para beijar a clavícula dela. Ela cheira a xampu e outro aroma suave que não esqueceria nem em um milhão de anos: madressilva e pedra quente, Harlow e *eu*.

Desfaço o laço em sua cintura e abro o roupão, gemendo com a visão de sua pele nua, dourada e lisa.

Os olhos dela se fecham e ela geme com a voz rouca quando escorrego minhas mãos de seus lábios para os seios, e de volta, puxando-a para mim.

– Me desculpe – digo, de encontro à pele morna do seu pescoço. – Estou feliz que não vamos discutir aquilo, mas quero falar mesmo assim. Sinto muito por ter ido embora daquele jeito. Sinto muito por não ter conversado com você ontem. E sinto muito, mesmo, por não ter ligado pra saber se nós tínhamos engravidado.

Ela me afasta para poder olhar melhor o meu rosto.

– Nós?

– Porra, Harlow, você não fez isso sozinha.

Rindo, ela concorda.

– Sinto muito, também.

– Docinho, foram duas semanas de uma maldita *fossa*.

Ela fica calada, pressionando o rosto no meu pescoço. Depois de alguns segundos, ela soluça e sua cabeça se move e percebo que... ela está chorando.

Afasto-me para olhar para ela, amparando seu rosto.

– Ei... não, não... eu...

– Achei que tinha acabado – ela diz. Esfrego meus polegares nas bochechas dela. – Na doca. Achei que você tinha colocado um ponto final. Não sabia como superaria você. Nunca precisei superar ninguém antes.

– Eu não deixaria que isso acontecesse.

– Mas deixou. – Ela levanta os olhos para mim e mais duas lágrimas escorrem por suas bochechas. – Você foi embora e depois não queria falar comigo, e foi terrível porque, com você, senti que sou aquele tipo de garota que encontrou o homem certo pra ela, e isso é tudo.

Meu peito se torce e arranco a camiseta por cima da cabeça apressadamente, antes de puxá-la para mim. Preciso da pele dela na minha, meu coração o mais próximo possível dela, e ela se contorce para fora do roupão, vindo de encontro ao meu calor, seus braços dando a volta no meu pescoço.

A Harlow que todos veem é uma força conhecida. Esta Harlow vulnerável é mais rara. Ela acaba de me dizer que sente o mesmo que eu – isto é: encontrei minha garota e isso é tudo – e não quero estragar as coisas com ela.

– Vamos conversar sobre tudo – ela promete no meu ombro. – E você nunca mais vá embora daquele jeito. Prometa.

– Prometo. – Inclino-me para trás e a beijo, apenas um toque suave dos lábios. Queria que fosse um beijo curto, como um selo, uma promessa, mas a boca dela se abre e o som que escapa é um soluço misturado a um gemido e, céus, é o som mais sexy que já ouvi na vida, porque é tão *crua.*

Em um instante, a língua dela está deslizando sobre os meus lábios, meus dentes, minha língua, e seus barulhinhos preenchem minha cabeça. Ela escorrega as mãos pelo meu corpo e pressiona a palma na frente do meu jeans, e estou rapidamente crescendo, mas, sob o toque dela, endureço mais ainda, precisando tanto dela que a sensação é a de que um fósforo foi aceso debaixo da minha pele.

Ela abre os botões da minha braguilha e sua mão entra debaixo da minha cueca. Com um aperto firme, agarra o meu pau. Preciso da minha calça abaixada até os tornozelos e as pernas dela ao redor da minha cintura.

Preciso da sua pele, dos seus ruídos, da sua respiração ofegante no meu pescoço. Preciso do seu gosto na minha língua e...

– Estou tomando pílula agora – ela diz, entre beijos selvagens e sugadores. – Comecei no dia em que menstruei.

– Maldito Deus – gemo. – Nunca existiu melhor combinação de palavras na história da humanidade.

Ela ri, puxando meu jeans para baixo, e eu o chuto fora junto com os sapatos, tropeçando sobre ela e encostando-a na parede.

– Vou mais devagar depois – digo a ela, descendo a mão para o meio de suas pernas. Meus dedos deslizam sobre seu clitóris e para dentro de uma maciez inacreditável. *Cacete.* – Mais tarde, vou com mais calma, mas agora...

– Pare de falar – ela diz com a voz apertada. – *Eu sei.*

Levantando-a, puxo suas pernas para que se enlacem na minha cintura, e ela se mantém nessa posição, observando-me, sua mão deslizando entre nós, esfregando a cabeça do meu pau. Para cima e para baixo, quase dentro... porra, *porra*... quase fora de novo.

– Olhe só – digo.

Ela inspira o ar.

– Estou olhando.

A elasticidade de seu corpo enquanto insinuo para frente e para trás é uma tortura de prazer. Meus braços tremem de tanto que quero entrar dentro dela, mas ela confunde contensão com tensão.

– Estou percebendo que essa coisa de hotel é uma novidade. Mas uma novidade que vem com uma cama.

Rindo, dou dois passos em direção à cama e desço Harlow de barriga para cima sobre a cama. Sigo bem de perto para não perder a sensação dela nem por um segundo.

Suas pernas envolvem meus quadris e ela me puxa para baixo, guiando-me para dentro tão devagar e tão gostoso que preciso parar quando meus quadris encontram suas coxas porque, para ser sincero, eu poderia gozar neste mesmo instante.

Ela está me encarando diretamente nos olhos. Nossos rostos estão tão próximos que dividimos a respiração. Levanto meu queixo de leve e a beijo, e é muito intenso, mas não consigo parar de olhar. *Nunca* senti isto. Quero contar a ela, mas soaria raso e clichê. É um sentimento muito maior do que palavras banais, como *nunca antes* ou *ninguém mais.*

– Você é tudo pra mim – digo a ela.

– Sim. – Ela meneia a cabeça, o lábio superior brilhando na sala quente e debaixo de nossa tensão compartilhada, essa necessidade de se mover e ir mais fundo e *sentir*. Estou apavorado, porque sei que, se puxar para trás uma só vez, vou gozar.

Harlow se contorce debaixo de mim, se esfregando e me fodendo enquanto me mantenho parado, tentando me controlar, mas perdendo a batalha. Não vai demorar muito para nenhum de nós. Estou tão duro e quase explodindo dentro dela. Ela está inchada, quente e encharcada, e posso adivinhar pelo ritmo do seu peito que ela vai gozar em menos de um minuto se esfregando em mim assim.

Ela planta os tornozelos na cama e se arqueia enquanto deslizo minhas mãos abaixo de seus ombros, afundando-as em seu cabelo, mergulhando meu rosto em seus fios molhados. Depois, debaixo de mim, coberta por mim e *preenchida* por mim, Harlow me fode como nada no mundo. Com as unhas agarrando minha bunda para me manter no lugar, ela rebola e arremete para cima e me prende tão apertado – o corpo dela me sugando, tão molhado, santo Deus –, ofegando no meu pescoço, ela mexe, geme, esfrega bem onde precisa, apertando e puxando meu pau enquanto começa a gozar em mim. Ela está trabalhando e eu estou mergulhado nas profundezas, e a boca dela está apertada contra a minha orelha, como se ela estivesse depositando cada palavra só ali, dando-as apenas para mim.

– Tão bom – ela engasga. – Nossa, é tão bom.

Mal consigo me segurar, estou apenas esperando o som de sua respiração rápida e seus gemidos famintos dizendo que ela está gozando.

– Vamos lá – consigo dizer.

Ela soluça e geme, unhas enfiadas na minha pele. Até que, com uma expiração aliviada, ela goza tão forte que estremece inteira nos meus braços, puxando-me para o desfiladeiro com ela. Não dá mais para segurar. Afasto-me e meto de novo, fodendo-a com tanta força, com estocadas fundas e urgentes enquanto começo a gozar e ela grita no meu pescoço.

Não quero que acabe, não quero sair de dentro dela. Ela pesa cerca de quarenta quilos a menos do que eu, então rolo para o lado e caio ao lado dela sobre o colchão.

– Você sabe como são nojentos os edredons de hotel, não sabe? – ela diz, sem fôlego.

Fecho os olhos, ainda me sentindo aquecido e liquefeito sob minha pele.

– *O quê?*

– As pessoas que transam nos hotéis...

Coloco a mão sobre a boca dela.

– *Shhh.*

Ela dá uma risadinha debaixo da minha mão, me lambe e, merda, estou em cima dela de novo, fazendo cócegas e puxando seus braços acima da cabeça, e chupando sua mandíbula, pescoço, seios. O alívio me atinge em um só golpe, como um vendaval que escancara a janela e invade a cama: estou aqui com ela. O negócio pode não ter sido salvo do jeito que eu esperava, mas não perdemos nossos barcos. Minha vida está seguindo adiante e tenho o amor da minha vida aqui, nua debaixo de mim. Tudo vai ficar bem.

Mas então interrompo o desenrolar dos pensamentos porque tem uma coisa que ainda não discutimos.

– Como está a sua mãe?

Ela para debaixo de mim, dando-me um olhar que diz que o melhor momento para perguntar isso não é quando estou enfiando a cara entre os seus seios.

– Desculpe, juro que não estava pensando nos peitos da sua mãe. Estava pensando em como estou aliviado por tudo ter se resolvido, e então pensei no que você está passando. Ainda não conversamos sobre isso.

Harlow puxa meu rosto em direção ao dela e me beija tão profundamente que preciso me afastar para conseguir respirar.

– Obrigada por perguntar.

– Então?

– Vamos nos vestir – ela diz. – Podemos falar sobre isso com cerveja.

Ela se levanta e eu a sigo até o banheiro, sentando sobre a tampa do vaso e subindo minhas mãos pelas suas pernas, descansando a cabeça em seu umbigo, enquanto ela passa uma loção no rosto e prende o cabelo em um coque bagunçado. Agora ela está cheirando como antes, mas há também o cheiro de suor e sexo.

– Está pensando no quanto você me ama, não é? – ela pergunta.

– É. – Escorrego minha mão sobre seu quadril e entre suas pernas. Ela estremece quando deslizo meu dedo do meio para dentro, acariciando lentamente. Beijando sua barriga, murmuro: – Caralho, como é quente.

– O quê?

Olho para ela.

– Posso sentir meu esperma dentro de você.

Isso faz ela rir.

– Você é um cara bem sujo e depravado. – Mas ela não dá para trás. E não consegue esconder o jeito como seu peito enrubesce e seus mamilos ficam inchados.

– Eu gosto disso – admito. *E quero ver.* Isso não admito ainda, embora não saiba por quê. Talvez porque, se eu der voz ao pensamento, não sairemos mais do quarto esta noite.

As mãos dela deslizam nos meus cabelos.

– Gosto também. Gosto de um monte de coisas que não tinha experimentado antes.

Nesse momento, tento adivinhar se ela está falando sobre sexo, sobre a corda, ou se é alguma outra coisa, algo maior. Distanciando-se, ela pega uma toalha e a segura debaixo da torneira.

– Mas não fique aí tendo ideias. Você vai me levar pra sair.

É um percurso de meia hora de carro do hotel até o bar da minha vizinhança, mas a viagem parece levar questão de minutos. O que Harlow está passando com a mãe é quase idêntico ao que atravessei vinte anos atrás. Exceto pelo fato de que ela tem uma maturidade emocional para lidar com isso muito maior do que eu tinha, e os tratamentos são melhores hoje em dia. Mamãe foi diagnosticada quando eu tinha dez anos, e eu alternava entre o horror de perder minha mãe e a irritação pela responsabilidade colocada nos meus ombros por causa da doença dela: Levi tinha apenas quatro anos. Quando mamãe morreu, dois anos depois, fiquei a cargo da casa pelos dois anos que demoraram para meu pai voltar a falar e parar de se enfiar no barco em turnos de dezesseis horas por dia.

Se eu pudesse voltar no tempo e fazer tudo de novo, faria exatamente o que Harlow está fazendo. Sei, pelo tom de dúvida em sua voz (Ela está indo visitar a mãe o suficiente ou demais? Do que ela vai precisar quando começar a segunda rodada de quimioterapia? Por quanto tempo o pai dela aguentará ser o único cuidador antes de chegar ao limite?) que ela precisa me ouvir dizer em voz alta:

– Você está fazendo certo, Traquinas. Se eu pudesse fazer tudo de novo, gostaria de lidar com as coisas do mesmo modo que você.

A cabeça dela vira para mim.

– Mesmo? – ela sussurra.

– Mesmo.

– Tenho medo que isso vá piorar.

Paro o carro no pequeno estacionamento ao lado do Dockside e desligo o motor.

– Provavelmente vai, por um tempo. Mas você não precisa passar por isso tudo sozinha – digo, repetindo as palavras que ela me disse uma vez. – Sei que estraguei as coisas com você quando fui embora da cidade, mas você confia em mim?

Harlow se inclina e me beija uma vez, em cheio na boca.

– Confio.

O bar está bastante cheio para uma noite de terça-feira e sei que é porque o clima tem estado incrível. Nada deixa uma cidade mais sedenta do que clima quente em outubro, ausência de chuva e dias de peixe grande.

Entramos no Dockside para encontrar uma explosão de cumprimentos e gritos me parabenizando pelo programa. Merda, eu não tinha pensado nisso. Estava tão ocupado com a Harlow que, por um momento, esqueci que nada aqui seria igual. Guiando-a até o balcão, finjo não ver cada maldita cabeça se virando na nossa direção enquanto ela passa.

As perguntas que todos estão querendo fazer saem da boca do bartender, Nick, que se formou no colégio um ano antes de mim, foi para Harvard e depois voltou para cá porque não conseguiu encontrar um lugar mais bonito no mundo para morar.

– Finn, quem é a visitante?

– Sou Harlow – ela responde antes que eu tenha a chance.

– Você é a irmã do Finn há muito tempo desaparecida? – diz o Kenyon, do outro lado do bar. – Por favor, diga que sim.

Harlow se encolhe em um pedido de desculpas.

– Eu sou a noiva encomendada pelo correio. Ele me disse que tem um castelo. Ele tem um castelo?

– Sinto muito, criança – Kenyon diz, rindo. – Só um programa de televisão e um bando de fãs.

– Fãs? – Harlow pergunta, olhando para mim.

Peço duas cervejas e uma tigela de amendoim.

– Vamos. – Eu a guio até dois assentos vazios no canto mais silencioso do bar.

Ela se senta e vira para me olhar.

– Você já tem fãs?

– Kenyon é um agitador de merda.

– Porque você tem *mesmo* fãs?

Rindo, conto:

– Algumas garotas na doca hoje, quando saiu o anúncio.

– Você se refere às garotas que estão ali jogando dardos e olhando pra você? – Ela levanta o queixo e olha para o outro lado do bar.

Levo a cerveja à boca, olhando disfarçadamente para o lugar que ela está indicando. Meia dúzia de garotas, com idade para estar na faculdade, olhando diretamente para nós.

– É. São elas.

– Tenho certeza que elas leram as entrelinhas do artigo da *Variety*. – Ela levanta a cerveja e entorna meio copo. – Aposto que este bar vai ficar muito mais cheio. Aposto que cada lugar *nesta cidade* vai ficar mais cheio. E tenho certeza que aquelas garotas estão todas no Twitter falando de você aqui.

Não tinha pensado em nada disso – que ao participar do programa estaremos ajudando não apenas a nós mesmos. Mas não consigo me concentrar nisso com o olhar que ela está me dando. Tomo outro gole de cerveja, examinando-a.

– Está com ciúme?

Ela ri.

– Não. Você só se descarregou dentro de mim por dois minutos, cerca de uma hora atrás. Acho que tenho você preso bem aqui comigo.

– Nojenta. Eu te amo, porra.

Harlow se inclina sobre o balcão, encarando-me.

– Vamos fazer tatuagens combinando.

– Mesmo?

– Mesmo. Sereias ou caveiras. Você escolhe.

– Sereias?

– É – ela diz. – Pense nas grandes conversas que vão começar sobre o seu enorme tridente.

Esfrego meu queixo, observando os lábios perfeitos dela. As únicas marcas nessa pele serão minhas.

– Acho que não.

– Você poderia tatuar um gancho.

Uma risada explode da minha garganta.

– Não vou tatuar uma porcaria de *gancho*.

Ela fica em silêncio, com um sorrisinho se curvando nesses lábios beijáveis. Inclino-me, beijando-os.

– Você me faz feliz – ela diz.

Porra. Essa garota.

– Você me faz feliz também.

Ela se endireita, os olhos estreitando.

– Não vai haver outra garota beijando você nesse programa, ou vice-versa. Encontros? Tudo bem. Mas precisam ser ridículos e hilariantes só pra agradar a audiência, e depois você foge e vem me ver e deixar um monte de marcas nas minhas coxas.

Pisco, quase engasgando com um amendoim.

– Harlow, eu disse que não assinei aquela cláusula. Não vou sair com outra mulher durante o programa. – Beijo-a de novo. Estou faminto agora pelos meus dentes nas suas coxas, pela visão das minhas mordidas na sua pele suave e delicada. Recostando-me, desvio o olhar na direção do bar para limpar a mente.

– Mas você não vai ter que sair?

– Acho que estão felizes por termos assinado o contrato. Não acho que Matt ou Giles me pressionariam para estar solteiro. Acho que vão centrar o lado do negócio em mim e o lado romântico em Colt e Levi.

– Bem, é claro, *olha* pra eles.

Resmungo.

– *Harlow*.

Ela sorri, lambendo os lábios.

– Quer dizer que não temos que ser discretos?

Balançando a cabeça, pergunto:

– Estou louco por fazer isso? Serei uma subcelebridade fazendo teste para o *Survivor* quando tiver quarenta.

– Ah, vamos lá, isso vai ser ano que vem. Não é um contrato de dois anos?

– Rá.

– Pelo menos você terá uma esposa gostosa.

– Esposa? – Meu coração decola rápido demais. Ela lê os meus pensamentos mais profundos, aqueles que me imaginam já estabelecido, assumido, dividindo uma cama, uma casa e uma vida.

– É.

– Você já foi minha esposa, lembra? – Apesar de tudo o que aconteceu em Las Vegas, existem poucas coisas que levo mais a sério do que família. Levanto do banco e ela me puxa entre suas pernas curvadas. – Então você vai me pedir em casamento dessa vez?

– Só estou prevendo. – Ela traz o queixo para o meu peito, levantando os olhos para mim. – Quero filhos.

Beijando a ponta do nariz dela, digo:

– Pra mim tudo bem. Mas não por enquanto.

– Três – ela diz.

Balanço a cabeça.

– Dois.

– Então terão que ser os dois melhores possíveis, por isso precisamos treinar.

– Todas as noites.

– E diariamente.

Concordo.

– Las Vegas de novo?

Ela levanta meu braço, verificando meu relógio.

– Não tenho nenhum outro lugar para estar até amanhã às dez.

– Nem tenho que trabalhar amanhã – conto a ela.

Harlow joga uma nota de vinte no balcão.

– Então que se dane, Raio de Sol. Precisamos cair na estrada.

Agradecimentos

Obrigada, como sempre, ao nosso maravilhoso agente, Holly Root; nosso editor, Adam Wilson (que provavelmente ainda não sabe o que deu nele); à incansável e inspiradora equipe da Gallery Books; nossos leitores beta eternamente úteis, Erin e Tonya; nossos leitores incríveis; todos os blogueiros que apoiam e promovem nosso trabalho; e nossos maridos e filhos por seu contínuo entusiasmo e paciência.

Logo depois de começarmos a escrever este livro, o pai da Lauren e da Erin faleceu depois de lutar contra a doença por mais de uma década. Como Christina e eu somos mais do que coautoras – somos melhores amigas – essa perda nos deixou um tanto desorientadas e não conseguimos trabalhar muito durante algumas semanas. Estou me apoderando desta parte do livro para agradecer à Christina por ser tão inabalável e presente para mim. Você é mais do que eu poderia ter desejado e sempre me impressiona com a generosidade do seu espírito.

Na última vez que vi meu pai, ele me disse que nunca me vira tão feliz e que estava muito orgulhoso por eu ter seguido meu sonho de escrever. Isso significou o mundo para mim. Meu pai – professor, psicólogo e epidemiologista – não se importava se o que escrevemos não é literatura "cabeça" nem nenhuma revelação cultural. Ele apenas gostava de ver eu me divertindo. Eu, por minha vez, sou grata por ele ter me visto tão feliz escrevendo histórias feitas para leitores sorrirem e fugirem dos estresses diários por um tempinho.

Em 1992, pouco antes de eu sair de casa para ir à faculdade, meu pai me mandou uma carta, quando eu estava trabalhando em um acampamento no parque Yosemite, que dizia:

Gostei de conversar com você no telefone ontem à noite – passei a apreciar e a aproveitar esses momentos em que me dou conta de que tenho uma relação especial com você. Você me conhece de formas que escapam a mim mesmo. É só na minha relação com você (ou Erin, apesar de ser diferente, claro) que essa pessoa em particular – o pai da Lauren – se mostra. De algum modo, o pai da Lauren não treina tanto quando dr. Bilings ou o marido da Marcia. Apesar disso, sempre me emociono quando percebo que "o pai da Lauren" é uma pessoa de verdade, que você conhece, pode prever e, frequentemente, ama.

"Frequentemente" é um eufemismo, claro. Então, obrigada, papai, por ser tão maravilhoso que não precisei cavar fundo na imaginação para escrever sobre o relacionamento de pai e filha de Alexander e Harlow Vega – cheio de amor, apoio e lealdade. Você deixou saudades.

— Lauren

Este livro foi composto nas fontes Adobe Caslon Pro,
Courier New, Dawning of a New Day, Journal e StreetBrush,
e impresso em papel *Norbrite* 66,6g/m^2 na Yangraf.